赌博游戏

程鹰 著

时代出版传媒股份有限公司

安徽文艺出版社

图书在版编目（ＣＩＰ）数据

文博游戏/程鹰著.—合肥：安徽文艺出版社,2018.6（2024.7 重印）
ISBN 978-7-5396-6331-9

Ⅰ．①文… Ⅱ．①程… Ⅲ．①长篇小说－中国－当代
Ⅳ．①I247.5

中国版本图书馆 CIP 数据核字(2018)第 063421 号

出 版 人：姚　巍
责任编辑：姜婧婧　刘　畅　　装帧设计：子辰设计+闻　艺

出版发行　安徽文艺出版社　www.awpub.com
地　　址：合肥市翡翠路 1118 号　　邮政编码：230071
营 销 部：(0551)63533889
印　　制：安徽芜湖新华印务有限责任公司　(0553)3916126

开本：700×1000　1/16　印张：14.5　字数：200 千字
版次：2018 年 6 月第 1 版
印次：2024 年 7 月第 2 次印刷
定价：58.00 元

目录　　文博游戏

序

　　程鹰是灵性事业中人,亦热衷谙熟世俗生活。这样好,灵性引领人生,生活滋润灵性,形神趋于同一,安身立命无忧,遂以灵光璀璨的《神钓》一举成名,那时他才 26 岁。小说让人赞叹,有文学评论家将《神钓》与阿城的《棋王》相提并论,说"这两部出自新时期青年作家之手的中篇,实为'术道'小说的上品;就整个新时期小说而言,也是其中不可多得的佳作"(潘新宁,1992)。何谓"术道小说"?程鹰小说集《神钓》封面上有段引述:"'术道'小说借术之实衍道之意,文本重在写意。意象同存而以象写意,虚实并举而以实指虚。"

　　说《神钓》写得好,我同意。说"术道小说"如何,则有讨论余地。老子说:"名可名,非常名。"标签虽不能免,却也不可尽信。"借术衍道"之说,听起来像"通过什么表现什么",甚至似"文以载道"的翻版别称,大家不能不警惕。再看小说实际,《神钓》之"钓道",书中疑似神钓兼哲学奇才叶开明其实已揭穿谜底,所谓钓道高人,无非伤心之客,有人神经质,有人有神经症,甚至有人是精神病。小说中江寨乡钓鱼圈,与其说是钓道高手神坛,不如说是受伤失意者祭台。不把注意力集中于失意者的人生渊源和心理病变,反将伤心人疯言疯语当作玄秘之道苦苦参详,只怕弄得本末倒置。有道是,孤证不立,那就再举一例:短篇小说《仿古》中,有"点绿"工艺神品,日本古董商赞赏备至,说是"非已臻天人合一之神境的通玄高人断难为之",听起来头头是道,真相却是那技工眼睛有病。有重影眼病才点出超人神绿,治好眼后再也无出神入化之点,作者用意奇诡,与其说是以术衍道,不如说是幽道的默,拆道的台,解道的构,开道的涮。

术道之说也非无稽,程鹰小说中确实有迹可寻,不过那是小说家言。谈术言道,抑或解构道术,无非小说经营技法与形式。作者用心于小说端的,是人物心灵痛处,癫狂故事深处,那是在字里行间,只在此山中,云深不知处。《余韵》中主角夫妻,丈夫余残想立命于自我实现,妻子王玫欲安身于富贵潮流,无法同情共语,人生荒凉可悲。善画的余残与善写的文成,在翠微寺中谈禅论酒、看花说美人,貌似得道,其实是在演戏念台词,自编自演,做无聊事,遣有涯生,对抗心底无助和茫然,想忘却无处立命的烦忧,而烦忧更甚。王玫怪丈夫无用无能,倾慕奋发有为的赵经理,却不知那人不是真经理,也不真姓赵,他是电视剧中角色。这段故事寓意鲜明,当为小说之核,人生如戏。问题是,假戏演出后,真情何以堪?文成之妻司马小家更神,以雌马之粪炼出金粒,又修成香功如百花齐放,引来野蜂无数,那般神而且玄,凡人难以索解。要说有道,那是绝望疯癫者心灵妄想,是巫术幻象。《余韵》的主题也许就是:人人有自我期许,人人想寄托身心,人人都自以为是,人人都是自己的巫师。

程鹰小说故事好看,蕴含丰富,真诀是,他总有奇思妙想,且勇敢无畏能自由发挥,能打破真幻虚实的边界藩篱,虚实相生,意象迷离,嘻哈游戏处,真幻有无间。从符号学及叙事学角度看,确实有大块文章可做。只不过,不能胶柱鼓瑟,否则,不识程鹰是程鹰。社会风变疾速,国人欲潮凶猛,全不以个人意志为转移,竟致安身处无法立命,立命处难以安身,灵性事业与欲望生命渐行渐远,理想自我与真实自我扭曲断裂,社会时尚与精神价值貌合神离,甜蜜爱侣与患难夫妻南辕北辙,程鹰小说写的就是这些。叙事是社会生活摹影,符号为个人心灵变相。从《最后一个夏天》始,程鹰小说的主人公,无不在安身与立命战争中奋斗挣扎,不似冈察洛夫书中只思不行的俄罗斯多余爷,也不似塞林格笔下满嘴脏话的美利坚小愤青,是本土文化滋养的中国病生灵,生气圆,灵性方。

　　程鹰有妙笔,因他有慧眼;程鹰有慧眼,因他有真心。按《庄子·渔父》之说:"真者,精诚之至也,不精不诚,不能动人……真在其内,神动于外,是所以贵真也。"得此道三昧者,无不心真神出,想象纵横于生动世相与古怪术道间。程鹰写小说,貌似白头宫女闲话,江渚渔樵笑谈,绘世间诸般色相,述痴情离合悲欢,一派风轻云淡;间或叙古谈玄,指术言道,伴以幽默调侃,追求写意轻松。作者真心,藏在好看又好玩的故事深处,与笔下人物同气连枝,投情共感,真悲无声而哀。结果是,为了《文博游戏》,作者呕心沥血,竟致病骨支离。

　　程鹰嗜古。在佛学、《易经》、中医、书法、古琴中修行,还自创疗伤祛病安心养神秘法。对古玩文物、古董市场、古物商贩亦所见既广,所知也多,每谈及,总是眉飞色舞;曾写过《迷人的紫砂壶》《仿古》《裱画》《标记的意义》等多篇精彩故事。写长篇小说《文博游戏》,是溪流汇成江湖,简直顺理成章。《文博游戏》正是玩古者的江湖,其中术道多端,水深且浑,骗术惊人,邪道迷踪,玩古者被古所玩,骗人者人恒骗之。大传统里小传统,明规则下潜规则,唯有慧根者方能以退为进,才得安身立命。小说中有种种关窍,可圈可点,且发人深思。不过,我不能多说,也不该多说,对明眼读者唠叨,不仅愚蠢,而且罪过。

　　是为序。

陈墨

引子

在大北京的永定门以南,南二环和南三环之间的丰台区的地盘上,有一条不太热闹的街道,叫安乐林路。大家知道,北京的街道都是热闹的,但安乐林路仿佛有点犟脾气,有点清高,偏就不热闹,你拿它也没办法。各种孤傲的又有点文化的人,走在这条路上,就会不由自主地觉得自己很像许由、巢父、伯夷、叔齐、严子陵、陶弘景、陶渊明、林和靖、傅青主们,步态慢慢就会变得不一样,要轻得多,慢得多,一派岸然。只是这条路的两旁,和北京绝大多数的道路一样,都种植了大量的柳树。每逢春夏之际,漫天飞舞着轻浮的柳絮,很有些"乱花渐欲迷人眼"的意思,隐约透露出高隐也有风流和多情的消息。

这条街上开着一家茶楼,面积不大,建筑形式却很惹人眼,不仅称得上是古色古香,还别有韵味。事实上,这座茶楼是从徽州搬过来的一座清代的古民居,徽州木雕、石雕、砖雕一应俱全,建筑构件上,除了没有飞来椅,廊层隔扇门、厢房窗栏、檐廊楣罩乃至檐廊处的装饰挂落、飞罩、撑拱以及漏窗、景门等应有尽有。这样一来,这座茶楼自然就有了独到的情致和古雅的韵味。尽管这座茶楼面积不大,来光顾的茶客却不少,而且段位都挺高。当下人都喜欢玩个情调,还想玩出品位来。茶楼的门匾上刻着"八方品"三个籀文,一般人还不太容易认出来。有一次一个留着长白胡子的老先生认出来了,其实人们拿不准他是猜出来的,还是猜出来的。但人们都愿意他是猜出来的,因为这个老先生的形貌很像电视上出现过的那位名叫文怀沙的老头。

"八方品"的老板叫方有根,四十七八岁,胖胖的,脑袋很大,额头很高,面容看上去很和蔼,但几乎没有人能看出这种和蔼的神情中蕴藏着什么内容。来这里的茶客有的说这种面相的人心地慈善,是福相;也有人不以为然,认为这是装出来的"和气生财"相,骨子里无非是为了宰客。

这天早晨,方有根很早就起床了。他的早起可不是因为勤劳,而是因为他一夜都没睡着觉。方有根很少失眠,但昨晚来的一个客人让他失眠了。他为这个客人的来路想了一个晚上,却想不出一点丝迹,所以他失眠了。

昨天晚上那个古怪的顾客,是个七十来岁的老头,这老头皱巴着脸,头发蓬乱,胡子拉碴,穿一身老旧的灰卡其布的两兜中山装,从书画角度说,真正称得上是粗头乱服。方有根一看见他,脑子里立马就浮现出被敌人围困了半年的新四军连队的老炊事班长形象。让方有根没想到的是,老头居然开口要了一间最高档的小包厢,这让方有根心里有些发虚,心想自古异人有异相,怠慢不得,只好亲自伺候。待老头独自在小包厢坐定之后,方有根谦恭地问:

"敢问老先生,还有其他贵客吗?"

老头一边抠着牙缝,头也不抬地说:

"喝茶又不是打群架,要那么多人干吗? 就我一个。"

"那……这个……好、好!"方有根连连点头,稍歇,又问,"那……请问先生要点什么茶?"

"随便。"老头一直盯着茶具的眼光终于向方有根瞥了一下,这次方有根看见了老头眼角上还巴着眼屎,但他不敢相信那是眼屎,因为这间小包厢的最低消费是 5000 元。

　　方有根到包厢门口,吩咐最漂亮的女服务员上一料最好的普洱,自己则守在包厢门口。

　　服务员很快拿来了茶皿,方有根跟着服务员一同进了包厢,笑吟吟地弓腰望着老头,说:"茶来了,您老慢慢品着。"

　　服务员刚要打开箬笼,老头突然说:

　　"慢! 这是1946年的普洱,我不喝。"

　　方有根一听就愣住了,心想自己钻研茶艺有十几年了,也颇有修为,同行的人都挺佩服他。这料普洱是他亲自进的货,确实是1946年的普洱,可这老头……连箬笼都没打开,他也闻不到味儿,怎么就知道这是1946年的普洱? 莫非是有同行嫉妒我这店的生意好,让这个老头来砸我的场子不成?

　　方有根啜嚅了一会儿,低调而又诚恳地说:

　　"可是……我这儿拿不出更早的普洱了,这是小店最高档的了。"

　　老头缓缓扭过头来望着方有根:"再好的普洱我都不喝! 普洱生长在西南,身上有金性,又有火性,火克金,自相矛盾,一点生发之气都没有,喝它有什么意思? 现今的普洱时髦金贵,都是被那些庸人炒出来的。"

　　方有根沉吟了片刻,低声下气地说:"那……老先生您到底要喝什么茶? 我这儿什么茶都有,红茶、绿茶、白茶、花茶、黄茶、黑茶、乌龙茶都有,给您老上最好的。"

　　老头缓缓摇了摇头,说:

　　"我不喝红茶,红茶性热,属火,易引心火腾上;我也不喝白茶,白茶属金,性燥,易伤肺阴;我也不喝黄茶,黄茶属土,性湿,易坏脾胃;我也不喝黑茶,黑茶属水,性寒,易损肾阳;我最不喜欢喝花茶,好好的茶叶里面放香花,就好比在矿泉水里滴些香油让你喝。"

　　这一回方有根彻底蒙了,他还是头一回听到这样的茶论。他努力静了静心,慢慢缓过神来,试探地问:

　　"这么说,您老应该喜欢喝绿茶啰? 刚才您没提到绿茶。"

　　"茶乃天地间之灵草嘉木,得日月之精华。从这个方面说,绿茶最为本色,最具生发之气。"老头点了点头说,"不错,我喜欢喝绿茶。"

方有根一拍大腿:"哎呀,老先生干吗不早说? 我这儿有上好的绿茶!"说完朝门口的服务员喊,"快,给老爷子上一料最好的西湖龙井!"

不料老头又一抬手制止:"慢,我不喝西湖龙井! 西湖龙井虽然在当下的十大名茶中排名第一,但我嫌它水汽太重,太清软,这种茶女人喝还差不多,我不喝!"

方有根犯难了,挠了挠头皮,哀求般地说:"您老人家到底要喝哪儿的绿茶,您就直说吧,省得我费心哪,我这人从小就笨,脑子不好使。算我求求您,行不?"

老头望着方有根说:"我要喝徽州的绿茶。"

只听得啪啪两声,方有根一手拍在大腿上,一手拍在脑门上,几乎嚷嚷起来:"哎哟喂,您不早说,我老家就是'黄山市'的,我每年都要回黄山几次,什么样的黄山茶我这儿都有。"说罢得意地冲服务员喊:

"快,给老先生上一料顶尖的黄山毛峰!"

服务员正要转身,不意又被老头叫住:"慢,我不喝黄山毛峰。我讨厌'黄山市'这三个字! 好好的一个徽州,被改名叫黄山市,这是胡闹! 断了徽州的历史文脉! 哼,什么狗屁的黄山市,那徽州建筑怎么讲? 徽菜怎么讲? 徽墨怎么讲? 徽学怎么讲? 徽商怎么讲? 徽州三雕怎么讲? 新安医学怎么讲? 新安画派怎么讲? 简直是岂有此理!"老头越说越激动,差不多要生气了。

方有根连忙附和:"老爷子说得对,老爷子别生气,这名改得实在是没道理。有一天,一个喝醉了酒的客人来这里喝茶,也说到了改地名的事。他说,照这样改下去,以后恐怕机场的名字也要改,以后我们在机场听广播就有意思了——五粮液机场前往二锅头国际机场的旅客请注意! 您所乘坐的老白干航班已到达本站,请携带好随身物品到酒鬼登机口登机。请酱香型旅客在红花郎口登机……浓香型旅客请在国窖 1573 口排队等候! 我们抱歉地通知您,由于闷倒驴机场天气原因,小刀烧航班取消,请旅客们改乘劲酒航班……"方有根说到这里,隐然发觉自己说的这一段和老头说的不怎么搭调,赶紧打住,发出一阵夸张的大笑来掩饰,突然又捂着嘴戛然止住。

不料老头压根不理会他,自顾自地说:"有些地名改改也就罢了,我最受不了的是徽州改为黄山市,黄山市里还有黄山区,还有黄山风景区,简直乱套了。"

方有根连连点头:"是是是,是乱套了,完全乱套了!可是……"方有根转回主题上来,"老爷子您到底要喝徽州的什么茶呢?"

老头用手抚了一下茶案上的紫砂壶,微微叹了口气:"看在顾景舟这把壶的分上,我就要一料清音大方吧。"

方有根傻眼了,直愣愣地看着老头,半晌没有动弹。

老头问:"怎么啦?"

方有根语调有些气馁:"不瞒您说,这种茶我们小店没有,这茶名我都没有听说过。"

老头问:"那顶谷大方呢?总该有吧?"

方有根无力地摇摇头:"也、也没有,也没有听说过。"

老头很不理解地看着方有根,说:"听外面的茶友说你的茶楼品位很高,怎么这也没有,那也没有?唉,看来要对不起顾景舟这把壶了。那你就给我来一料珍眉,或者贡熙也行,凑合着润润嗓子吧。"

方有根半张着嘴,眼睛散发着雾气,吭吭哧哧地说:"拜托老爷子,别再为难我了,我学识很可怜,对茶也是半瓶子醋。要不,我给老爷子上一料顶尖的猴坑产的太平猴魁。在当下,这可是我们黄山……不,是我们徽州最好的绿茶了。"

老头沉吟了片刻,说:"刚才你还说你这儿什么徽州绿茶都有,现在我点的,你一样都没有。人家都说你的茶楼档次高,在我看来稀松平常,连个能品都算不上。算了,我也不为难你,就来一料太平猴魁漱漱口吧。"

服务员一听,赶紧出去拿茶了。

老头抬手示意方有根:"你也坐下来陪我漱漱口。"

方有根像是被下了迷药,迷迷瞪瞪地在老头的对面坐下。

老头看了看摆设的茶具,面色和蔼了一些,说:"你的这套茶具还有点样子,瘿瘤金丝楠的茶床,海南黄花梨的茶承,杯盏虽然年代不够久远,但也是嘉道年间的精品了。这把顾景舟的壶最好,是顾景舟壶中的逸品。"老头说着,又用手抚了抚那把紫砂壶。

方有根突然想到一个问题,说:"老爷子,当初我淘到这把壶的时候,也觉得这壶好。可是您老怎么知道它是顾景舟的壶呢?壶上没有打顾景舟的款啊。"

老头微微一笑:"我会看走眼吗?这铁定是顾景舟的壶!顾景舟的壶并不是每一把都署款。你有所不知,和顾景舟同时代的,还有一位天才女紫砂艺人,叫蒋蓉。顾景舟喜欢蒋蓉,曾委婉地向蒋蓉提出'合作',这个'合作'有两层意思,一是合作制壶,一是共同生活。蒋蓉拒绝了顾景舟的请求,而顾景舟心气极傲,此事就此告终。当时,他们两人的紫砂技艺都达到了极高的水平,顾景舟做'光货'已卓然成家,蒋蓉做'花货'亦声名鹊起。于是两人就比拼起来了,把所有的精力都投入紫砂壶艺术中,谁也不服谁。有一段时间,他们制作的作品都不署款,然后让老一辈的制壶大师来评定优劣。你的这把壶,就是顾景舟那个时期制作的。"

方有根听了这样离奇而又高远的故事,一时如聆天音,揉着自己的鼻子说不出话来。

服务员将茶送上来了,方有根赶忙亲自给老头洗茶注茶,这一套手艺活他还是做得很干净利索的。做完一系列茶道的程序,方有根就请老头品茶。

老头轻轻呷了两口,咂巴咂巴嘴唇,说:"说实话,在当下,这样的太平猴魁也称得上是妙品了,可惜水太差。"

方有根受了一点肯定,表情放松了许多,忙说:"茶还是可以的,难的是在北京找不到好水。"

老头说:"何止在北京找不到好水,现在在全国恐怕也找不到好水了。没有好水,再好的茶也泡不出真意。"老头摇摇头,又问,"读过陆羽的《茶经》吗?"

"翻过一遍,文言文的,注释也是文言,看不大懂,看得头疼。"方有根如实说。

老头说:"陆羽在《茶经》里,不仅介绍了24种茶器,还列了天下20种名水的次第,其中将江州庐山康王谷帘水排名第一。在我看来却不见得,天下第一水,应该是'槜泉',其次是'惠泉'……嗨,跟你说你也不懂,你自己去买一本张岱的《陶庵梦忆》看看。天下最好的茶,是徽州的阆苑茶,然而似有过之者,是徽州的松萝茶……"

一听到松萝茶,方有根立马打断了老头的话:"松萝茶我这里有,我马上去拿来给您沏上。"方有根说着就要站起来。

"得啦,"老头说,"真正松萝茶的制法,早在明末就失传了。上好的茶你是得不到了,中等的水,我还可以教你一个方法取得。"

方有根连忙点头:"请多指教,愿闻其详。"

方有根求知心切,竟然也冒出"愿闻其详"这般雅词来了。

老头微微一笑,语调平和地说:"你只要到受污染小的周边区县,密云也行,怀柔也行,找到一条清澈的小河,然后学会养水就行了。"

"养水? 怎么养?"方有根迫不及待地问。

老头说:"如取江河之水,应在上游、中游植被良好幽静之处,于夜半取水,置于缸中,左右旋搅,三日后自缸心轻轻舀入另一空缸至七八分,即将原缸渣水沉淀皆倒掉。如此搅拌、沉淀、取舍三遍,即可备以煎茶了。如此淘沁出来的水,大抵可以成中等的水了。"

方有根听入迷了,隔了好一会儿才缓过神来,连忙说:"多谢指教,多谢指教。没想到这水里,还有这么多的奥秘。我一定要淘出好水来,到时候一定请老爷子来品尝。"

"我喝的好茶好水多了,不一定会来品你的茶。你是徽州人,我们算是有缘,就再点拨你几句——你开这传统的茶楼,建筑又是徽派古建筑,可不能不懂茶的神韵真意,光知道一本陆羽的《茶经》还远远不够,要多读几本书,并且要涵泳其间,默会于心才行。比如北宋蔡襄的《茶录》、徽宗赵佶的《大观茶论》,明人张源的《茶录》、许次纾的《茶疏》、程用宾的《茶录》、罗廪的《茶解》,清人陆廷灿的《续茶经》……嗨,跟你说这么多你也记不住,记住了你也读不懂。我真是树老根多人老话多,不说了不说了。"老头说着用手掌在嘴巴前扇了几扇,像是要赶走自己刚才说的话。

方有根忙不迭地说:"哪里哪里,老爷子的开示对我来说是醍醐灌顶……对,醍醐灌顶! 我受用无穷,受用无穷!"

老头仿佛没有听见方有根的话,又小小地呷了一口茶,慢慢地放下茶杯,站起来说:"我要回去了。"说着就往包厢门口走。

方有根急忙喊:"哎哎,老爷子、老爷子,老爷子请留步!"

老头回过头来望着方有根,问:"还有什么事?"

方有根支吾着,双手不停地搓,却说不出话来。

老头突然明白过来了,说:"哦,对了,我还没有付茶钱,真是老糊涂了。不过呢,今天我忘了带现金,又从来不用银行卡,你看这……对了,用这个顶行不行?"

老头说着从口袋里掏出一个信封,递给方有根。

方有根接过信封,从里面抽出一张折叠成方的旧宣纸,展开一看,是一张山水斗方。方有根眼前一亮,脱口而出:"好画! 绝对的精品! 这……这很像是新安四大家汪之瑞的作品。"

老头说:"什么叫很像是? 这就是汪之瑞的精品真迹。看不出来你还有点料,能看出汪之瑞的风格。"

方有根心驰神往地望着画幅,喃喃地说:"看样子是真迹,开门见山,只可惜没有落款……"

老头说:"只要是真东西,好东西,没有落款有什么打紧? 你那把顾景舟的壶,不也没落款吗?"老头说着指了指包厢四壁上挂的古字画,"你的这些东西都落了款,可没一件是真的。我拿这幅斗方,跟你换了一壶茶,你不吃亏吧?"

方有根脸上有些发烫,笑容可掬地说:"不、不吃亏,不吃亏! 这是捡着大便宜了! 受之有愧,受之有愧。"

老头哈哈一笑,说:"别什么愧不愧了,喜欢就留着。我走了。"老头说完转身就走了,步态很轻捷。

方有根捧着那幅画,呆呆地站在那里。等他反应过来,忙冲到窗台往楼下看,哪里还能见着老头的半分踪影?方有根呆立当场,恍若在梦中遇见了武侠小说中的旷世高人……

现在,失眠了一夜的方有根起床了。他的卧室在二楼的东头,里面摆设的都是古家具,房门上刻着蝙蝠纹。而他对面西头的那间房,住着他的第三任妻子和最小的女儿。她们的卧室门上,刻的是冰裂纹。这里的寓意显而易见:冰裂纹是"吃得苦中苦"之意,而蝙蝠纹嘛,当然就是"享得福中福"了。方有根一心想要个儿子,为此他换了三个老婆,但他的老婆们仿佛约好了似的,接二连三地给他生女儿,直到他死心为止。现在大女儿跟着大老婆走了,二女儿跟着二老婆走了,三女儿和三老婆没走,就住在冰裂纹的后面,犹如被打入冷宫。

方有根出房门后,照例是先盥洗干净,然后来到静室,给佛龛里的观世音菩萨上了一炷上等的色空藏香和一杯六安瓜片,双手合十在菩萨面前静心。但今天他的心静不下来,满脑子都是昨晚来的那个老头,不知这老头是何方神圣?他祈求观世音菩萨保佑,只愿昨天来的那个老头不是狐仙就好,但他不知道观世音菩萨会不会帮他这个忙。他左思右想,想到老头教他识茶,教他养水,教他读书,还送给他汪之瑞的画,想来应该没有恶意,说不定是观世音菩萨派来帮他的。因为观世音菩萨没有给他方有根送子,或许心中有点过意不去,就给他送来一个能帮他的老头。这样想着,方有根心里踏实多了。

接着他又想到汪之瑞的画,就赶紧离开静室,折回房间里去,打开保险箱去看那幅画。他生怕那幅画一夜之间变成了黄表纸甚至纸灰,那就是被狐仙或鬼魅缠上了。他哆嗦着双手展开画,见画面完好如昨,气韵生动,心里终于彻底踏实了,同时很后悔昨晚忘了问那老先生尊姓大名、住何方仙府。他后悔一阵后,觉得胸口有点憋闷,于是推开窗户,打算呼吸两口新鲜空气。然而窗外是一片迷迷蒙蒙的景象,什么也看不清,他知道这是北京的雾霾。平时他是极讨厌北京的雾霾的,可这一次很奇怪,他不仅不讨厌雾霾,反倒是感到了山色空蒙的意境,浓重的雾霾和远处的高楼似乎幻化成了蓬莱仙岛。接着,他恍惚看到了一个丁香般的姑娘从他的茶楼下经过。可惜那位姑娘很快消失在缥缈的迷雾中,方有根竟然有一丝惆怅。不知为什么,他又想起了他那带着水汽和雾岚的皖南老家,想起了将近三十年前经历的种种物事……

第一章　出山奇遇

　　方有根是皖南徽州歙县基坑村人,距离浙江杭州不远,但他看不到富庶的杭州,因为目光被高山挡住了。因此方有根从小就不喜欢高山,同时很不喜欢自己居住的这个村的名字——基坑,那不就是被埋在最下处了吗?四周除了高山和在半山腰云雾间盘旋的老鹰,还能看见什么呢?他从小就很羡慕那些老鹰,饿了就俯冲到地上抓只小鸡到山上去吃,高兴了就飞过山顶去看一看杭州。而他方有根呢?饿了只能在地里刨一个山芋吃,还不能挑大个的,高兴了就只能到村头的水碓看舂玉米。方有根长年吃玉米糊,吃得小肚子胀鼓鼓的,像是得了血吸虫病。

　　方有根的娘就是死于血吸虫病,那一年方有根才一岁。十几年以后,方有根读初中的时候,才知道二十几年前毛主席就和血吸虫打了一仗,把瘟神送走了。可是,血吸虫瘟神明明被毛主席赶跑了,为什么方有根的娘还会死于血吸虫病呢?方有根百思不得其解,最后只能得出两个结论:一是毛主席并没有把瘟神全部赶走,而是留了几只下来做反面教材;二是他娘没有好好听毛主席的话,所以毛主席就不想管她了。

　　方有根读初三的时候,方有根的爹方老根开山采石时跌断了腿,从此不能干重活，只能在田间地头一瘸一拐地勉强讨生活，所以方有根初三毕业后就辍学了，家里没有能力让他继续上进。整个村里的人都为方有根不能去县里念高中感到可惜，因为方有根从小就聪明，脑门大，书念得好，算盘也打得好，回回考试全年级第一。他要念了高中，考上大学是笃定的，被点"状元"不敢想，但说不定能中上个"榜眼""探花"，再不成中个"进士"也是全村的风光。为此村里人可惜了两个多月，然而可惜归可惜，一个村的人都穷，帮不上方有根。隔壁的汪老伯更是看好方有根，说他不仅天庭长得好，地阁也长得好，应该是个大富大贵的命。可惜汪老伯也帮不了方有根，只能偶尔炒一点蚕豆、晒一点山芋干给他吃。

方有根只好听从父命，去学做篾匠，指望从手艺上讨碗饭吃。从此，每当方有根破开长竹，再把竹条削成一根根细长跳动的篾丝时，他就感到自己就像一条吐丝的蚕，最终要织个茧把自己封起来，然后等着人们把他丢入开水大锅中。

很快，三年的学徒期满了，方有根也长成了一个还算强壮的小伙子，本来可以自立门户单干了，可是村里两个手艺好的老篾匠不仅不死，身子骨反而越来越硬朗，所以根本没有人找方有根干活。方有根只好常常在自家的土屋门前坐着读小说，或蹲着想心思，偶尔帮父亲在田地间、茶园里干点活。

这是二十世纪八十年代末，改革开放的风已经在大城市刮起来了，但还没有刮到山坳里来，仿佛叫山和树挡住了，但至少有了那么一丝风头，因为收音机会说话，能告诉山里人一些他们似懂非懂的事情。

这一日是谷雨前的头两日，方有根记得很清楚。方老根刚烘焙好的十几斤茶，要方有根拿到屯溪去卖。雨前茶价钱好，这一点方有根知道。但他不理解父亲为什么要让他到路程远的屯溪去卖，到县城里去卖不是更省力些吗？

方老根递给方有根一碗油炒饭，说："你不懂，屯溪是徽州……不，是黄山市委市政府的营盘，有飞机场，有火车站，全国往来的人多，茶就好卖，运气好还能卖高价。咱们县城偏僻，来的外地人少，本地卖茶的人却多,卖不上价。我这次让你带点茶去屯溪卖,一是想看看屯溪那边的行情,二是想让你出去见见世面。你坐汽车到屯溪,也不辛苦。"

方有根一边飞快地扒拉着油炒饭,一边频频点头。试想,能吃上油炒饭,还能坐汽车去屯溪见世面,这天下的大美事,怎能不干?

方有根快要吃完油炒饭的时候,隔壁的汪老伯赶着鸭子出来了,见方有根吃油炒饭,很是惊奇,说:"嚯!一大早吃油炒饭哪?难怪我屋子里都闻着香。要干什么重活去啊?上山砍柴吗?"

方有根抹了抹嘴上的油:"汪老伯早!不干重活,上屯溪去卖茶叶。坐汽车去!"方有根强调了"坐汽车去"的语气。

方老伯一愣,不相信似的大声问:"什么?到屯溪去?"

方有根一边用力点头一边大声说:"是!到屯溪去!坐汽车去!"方有根知道汪老伯有点耳背,话音越提越高。

汪老伯真切听清了方有根是要到屯溪去,不由分说一把抓住方有根的手腕,连拉带拽地将方有根往自家屋子里拖,一直拖到汪老伯住的那间又小又黑的房间里去。

方有根被汪老伯的举动弄傻了,丈二和尚摸不着头脑,不停地问:"汪老伯你干啥?你到底要干啥呢?"

汪老伯匍匐下身子,从床铺底下捧出一个包裹,放在小四仙桌上,随后又推开了一扇小窗,一片亮光照在包裹上。汪老伯小心翼翼打开包裹,方有根眼前出现了一个不大不小的、薄薄的花瓶。

方有根问:"汪老伯,你给我看这个东西干吗?"

汪老伯压低了嗓音,显得很神秘:"有根哪,你不懂,不识货,这可是我祖上传下来的宝贝!前些年不值钱,听说这几年值钱了。在屯溪老街上,就有收购这类东西的店,以前叫旧货店,是公家开的,卖不起价。现在有私人开的,叫古玩店,碰巧了就能卖个好价钱。"汪老伯歇了歇,接着说,"你不是要到屯溪去吗?我想托你帮我把这个东西带去,找一家私人开的古玩店,把它卖了。"

方有根问:"这是你祖传的东西,卖了不可惜?"

汪老伯两手一摊，蹙起眉头说："这也是没办法啊！你大哥要盖屋子，你二哥要结婚，我这个当爸的，总要出点钱帮衬他们吧？你知道你老伯没钱，只好卖掉它了。"

方有根想了想，想到一个问题："你可以让大哥二哥他们拿到屯溪去卖啊！我比他们年纪小，怕卖不好。"

汪老伯连忙摇手："你傻啊？让他们去卖，知道了价钱，还不要为分钱打起来？这两个不争气的东西我晓得，都想占便宜，都想自己多分一点。"

方有根听了，觉得汪老伯也蛮可怜的，就说："那行，我帮你带到屯溪去卖卖看，卖不掉可别怪我，说我没尽力。"

汪老伯说："哪能呢，你多找几家私人开的古玩店，说不定就卖掉了。对了，千万不要到公家开的博物馆去，那指不定就给没收了。"

方有根点点头说："我记住了。"转念忽然又想到一个问题，"这个东西，要卖多少钱呢？"

汪老伯沉思了一刻，伸出两根指头："两千！"

方有根瞪大了眼睛嚷嚷起来："两千？汪老伯你穷糊涂了吧？你这东西要卖两千，那我这只碗不也可以卖五百？"方有根说着把那只盛油炒饭的蓝边碗朝汪老伯亮了亮。

汪老伯耐心地说："有根哪，你还年轻，是真不懂。我这梅瓶，是大明成化的斗彩梅瓶，珍贵着呢，懂行的人一看就知道。这样吧，最低不能低于一千八，卖不掉就给我带回来。"

方有根正踌躇着，方老根不知什么时候出现在了房门口，他低着嗓音说："有根，这东西又不重，你就带到屯溪去卖卖看吧，也不枉汪老伯一直疼爱你。卖不掉就拿回来，千万小心别打碎了。"

"那好吧，我就带去卖卖看。"方有根的语气里好像还是有点不情愿。

就这样，方有根穿上了过年才能穿的衣裳，背着一大篓筐茶叶，篓筐里插了杆秤，怀里抱了个旧青花布包裹，还横挎着一个装着咸菜炒米和苞芦粿（玉米饼）的帆布包，搭着村会计五顺的顺风拖拉机，赶到了歙县。又在歙县汽车站买了去屯溪的车票，直奔屯溪而去。

　　方有根中午到了屯溪,在屯溪汽车站花五分钱买了一碗茶,就着茶吃了一点炒米、一点咸菜和两个苞芦粿,然后沿途问路。屯溪老街和车站相距不远,方有根很快就到了老街的下马路。

　　屯溪老街素有"宋街"之称,意思是这样一条繁茂的街在宋代就存在了。屯溪老街的街面上铺着青石板,也不知是哪个年代的,反正看上去很老很旧,一直绵延而去,约有十里长。老街的两旁鳞次栉比地矗立着各式各样的店面,有民国时期的、明清时期的,还有的还能看出宋代建筑的痕迹,大都是砖木结构的徽式建筑,有的大店铺纵深难测,仿佛深不见底乃至有阴森感。方有根对这些不感兴趣,他的主要目的是来见世面的,其次是卖茶叶的,最后才是卖花瓶的。老街入口处有一座牌楼,上面写着"老街"二字。方有根觉得那两个字写得一点都不好看,不黑,不如基坑村的刘相公写得好。有一些外地人站在牌楼下照相,方有根很不理解,不明白他们为什么不去照相馆照相。

　　老街上什么店都有,有布店、鞋店、食品店、文具店、五金店、百货店、玻璃店、杂货店、茶叶店、土特产店、旅店、药店、花圈店等等。方有根很不喜欢在这么热闹的街上开一个花圈店,他认为这很不吉利。他也不喜欢那个叫"同德仁"的百年老药店,那么大的店面,里面全是药柜,可见这城里人要生多少病,吃多少药啊!要是这药店开在基坑村,那村里人人不用吃玉米、山芋、南瓜了,只要吃这店里的药就够了……呸!呸呸!不能有这样触霉头的想法——方有根在心中这样告诫自己。

　　方有根更喜欢的,是摆在巷子口的那些小摊小铺,有卖针线的、卖渔具的、卖水果的、卖包子的、卖麻花的、卖猪油烧饼的,还有修皮鞋的、修自行车的、修雨伞的等等。尽管方有根中午吃了炒米、咸菜和两个苞芦粿,肚子根本不饿,可他还是买了一毛钱的麻花和一毛钱的猪油烧饼吃,本来他还想买个苹果,最终还是忍住了,因为他这次出来花的钱,回去是要跟爸对账的。他在街边还看到一个卖茶叶的老太婆,一个竹篮子里装着几斤茶叶放在跟前,坐在街边不起眼的石板沿上。方有根多了个心眼,上前去问价格,老太婆说六块钱一斤。方有根听到后转身走了,他心中有底了,因为老太婆卖的是平地毛峰,而他卖的是高山毛峰。

方有根一直想找一个巷子口卖茶叶,可是巷子口都被小摊小贩占满了。直到走到上马路的尽头,他才发现一个巷子口没人占,于是他赶忙在巷子口放下茶叶篓,又找了半块红砖头当粉笔,在黑石板路面上写了"卖茶叶"三个大字,又用这半块砖头垫着屁股坐下,把汪老伯的宝贝紧贴在身边,然后等着顾客来光顾。他抬头看了看巷口的拱楣上刻着"风灵巷"三个字,觉得很满意,认为这个巷名起得好,风生水起,灵光闪现,多好!他不知道这条巷本来叫"坟灵巷","风灵巷"一名是后来改的,所以这条巷口没人来摆摊铺。

说来也怪,方有根的茶叶一下午就卖掉了一半,价钱也卖得好,十二块钱一斤,绝不还价。方有根相信一定是"风灵巷"在成全他,尽管他家的茶叶品相好,做工细,芽头厚,可在歙县最多就卖六块钱一斤,难怪爹要让他来屯溪见世面。

天色暗下来了,方有根在附近找了家简陋的旅社住下来,叫"益民旅社",十块钱一个床位,一间小屋子里有两张床。方有根刚进房间,一股霉味就向他扑来。他把茶篓放在床边,本想出去买碗面吃,然后再逛逛屯溪的夜市。可他一看到汪老伯托他卖的那件"宝贝",心里就犯愁了,他知道汪老伯是在做春秋大梦,可他不能把这"宝贝"弄丢了,否则他拿什么赔啊?原先他就不情愿带这件东西来的,现在就格外后悔,同时也怪他爹多事,帮汪老伯说话。

方有根没办法了,看见房间里有两瓶开水,就给自己倒了一杯,水是温暾水,不烫,方有根从帆布包里拿出咸菜、炒米、苞芦粿,胡乱咀嚼吞咽了一番。肚子总算饱了,可心里却很饿,一直想着屯溪的夜晚是什么样的情形。想着想着,实在想不出个什么名堂,倦意就上来了,也不想到楼下的澡堂里洗澡,遂脱了衣裤上床,正要躺下去睡觉,房门突然开了,进来一个顾客,看上去和他的年龄差不多。那小伙子一进来,看见方有根,就很礼貌地道了声"你好",方有根赶紧回了声"你好你好"。他要表现出有修养的样子,不能让人看不起山沟里的人。

不过方有根看那位年轻人穿着也不怎么样,顶多是个县城人,说不定还是乡镇的。听口音像是外地的,可以肯定不是徽州口音,也不像是个富裕人,不然不会住这样的旅社。这么一想,方有根的心里就不再气馁,多了几分淡定。但是那个年轻人手里提的那个皮箱,还是让方有根有点志短。

然而接下来那小伙子的动作差点把方有根吓坏了——那小伙子和方有根打完招呼后,径直走到自己的床前,打开皮箱,从里面拿出一双皮鞋、一件皮夹克、一条料子裤子,飞快地给自己换上,又从口袋里掏出一把小梳子梳了梳头发,然后转身微笑着对方有根说:

"不好意思,我要出去办点事。您如果不出去,我的这个箱子麻烦您帮我照应一下。"

面对小伙子的笑容,方有根没有办法拒绝,结结巴巴地说:"我……这个……我不、不出去,箱子、箱子……行、行,我帮、帮你看着……"

小伙子抿嘴一笑,说了声"谢谢",匆匆出门走了。

方有根被眼前发生的这一幕惊呆了,脑子里想起在电影里看到的那些地下工作者。

方有根在床头靠了一会儿,因为累,最终还是躺下了。他没敢关电灯,侧着身子一直盯着隔壁床上的那只皮箱,他一直在猜那只皮箱里还装了些什么,会不会有一把手枪? 有好几次,他都想下床,去打开皮箱,看看里头到底放了什么东西,但是最终还是不敢,怕这样会犯法。

方有根就这样盯着皮箱胡思乱想,最后头也晕了,眼也涩了,正打算闭上眼迷糊一会儿,小伙子回来了。

方有根赶紧坐起来,指着皮箱说:"箱子、箱子我一直替你看着呢! 你自己打开看看少了什么没有。"

小伙子脸色红红的,看样子喝了不少酒。他笑着说:"太谢谢您了。箱子里没什么东西,都是一些破烂旧货,还烦劳您帮我看了半宿,真不好意思。"

方有根忙说："没关系没关系，应该的。"

小伙子又抿嘴一笑，脱了衣服上床，点了一支烟靠在床头，问方有根："来一支？"小伙子举了举手中的烟。

"不要不要，一点都不会。"方有根连连摇手。

小伙子吸了口烟，吐出来，问方有根："来屯溪出差的？"

方有根边摇头边说："不是不是，来卖茶叶的。"他说着指了指床边的茶篓，"我是山里人。"

小伙子亲和地问："今年茶叶价格好吗？"

"马马虎虎，马马虎虎。"方有根拘谨地答。

"做生意，能够马马虎虎就不错了。"小伙子说着，突然指着茶篓旁边的那个旧青花布包裹，"那是什么东西？"

方有根被这么突然一问，额上马上沁出细汗，含混不清地说：

"没、没什么，是一只、是一只……小茶篓！"方有根抹了抹额上的汗。

小伙子饶有兴致地笑着问："一只茶篓还要用布包着？我还以为是只花瓶呢。"

方有根脑子里在拼命转，嘴里说："不是、不是花瓶，是只小茶篓。是……是我自己编的，我是篾匠。茶篓里装了好茶，我明天、我要送给我表姐夫，我表姐夫在屯溪工作……那个，好茶最怕受潮，所以包了层厚布。"

方有根说完，又抹了抹额上的汗。

"原来贮茶还有这个讲究。"小伙子摁灭烟头，伸了个懒腰说，"早点睡吧，我明天还要起早赶车。"小伙子说着缩进了被窝。

方有根松了一口气，赶紧附和："赶紧睡赶紧睡，我明天一早也要出去卖茶叶。"

方有根说完拉熄电灯，也缩进被窝里。

黑暗中的方有根闭着眼睛，可是一刻也不敢睡着，他对身旁那个神秘的小伙子充满了狐疑。他意识到小伙子已经知道了青花布包裹里是一只花瓶,只不过是装糊涂而已。他不知道小伙子是哪条道上的,生怕他贪图这只花瓶,以致半夜里把花瓶偷走。花瓶是不是宝贝他不知道,可万一这只花瓶不见了,不仅没有脸见汪老伯,还可能被他爹打断腿,从此变得和他爹一样一瘸一拐的。所以方有根在黑暗中一直坚持睁大自己警惕的眼睛。

旁边床上的小伙子发出了均匀的呼吸声,渐渐地,不知过了多久,均匀的呼吸声变成了均匀的鼾声,方有根还是不敢放松警惕,疑心小伙子是装的。不一会儿,小伙子突然翻了个身,方有根弹簧般地坐起来,望着小伙子那边。不料小伙子没有再动弹,安静了片刻后,小伙子居然大声地打起呼噜来。方有根只好重新躺下,暗中为小伙子的呼噜数数。这样数着数着,数到天快亮了,一阵强大的困意倏然袭来——方有根像被枪毙了一般,突然睡着了。

等方有根从梦中醒来,窗外早已阳光灿烂。方有根急忙向床边看,幸好青花布包裹还在,茶叶篓、杆秤、帆布包也都在。方有根大大地松了口气,看看外面的天色,估摸着快九点钟了,想到还要卖茶叶,赶紧起床,胡乱洗了把脸,背上茶篓,带上其他物什,离开旅社往老街上马路方向走。

方有根边走边担心"风灵巷"的巷口被别的摊贩占了,心中很着急。临近巷口的时候,见巷口只站着一个中年男人,并无其他商贩,方有根放心了,三步并作两步赶到巷口,刚想放下东西,那中年男子笑着对他说:

"我昨天下午在你这儿买了两斤茶,你还记得吗?"

方有根点点头,又摇摇头。一方面是他确实记不清了,一方面是他不知道对方的来意。

那中年男子长得很清秀,文质彬彬的,说话很温和:"你的茶我昨天回去尝了,很不错,你还有吗?"

方有根先是愣了一下,突然福至心灵,说:"昨天那种卖完了,今天带了一些新的来,比昨天那种还好。"

中年男子表示要看看,方有根放下青花布包裹,从肩上卸下茶篓,说:"你看吧。"

中年男子从茶篓里抓了一小把茶叶出来,看了看,又放到鼻子底下闻了闻,不置可否地笑笑,说:"我看和昨天的差不多。说吧,这种多少钱一斤?"

方有根咬一咬牙:"十六块钱一斤,少一分不卖!"

中年男子从挎包里拿出一个黑色的、不透明的大塑料袋,说:"称一称吧,我全要了。"

"什么? 你全要了?"方有根不敢相信自己的耳朵。

"是的,全要。称吧。"中年男子肯定地说。

方有根把茶篓里的茶全部倒进黑塑料袋里,一过秤,说:"七斤二两,满满的,你看。"他说着把秤星移向中年男子。

中年男子不看秤,眼睛一边瞟向那个青花布包裹,一边从钱包里取钱,递给方有根。

方有根说:"你买得多,那二两就不算钱了,算我送你品尝的。"

中年男子把一百二十块钱塞到方有根手中:"你送给我二两茶,那四块八毛钱也不用找了。"

方有根攥着钱,不好意思地说:"你看这……这,你不是吃亏了吗?"

中年男子说:"这样才公平,我没吃亏。"说罢中年男子一指那个青花布包裹问,"那是什么? 也是茶叶吗? 怎么卖的?"

方有根愣了一愣,说:"对、对,是……是茶叶。这个茶叶不卖,是送给我表姐夫的。"

中年男子淡淡地笑了笑,说了声"再见",拎起黑塑料袋头也不回地走了。

方有根一头雾水地站着,望着中年男子渐行渐远,好半晌才想明白:这"风灵巷"就是灵!

"风灵巷"口的旁边就有一家小早餐店,方有根进去坐下,要了一碗稀饭、两个包子、两根油条,拢共花了不到八毛钱。方有根边吃边想:不到十五斤茶,在屯溪卖了二百多块钱,要是我们家能出一百斤、两百斤茶,那不就发啦？回去一定要让爸好好种茶,好好做茶。一想到爸,随即就想到汪老伯,想到汪老伯,自然就想起身旁的花瓶,心中觉得有点对不住汪老伯,昨天走老街的时候,一路上只顾自己看热闹,买东西吃,忘了看哪里有古董店,这会儿还有时间,人又在老街上,不妨顺街下去找一找古董店,替汪老伯问一问。花瓶能不能卖掉是一回事,自己办没办是另一回事,回去好给汪老伯一个交代。这样想着,就抱起旧青花布包裹站起来,出了早餐店找古董店去了。

方有根刚走不远,就看见一家店,匾上题着"文雕苑"三个字。朝里面看,货柜上摆着些坛坛罐罐木雕竹雕什么的,壁上还挂了不少字画,一望便知是家古董店。

方有根忐忐忑忑地走进去,可他刚进门就止住了脚步,原来他看见老板和老板娘正在吵架,内容大概是老板娘骂老板在外面有相好的,老板则骂老板娘整天摆着一副老寡妇脸给他看。两人吵了一通,最后都阴沉着脸相互不理睬了。方有根这才往里走了几步,到柜台前问老板:

"老板,不好意思,我这里有只旧花瓶,不晓得你愿不愿意看看?"

"你找她看去。"老板脸侧向一边,手指着另一侧的老板娘,"我们家她做主,她要当武则天!"

方有根把探询的目光移向老板娘。

老板娘朝他没好气地挥挥手:"去去去,什么花瓶,他相好的就叫青花。"老板娘指着老板对方有根说,"你来凑什么热闹？想让他和他的青花生一个青花瓷器下来?"

方有根见势不妙,赶紧离开了。

快到中马路的时候,方有根又看到一家名叫"博古斋"的古董店,货柜上也摆着些坛坛罐罐什么的,但数量不多,大多数都是整整齐齐地摆放着的各式各样的紫砂壶。店里很清静,只有老板一个人,正坐在柜台后面喝茶。

方有根依旧是忐忐忑忑地走到柜台前,问:

"老板,不好意思,我这里有只旧花瓶,不晓得你愿不愿意看看?"

老板望了他一眼,懒洋洋地欠过身体说:"什么玩意儿?看看就看看吧。"

方有根把青花布包裹放到柜台上,小心翼翼地解开青花布,花瓶呈现出来。

老板歪着头看了看花瓶,好像有点兴趣,双手捧起花瓶,翻过来朝瓶底看了一会儿,重新将花瓶放在柜台上,用手指在花瓶上弹了弹,懒懒地说:

"旧是件旧东西,多少钱?"

"两千。"方有根低声说,自己都觉得没底气。

"两千?"老板瞪大了眼睛,随后发出一阵哈哈大笑,"做你的发财梦去吧!一件民国的仿品要两千?还大明成化呢,还是薄胎呢!怎么不是大明洪武啊?给你五十块钱,不卖走人。"

方有根想说几句什么,可一时又说不上来。这时,一个举着小旗子的女子带了一群奇装异服的人进来,老板赶紧笑容满面地迎了上去,向那群人热情洋溢地介绍货架上的紫砂壶,举旗的女子也在一旁生动地帮腔,大家都兴奋得像过元宵节似的。

方有根落寞地将花瓶重新裹好,抱起花瓶走出店门。

走在老街上的方有根心中在跟汪老伯说话:汪老伯,这可不怪我没本事,你这花瓶根本不是什么宝贝,根本不值钱,人家都不要,最多给五十块钱,还不如四斤茶叶的价。我可是尽力了,我总不能掐着人家脖子逼人家要对吧……

方有根一路漫想着,不觉就到了下马路,无意间一侧头,看见"汲古轩"三个字,知道又是一家古董店,想进去,又不想进,踌躇了半天,最后还是硬着头皮进去了,心中还在跟汪老伯说话:汪老伯,为了您这只瓶子,我可是豁出去了!

店里面也很清静,悬挂的字画很多,一个女店员正在和一个顾客低声介绍一方老砚台,老板坐在柜台后低头看书,气氛和前面两家店不太一样,至于哪儿不一样,方有根也说不上来。

方有根走到柜台前,照例是老一套:

"老板,不好意思,我这里有只旧花瓶,不晓得你愿不愿意看看?"

那老板一抬头,两人均是一愣——原来这个老板正是上午在方有根手上买茶叶的中年男子。

中年男子笑着说:"嗬,不简单哪,上午做茶叶生意,还没到中午,又做起古董生意来了,看不出来啊。先前你不是说里面装的是茶叶吗?还是送给你表姐夫的,不能卖的。"

方有根感到脸上一阵发烫,觉得很难为情,解释说:"我、我确实是来屯溪卖茶叶的,我父亲亲手做的茶,我是个篾匠,这个……这个花瓶,是我家隔壁的汪老伯托我带到屯溪来,看看有没有人相中,他想卖了,家里急用钱。"

方有根喜欢中年男子温和儒雅的样子,心中觉得亲近,说话也顺溜起来了。

中年男子亲切地看着方有根,温和地说:"先前我一瞄,就知道布包里面是只花瓶。到底是什么宝贝?打开看看再说吧。"

方有根把包裹放到柜台上,解开旧青花布。

中年男子和"博古斋"的那位老板一样,先盯着花瓶看了一会儿,然后捧起花瓶,翻过来看花瓶的底部,再重新将花瓶放到柜台上,不过他没有用手指去弹敲花瓶,而是继续盯着花瓶看,看了很久,再次捧起花瓶看底部,又看了很久,然后将花瓶放到柜台上,动作很慢,很小心,方有根这边屏住了呼吸,心中怦怦乱跳。

中年男子舒了一口气,说:"东西不错,釉色好,胎质细腻,器形也好,完整无缺,可惜是同治年间仿的。这件东西,你要卖多少钱?"

"两千。"这回方有根有了点底气。

"两千?"中年男子微微摇了摇头,"这件东西要真是大明成化的,两千真不贵,可惜它是同治年间仿的。"

"要不你给一千八,行不?"方有根说。

中年男子还是微笑着摇头:"我最多给你五百,因为它是后仿的。在这条老街上，我做古董最公平，从不诓人，不信你可以去打听打听。"

"我信。你这个老板一看就叫人信！"方有根说，"可是一千八是汪老伯给我的底价，我不能做主。要是我的东西，两百我都卖。"

中年男子笑了，说："你说得有道理，看来我们这生意做不成了。你回去告诉汪老伯，如果他五百肯卖，就来找我。如果不肯卖，就一定要收藏好，别打坏了，再过十年八年，说不定真能卖两千。"

"谢谢，谢谢。你这老板真是个好人。"方有根说着，动手用旧青花布包花瓶，没想到老板突然说：

"等等，你这块旧青花布能不能卖给我？"

"你要这块破布干什么？"方有根问。

"我觉得它好看。"老板说。

"一块破布有什么好看的？我送给你算了，这个我能做主。"方有根豪迈地说。

"不行，生意有生意的规矩。"老板说着把五十块钱递到方有根面前，"给你五十块，行不行？"

方有根的手伸缩了两下，最后还是抓过了钱，说："行！那我就回去了，吃完午饭，还要赶下午的车回家。"

老板站起来，微笑着说："那好，不送，一路上注意安全。对了，听你的口音，像是歙县人，你是歙县哪里的？"

方有根说："歙县闵阳镇基坑村的，老山里。"

老板点了点头，说："明年春茶上来的时候，再给我送十斤来，最好是明前茶。"

"行、行，一句话！那我走了，不耽误你做生意。"方有根说着，抱起花瓶走了。走到店门口时，他回头看了一眼，见那老板还站着，面带微笑望着他。方有根心中不由得一阵感动。

方有根走了不长一截路，就到了下马路老街的出口，他又看到了那个牌楼，昨天他认为牌楼上题写的"老街"二字不好看，可今天他又觉得那两个字写得挺好看的。方有根对自己这一趟来屯溪的收获挺满意的,不到十五斤茶叶,卖了两百多;一块破青布,换了五十块。花瓶虽然没卖掉,然而他知道了花瓶是后仿的,也能值五百块,回去完全可以跟汪老伯交代了。他向两边的店铺看了看,看到一家徽菜馆,他很想进去饱餐一顿,犒劳犒劳自己,然后去汽车站买票回歙县。但他想到帆布袋子里还有三个苞芦粿,总不能扔掉吧?踌躇了半天,还是到牌楼旁边一个露天的茶摊子前坐下,将花瓶摆放在自己面前,花五分钱买了一碗粗茶水,就着茶水啃苞芦粿。苞芦粿已经变得很硬了,干巴巴的,像是啃树皮,一碗茶水喝掉了,才咽了大半个粿下去,只能又买了一碗茶,慢慢地啃着苞芦粿。

啃着啃着,突然有人轻轻拍了一下他的肩膀,问道:"请问先生,这只花瓶是您的吗?"

方有根一回头,见一个衣着华贵、五十来岁的人站在他身后,面容慈和地望着他。方有根被苞芦粿噎住了,一时说不出话来,只得一边点头,一边往嘴里灌茶水,好容易将玉米渣咽下去了。

那人又问:"你这只瓶子卖不卖?"

方有根觉得这个人的口音像广东人,因为当时粤语歌很红,方有根也是听过一些的,就说:"卖,卖。就是拿来卖的,可惜老街上的老板出不起价,不识货。"

那人一直儒雅地笑着,问:"那您这只瓶子要卖多少钱?"

"两万。"方有根猛地冒出这个数字,心想反正这只花瓶也是卖不掉的,不如穷开心瞎闹一番。

"两万?是人民币吗?"那人轻声地问。

"当然是人民币,"方有根说,"别的钱在我们山里又不能花。"

那人又盯着花瓶看了一会儿,说:"先生,我可以拿起来看一看吗?"

方有根被别人连连称了几声"先生",心里很是舒服,大气地说:"可以可以,先生你只管看!"

那人将花瓶捧起来,只朝瓶底看了一眼,突然一把拽起方有根的胳膊,低声而快速地说:"快跟我走,在这里谈话不方便。"

方有根有些发蒙："跟你走？到哪里去？我粿还没吃完呢。"

那人说："快走，到我宾馆去，等一下做完生意，我请您吃大餐。"

那人说完赶紧招了一辆人力三轮车，连拉带拽地把方有根拖上车，将花瓶紧紧地抱在他的怀里，并要求三轮车夫放下布帘。

三轮车夫脚下一使劲，三轮车向"花溪宾馆"驶去……

"花溪宾馆"是当时屯溪最高档的宾馆，是香港人来开办的，高高矗立在横江和率水的汇合处，也就是新安江的源头，占尽了屯溪的风水。

一进宾馆的院场，方有根就被那些假山、喷泉、翠竹、草坪、花圃迷住了，尽管花啊竹啊草啊山啊方有根家乡都有，可就是没有这里的好看。可那人容不得他细看，拉着他的胳膊走进大堂，随后上了电梯。那人按了一下"16"那个键，又按了一个什么键，电梯就关上了门，呼呼地往上跑，方有根觉得头有点晕，耳朵也像被什么堵住了。

电梯停住后，那人带他走到1601号房间，打开门，彬彬有礼地请方有根进去，方有根琢磨着这人住这么高档的宾馆，看着就不像坏人，要不就是大老板，要不就是大官，也就放心地进去了。那人随后进来，顺手关上了门。

那人指着沙发对方有根说："先生请坐。请问先生贵姓？"

"我姓方，叫方有根。"方有根一边回答着，一边打量着房间，发现这是一个两进屋，里面还有一间房，他不理解一个人为什么要住两间房。

那人泡了一杯茶放到方有根面前的茶几上，说："方先生请喝茶。"

方有根连忙摇手："不喝不喝，刚才在茶摊上喝了两大碗，省得一会儿到处找茅房。"

那人像是被逗乐了，控制着笑了两声，说："这是台湾的高山冻顶茶，您尝一尝，房间里有卫生间……有厕所，很方便的。"

"喔，那我就尝一尝，和我家做的茶比一比。"方有根说着端起茶杯。

那人说："您只管安心喝茶，我把这只花瓶再看一看，行不行？"

"行行，你只管看好了，反正我也不懂，帮别人卖的。"方有根说着喝了口茶,只觉得清香满口,比自己家的茶好得多。

那人把花瓶放在桌子上,坐下来,打开台灯,仔细地看花瓶。这一次他看得很慢,看一阵子,又抬头想一阵子,再看一阵子,又想一阵子,后来不知从哪里变出一只放大镜,又认真地看了一回后,长长地舒了口气,起身到里面的那间房里去了。

方有根不知道他要做什么,心中很是困惑,开始不踏实起来。

那人很快从里间出来了,把两沓厚厚的百元大钞放到方有根面前的茶几上,说:“方先生,这是两万,您数一数。”

方有根一下没反应过来,瞪大了眼睛说:“你说什么? 真的两万块?”

“当然。”那人表情变得有些严肃,“这是我们谈好的价钱,您可不能变卦,做生意要讲信用。”

“我、我、我没有变卦,我也没有、没有不讲信用,我是说……”方有根还是如堕五里雾中,话都说不清了,“我的意思是,我们的生意做完了? 花瓶归你,两万块归我?”

“是啊,成交! 您数一数钱吧。”

方有根被突然到来的惊喜打蒙了头,脑子里像被灌了糨糊,心中怦怦直跳。他猛喝了几口茶,又假装去厕所撒尿,其实是在厕所里用冷水抹了两把脸,脑子这才算清爽了一些。

他重新回到沙发上坐下,开始数钱,一边数,一边额头冒汗,怎么也数不清楚。第一遍数下来少了一百,第二遍数下来又多了两百,第三遍数到一半,实在数不下去了,把钱往那人跟前一推说:“我不数了,你帮我数,数慢点,我看着。”

那人忍俊不禁地说:“这钱是我上午从银行提出来的,成捆成捆扎好的,错不了。”

“那就不数了,省得伤脑筋,我信得过你。”方有根显得很豪爽,可他突然又意识到哪儿有点不对,脑子转了几转,迟疑地说,“可是……可是万一您、您这钱是假的,我怎么办?”这是方有根第一次学会了用“您”这个字。

那人先是愣了一下,随即笑道:“都说徽州人心细,看来果然如此,您不会辨认钱的真假吗?"

"不会,从没见过这么多的钱,我是个篾匠。"方有根如实说。

那人想了一想,问:"您带身份证了吗?"

方有根说:"带了。出门哪能不带身份证,旅社都不让住。"

那人说:"这就好办了,我们先到楼下餐厅吃个饭,然后我陪您到银行开个账户,您把钱存到银行里,这样您就放心了,银行不会认错钱,也不会数错钱。"

"好点子! 顶呱呱的好点子!"方有根一拍手掌,朝那人伸出大拇指,忽然又说,"您是个好先生,可我还不知道您的尊姓大名呢。"

那人微笑着说:"我姓岳,是香港人,您就叫我岳先生好了。"那人说着,递给方有根一张名片,说,"按道理来说,这样的花瓶应该有一对,您以后要是发现了另一只,或者发现其他什么好东西,就跟这个人联系。他是我的马仔,在广州,你们联系起来方便些。"

方有根接过名片一看,见上面写着:藏真堂、莫正德经理、广州市荔湾区清平路88号,还有电话号码等字样。他也没有细看,心想留着以后慢慢看,就把名片揣进兜里,望着岳先生傻笑着挠后脑勺。

岳先生说:"走,我也饿了,我们到二楼餐厅吃饭去。"

进电梯后,方有根看见岳先生按了写着"2"字的那个键,然后按了一个标着箭头相对的键,电梯就自己关门往下走了。

出了电梯后,岳先生问方有根是喜欢吃中餐还是西餐,方有根问什么是中餐什么是西餐。岳先生说中餐就是吃中国菜,西餐就是吃外国菜。方有根说:

"当然吃西餐! 中国菜天天吃,不稀罕,吃回外国菜开开洋荤!"

等到方有根出了西餐厅,那可真叫是后悔不已叫苦不迭。首先是岳先生请他喝的红酒,一点都不甜,味道比汪老伯家酿的醪糟差远了。这还不说,吃饭没有筷子,用刀叉,方有根是叉又叉不住,切又切不开,弄得他手忙脚乱,好不容易切开一块牛排,牛排里往外冒血,方有根看着就反胃,更别说吃了,可岳先生说西餐就是这样的。西餐怎么能是这样呢? 上来的蔬菜都是生的,方有根怕吃了要拉肚子,没敢吃,还有一些佐料,什么番茄酱、炼乳、孜然,甜不甜酸不酸咸不咸的,叫方有根怎么吃呢? 还好上了一盘油炸马铃薯丝,方有根勉强吃下去了,可是分量太少,吃不饱。幸亏岳先生细心,专门给他点了一碗黑胡椒猪排饭,总算味道还凑合,把自己吃饱了,可怎么也比不上爹的鸡蛋香椿油炒饭。最让方有根想不到的是:岳先生结账的时候,付了九百多块钱。

吃完了这窝心的西餐,岳先生就陪方有根去银行。方有根想找一家农村信用社,可岳先生告诉他城里没有农村信用社,并且说如果他更信任农村的储蓄系统,就存农业银行好了。方有根很同意这个建议,于是两人很快就找到了一家农业银行。在岳先生的帮助下,把银行账户办了,钱存了,密码也牢牢记在心里。

出了银行门口,岳先生和方有根提出告别,说自己还有急事要办,后会有期,说完就匆匆走了。

方有根望着他的背影渐渐远去,不知怎么觉得身体特别累,脚下一软,竟一屁股坐到地上,双手捂着脸,偷偷地笑起来,没笑了几声,忽然肩膀一耸一耸地抽泣起来。他不知道自己为什么要哭,但心里就是想哭,且越哭越厉害,泪水从指缝里流出来,他也懒得擦拭,只想好好地哭一场。

方有根不知哭了多久,感到有人拍他的肩膀,抬头一看,见一个穿制服的中年男人正望着他。那男子见他眼睛哭得红红的,鼻涕眼泪还挂在脸上,便问:"你怎么了? 是不是丢了钱?"

方有根抹了抹眼泪鼻涕,说:"我没丢钱。我赚了钱,赚了大钱!"

那男子不解地说:"赚了钱应该笑才是啊,你哭什么? 你都在这儿哭老半天了。我是这儿的保安,你有什么需要帮助的可以告诉我。"

方有根梗着脖子说:"我不需要帮助,我就是想哭。"

那保安仔细地看了他一会儿,说:"你是喝醉了吧? 要不我帮你叫辆三轮车送你回家,你回家后想哭也行,想睡也行。"

方有根犟头犟脑地说:"我不需要你帮我叫三轮车,我自己会叫,我就是要在这里哭一会儿,再笑一会儿。"

那保安掉头走了，往后丢了句"神经病！"。

方有根还真怕别人拿他当神经病，便起身回到银行服务窗口，取了一千块钱出来，然后背起茶篓，挎起帆布包走了。他这是做给那个保安看的。

方有根漫无目的地在路上瞎逛，快到江边时，看到一个小宾馆，名叫"听涛楼"，感觉还不错。进去一问价钱，八十元一个单人房，价格不算贵，方有根就要了四楼的一间单房，因为这座楼最高就是四楼。

进了房间后，方有根更觉满意，虽然跟岳先生的房间不能比，但沙发、立柜、电话、电视、厕所全都有，最起码是中等老板们住的房间了。方有根卸下茶篓往地下一扔，又把帆布袋子往地下一扔，感觉身体特别松快，便给自己泡了一杯茶，坐在沙发上喝。宾馆房间里备的茶是那种袋泡茶，质量很差，可这一回方有根觉得挺好喝。

喝了一通茶，方有根站起来，走到窗边去看，见楼下是一条大马路，马路沿着江。方有根朝江那边看，赫然看见"花溪宾馆"矗然而立，方有根心中一喜，暗想现在我和岳先生隔江相望，来年不知能不能和他同起同坐。

方有根在松软的床上躺下来，他从来就不知道天下还有这么软的床，他躺在床上想心事，想着想着，忽然就睡着了，大约是起先哭得太累的缘故。

一觉醒来，天已大黑。方有根起床出了宾馆，沿着新安江漫步，不久，他看到有一家"富春来"饭店里面客人不少，心想这饭店的饭菜味道也应该不错，就进去找了一个位置坐下。

一位姑娘上来招呼："先生您要吃点什么？"

方有根说："来一碗鸡蛋香椿油炒饭！"

姑娘甜甜地笑着："就吃一碗油炒饭吗？"

方有根望着姑娘甜美的笑容，觉得有些过意不去，于是说："再来一碗红烧肉。"

姑娘依旧甜甜地笑着："先生这样吃是不是太油腻了，再给您加一份香菇腐竹汤好吗？不贵的，又便宜又好喝。"

方有根点头说:"好,那就再来碗汤! 对了,你这里有米酒卖吗?"

"有的,"甜美的姑娘说,"是歙县产的糯米白。"

"最好最好,"方有根说,"你给我来半斤。"

姑娘又是甜甜一笑:"对不起,我们这里只有一斤装的。"

方有根冲着姑娘用力地一挥手,斩钉截铁地说:"那就给我来瓶一斤的。"

那姑娘朝方有根微微一鞠躬,说:"先生请稍等,饭菜一会儿就上来。"说完翩翩而去。

方有根望着她的背影,心想他们村里最漂亮的闺女兰花,比起这个服务员可就差远了。

饭菜都只吃了一半,酒也喝了一半,方有根实在吃撑了,再也吃不下去,头还有些晕晕的,就招呼服务员来结账。来结账的还是那位甜美的姑娘,一算账是一百零二元,并且说那两元就不算了,收整一百。方有根吃了一惊,没想到这么贵,正想理论理论,可又不忍心拂了那姑娘甜甜的笑容,只好掏了一百块钱给她。那姑娘说了声谢谢,并欢迎他下次光临。

方有根走出"富春来",心想打死老子下次也不来了。转念又想,那姑娘的相貌真好看,声音也好听,我只当自己花一百元吃了一顿饭,还听了一出戏。这样一想,心里舒服多了。

将进宾馆的时候,发现宾馆隔壁还开了一家"天狼"酒吧,方有根很纳闷自己出来的时候怎么没发现,想是出来的时候酒吧还没营业,现在天晚了,正是酒吧热闹的时候。

方有根站在酒吧门口朝里面看了一会儿,音乐缠绵,灯红酒绿,男男女女都在喝酒。突然,方有根看见吧台上一化妆浓艳、抽着香烟的女子正用一双骚眼睃着他,并向他连连招手,方有根吓得赶紧离开了,心中想:不是我不敢进去,是我这身衣服太寒碜了。

走到宾馆门口,方有根脚下踩到点什么,低头一看,是一本薄薄的旧书,方有根随意地捡起来,回自己的房间去了。

回到房间后,方有根酒力发作,昏昏沉沉地躺在床上,觉得自己很乏了,可偏偏就是睡不着,满脑子的想法:一会儿想到"富春来"的甜笑姑娘,一会儿想到"天狼"酒吧的骚狐样女子,一会儿想到应该给自己买套像样的衣服,可又怕这会引起爹的怀疑,自己也无法解释钱是从哪儿来的……当他想到花瓶的时候,更觉得其中奥妙无穷——"文雕苑"看都不看,"博古斋"出价五十块钱,"汲古轩"出价五百块钱,岳先生出价两万块钱并且买走了……可见古董这一行大有名堂,我方有根说不定也能做成。他也着眼看着那茶篓,很想把它扔下楼去,可他还是怕爹要探问茶篓的去处。后来他又不屑地看着那只旧帆布包,觉得它最丢人现眼,于是立刻起床,把它从窗口丢到四楼下的马路上去了。

他为自己的壮举感到很过瘾,所以尽管头还很疼,但他还是躺在床上睡着了。

睡是睡着了,可一夜都是稀奇古怪的梦,睡不踏实,凌晨五点多就醒了,一醒来首先就想起了被他扔下楼的帆布包,隐隐觉得不妙,总觉得那只旧帆布包只怕是还有用处。一想到此,方有根连忙翻身起床,穿上衣裤,出了房间,下到一楼,离开宾馆跑到大马路上去——幸好那个旧帆布包还在那里,没有被环卫工人扫掉或捡走。方有根捡起旧帆布包回宾馆的时候,表情有些不自然,步态也有些奇怪,显得蹑手蹑脚的,仿佛怕惊动了谁似的,大厅里的客服人员都警惕地看着他。

回房间后无法继续睡觉,感到很无聊,就一边喝茶,一边随手把昨天晚上捡到的那本旧书拿来闲翻。书名叫《屯溪览胜》,方有根翻了几页,看到有"屯溪八景"的介绍,顿时生出一个决定:他要在屯溪玩一两天,他需要熟悉这个地方。

挨到天大亮,约莫八点钟了,方有根才离开宾馆,到宾馆斜对面河边的早点摊上吃了一大碗肉丝面外加一个茶叶蛋,吃得胃里暖暖的很舒服,价钱便宜得方有根都不好意思说。恰巧有一辆人力三轮车骑过来,方有根连忙叫住了车夫。

车夫是一个健壮的年轻人,他把车停在方有根面前,问:"师傅要去哪儿?"

方有根说:"带我去屯溪八景转转。"

年轻车夫困惑地望着方有根摇了摇头:"屯溪八景?我不知道在什么地方,没有去过。"

方有根翻开手里的书,边看边问:"屯浦归帆你知道去吗?"

年轻车夫摇摇头:"不知道。"

方有根又问:"华山叠翠,你知道吗?"

年轻车夫又摇摇头:"不知道。"

方有根再问:"珠塘鸥影,你总该知道吧?"

年轻车夫还是摇头:"不知道。"

方有根差点要生气了,朝年轻车夫挥挥手:"走走走!你这样没学问,将来怎么讨老婆啊?"

年轻车夫没吭声,踩着车走了。

方有根觉得年轻车夫不行,没学问,还懒。他想找一个年纪大一些的车夫,等了半个时辰,还真等来了一个六十岁左右的老车夫。老车夫把车停在方有根面前,问:"请问老板要去哪里啊?"

方有根一听到"老板"这两个字就高兴,和悦地说:"我想去看看屯溪八景,车钱好说,不会亏待你。你先带我去看屯浦归帆吧。"

老车夫诧异地看着方有根说:"屯浦归帆?"老车夫指着江边的一片沙滩,"屯浦归帆原来就在这里,早就没了,听老一辈人说,民国那时就没了。"

方有根翻着书问:"那华山叠翠呢?"

老车夫指着方有根身后的一带矮山说:"就是这个啊!我小时候,这里确实是叠翠,后来有一阵子乱砍滥伐,连茅草都被割了,哪来的叠翠啊?这些年稍好些,好歹长出一些树来了。"

方有根没想到自己就住在"屯浦归帆"和"华山叠翠"之间,真是哭笑不得,忍不住又问:"那珠塘鸥影和稽灵真境呢?"

老车夫说:"珠塘现在的水都发臭了,哪里还有鸥影?稽灵真境是一座山,原来有道观,有高人在那里修炼。新中国成立后,改成枪毙罪犯的地方了,阴森森的,听说经常闹鬼,你敢去,我还不敢去呢!"

方有根想了一想,问:"这么说,这屯溪八景连一景都没了?"

老车夫仰着头思索了一下,说:"有倒还有一处,叫'二童讲读',在龙山寺后面,值得一看,就是路有点远。"

方有根高兴起来,一屁股坐上车,说:"好,好!就到龙山寺,去看看'二童讲读'。路远不怕,我多给你车钱。"

老头说了声"坐好,走了",三轮车被踩动了。

三轮车逆率水而上,一路倒也风光旖旎,方有根心情很舒畅,一路上跟老车夫闲扯:

"老师傅好学问啊,屯溪八景全都知道。起先遇上个年轻车夫,连一景都不知道。"

老车夫说:"我父亲年轻时喜欢摄影,时常带着我到处跑,所以就知道了这些地方,不是什么学问。"

方有根问:"摄影?就是照相吧?"

老车夫想了一想,说:"也是,也不是。"

方有根心里虚,不敢再问下去了,于是转了个话题:"老师傅踩三轮车,一天赚多少钱?"

老车夫答:"不一定,好的时候四五十,差的时候二三十。"

方有根想了一想,说:"这样吧,今天你的车我包一天,给你五十块,行不行?"

老车夫的语气高兴起来:"那太好了,省得我拉着空车到处找客人。"

方有根又说:"你这么大年纪了,还出来拉车,真是够辛苦的。"

老车夫叹了口气,说:"没办法呀,家里子女多,生活不容易啊。好在我身子骨硬朗,还能干点活。"

方有根突发恻隐之心,说:"你骑不动的时候,我下来走。上坡的时候,我下来推。"

老车夫忙说:"不用不用,我踩得动。我今天真是遇上好人了,好人有好报啊!"

方有根听了这话，心里很受用。

不觉已到了龙山寺，老车夫带方有根走到一个角度，看龙山寺背后的两块巨石，果然酷似两个人肃然而立，面向东方，方有根一看就笑了，说：

"这两个人哪里像二童啊？明明就像是两个洋人嘛！有一个还像马克思。样子也不像讲读，倒像是在阅兵。"

老车夫被他的话逗乐了，也笑着说："就是就是，古人起名字就喜欢拉扯风雅。"

"二童讲读"看完了，方有根就想到龙山寺里面去看看，老车夫不愿意进去，就在外面等着。

龙山寺里没香客，只有一个住持，还是个尼姑。方有根觉得很奇怪，尼姑应该住在庵里嘛，怎么住到寺里来了？他想归想，也不好意思问人家，只向住持尼姑买了一束香，拜了观世音菩萨，又拜了文殊菩萨，还拜了地藏王菩萨，求众菩萨保佑后，这才想起功德钱，于是往功德箱里放了十块钱。那尼姑只顾埋头念经，看都没看他一眼。离开大殿的时候，方有根灵机一动，又向尼姑买了一束香带走了。

这一整天，老车夫在方有根的要求下，去了机场，去了火车站，去了小公园，还去了博物馆。等到了屯溪最大的百货商场的时候，天都黑了，方有根在附近一个小菜馆请老车夫吃了顿便饭，给了老车夫五十块钱，老车夫很满意地走了。

方有根开始逛七层楼的百货商场，一圈逛下来，只买了一卷胶布和一只打火机。看见很多年轻人都往顶楼上去，他也跟着上去看热闹，原来顶楼上开着个舞厅，方有根也想见识见识，花了五块钱买了张门票，进去一看，灯光炫目，忽明忽暗，音乐震耳欲聋，一群青年男女在场子里瞎蹦乱跳，浑身抽筋似的。看了一会儿，他觉得不好玩，就走了。等到方有根知道这是迪斯科，已经是一年多以后的事了。

回宾馆以后，方有根洗了个澡，倒头便睡。也许是白天玩累了，这一晚他睡得很香。

第二天一早醒来，方有根发现天下雨了。本来他是想今天回去的，天一下雨,他又有了新的打算。他到宾馆楼下的小卖部买了一件旅游用的简易雨衣,很便宜,一块钱一件。他将雨衣穿在身上,走向老街,一直走到"文雕苑"附近,偷偷地观察"文雕苑",想看看他们是怎么做生意的。"文雕苑"门开着,老板老板娘都在,好像又在为一件什么事争辩。方有根观察了一个半小时,没见一个顾客进去,很多游客都是站在门口,朝里面张望一下就走了。方有根想:看来古话说得对,家和万事兴,这家店家不和,看样子是兴不起来了。

方有根继续往下走,不久就看到了中马路的"博古斋",也是远远地观察着,也守了一个半小时,见这家店偶尔有客人进出,好像有些生意,但这家店有一个厉害的招,就是经常有举着小旗的人带一群外地游客进去买紫砂壶。方有根想了很久,觉得举小旗的和老板是一伙的。

方有根本来还想去"汲古轩"观察观察,可一想"汲古轩"的老板对他挺好,以后有什么事可以直接请教他,加上已经是午饭时间了,估计哪家古董店都不会在这个时间有生意,自己没吃早饭,此刻肚子早饿了,该填肚子了。

方有根随便吃了顿午饭,又在一家食品店买了两个面包和一盒饼干,用塑料袋兜着,然后径直往农业银行方向走。

方有根从银行里取了三千元钱,随即回"听涛楼"宾馆,过大厅的时候,他像一个有经验的地下工作者那样,从容不迫、神情平静地走过去。可进了房间之后,他又迅速地、神经质般地关上房门,并将防盗链条牢牢扣死。

这一个下午方有根就闷在房间里喝茶想心事,哪儿都没去。他必须要设计出一整套方案,以便自己能够在将来逐步实施,最终走向成功。但他把脑袋都想疼了,也没能想出一个清晰的方案,只有一些零星的碎片想法。天黑下来了,方有根没有出去吃饭,他早就做好了不出房门的打算,所以他在午饭后就买了面包和饼干,这就是他的晚餐。当他用完了晚餐,他想好好睡一觉,以便明天一早能够精神饱满地上路回家。

然而,这一晚他睡得非常不好,睡眠状态非常奇特,始终处在乱梦和清晰之间,他似乎总是处在一种迷糊的、似睡非睡似醒非醒的情境中,辗转反侧了一晚上。

到了鸡叫头遍的时候,他忽然想到了什么,干脆起床了。他仰天想一想,终于想起自己要做什么了——他拿出身上所有的钱,将他们进行分别放置:他先数出一千八百元,把他们放进旧帆布包的夹层里,并用胶布封好;然后又数出二百一十块钱,放入外套的上口袋中;最后他把剩下的钱,用塑料袋包得整整齐齐,然后把它用胶布五花大绑般地牢牢粘在自己的内裤中。做完这一切之后,他松了一口气,关了电灯,摸黑坐在房间里,等候天明。

天刚蒙蒙亮,方有根就退了房离开宾馆,行走在老街上。老街上雾气很重,几乎见不到什么人。方有根先走到"风灵巷"口,把从"龙山寺"买来的香抽出三支点燃,插在"风灵巷"口的石缝里,并作了几个揖。然后他走到"汲古轩"的店门口,本也想插香作揖的,可店里面出来了一个老太太,方有根就没敢这样做了。等到了老街下马路竖牌坊的地方,方有根见四周没人,于是也插了香作了揖。

现在,方有根做完了他认为他该做的事,于是直奔汽车站,决定回山里的家了!

第二章　发心见行

　　方有根到家的时候,已经临近吃当头(徽州人至今还把吃午饭称作"吃当头"、吃早饭称作"吃天光")的时辰了,因为他在歙县城里又逛了一圈,耽误了时间。

　　方老根正在烧午饭,蒸腌菜馅玉米馍馍。柴火太湿,灶口里冒腾出来的浓烟呛得他咳嗽连连、涕泪俱下。耳中仿佛听见方有根喊了一声"爸",赶忙拭泪揉眼循声望去,果然见方有根气色亮堂地站在灶下(厨房)门口,方老根心中欢喜,脸上却佯怒:

　　"你这个死鬼! 何地到今朝才回来? 到哪里打野去了?"

　　"不曾打野,做正经事呢!"方有根说着把空茶篓口朝下,一边拍茶篓一边说,"你看,全卖完了,卖了好价钱呢! 你到堂前来,我慢慢跟你说。"

　　听说茶叶卖了好价钱,方老根也没有心思蒸馍馍了,赶紧褪了灶里的柴火,跟方有根到堂前,在方桌旁坐下,目光急切地望着方有根。

　　方有根捧起桌上的搪瓷缸,灌了几口茶,抹了抹嘴,从外套的上口袋里掏出一沓钱,递给方老根:"你数数。"

　　方老根仔细地数了两遍,吃惊地望着方有根,说:"二百一十块,这么多？你是怎么卖出来的？"

"你说得对，屯溪的行情就是要好得多。"方有根面呈得意之色，将卖茶的过程如此这般说了一通，说得方老根觉得比听徽剧还过瘾。高兴之后，方老根突然想到一个问题，就问：

"记得出门前，我只给了你三十块钱，这几天你是怎么过来的？"

方有根说："我带了那许多咸菜、炒米、苞芦粿，吃饭就不用花钱了。前两天我住了最便宜的旅社，后来，为了卖汪老伯那只花瓶，我只好多待两天，晚上没有住旅社，就在汽车站过夜。"

方老根听得有些心酸，眼睛潮湿起来，偷偷拭了拭眼角，说："这一趟，你吃了苦了。"

"吃苦不怕。好歹总算帮汪老伯把花瓶卖掉了。"方有根说。

方老根睁圆了眼望着方有根："花瓶也卖掉了？"

方有根说："是，卖掉了。"

方老根又问："是按底价卖的？"

方有根说："那当然。不按底价，我何地敢卖？"

"那你……"方老根岔了一口气，急忙调匀，说，"你还不赶紧去告诉汪老伯！"

方有根一拍脑门，说："对呀！我这就去！"

方有根走出屋，朝汪老伯家大声喊了两声"汪老伯"，汪老伯应声而出，看见方有根，高兴地说："哎呀，是有根哪，你回来啦？昨晚还梦见你呢！"

方有根知道汪老伯耳背，提高了声音："汪老伯，我刚回来。你的事我办好了！"

汪老伯先是一愣，随后急忙朝方有根又是摇头又是摆手又是挤眼，嗓门提得格外大："什么？簸筐帮我编好啦？太劳烦你了！等一下我去你家拿！"

方有根见状，晓得汪老伯的两个儿子此刻就在屋里，汪老伯不方便说话，于是说："那好，我在家里等你。"

方有根回到自家屋里,兴高采烈地和方老根大谈在屯溪的种种见闻。方老根时而听得津津有味,时而又有些心不在焉,不时还瞅一眼桌上的那二百一十块钱。这多少影响了方有根讲话的兴致,就说:

"爸,你老看那钱干什么?"

"我不看钱看什么?"方老根说,"你爸我看了一辈子物事,比来比去,还是钱最好看!"

"那好,以后我要赚一大堆钱给你看。不,一天换一堆,保你看花眼。"方有根说。

方老根乜斜着方有根:"到屯溪逛了一趟,学会耍花腔了。"

两人正说着,汪老伯一手托着一碗红烧鸭、一手提着一大瓦罐米酒进来了。他把鸭和酒放在桌上,返身关上门,然后重新回到桌边坐下,笑眯眯地看着方有根。

方有根拿过旧帆布包,撕掉夹层里的胶带,从里面取出一沓钱来,放在汪老伯面前。相形之下,方老根身前的那沓钱,就显得有点像后娘养的。方老根说:"看架势,这小子做事还有点稳当。"

"那当然,为汪老伯办事,可不能瞎搞。"方有根说着,看了汪老伯一眼,又说,"汪老伯,你发什么呆啊? 快数数。"

汪老伯闻言,又愣怔了一下,开始一五一十地数起来,越数额头越红亮,好不容易数完了,直愣愣地看着方有根:"一千八! 真的卖了一千八?"

"不真的卖了一千八,难不成是我变出来的?"方有根说着指了指汪老伯,"我晓得了,敢情这一千八的底价,是你瞎估摸出来的,害得我在屯溪差点跑断了腿。"

汪老伯脸上的皱纹笑成一朵花,连连说:"难为有根了难为有根了,我早就说过了,有根是个能干大事的人。"汪老伯一边说着,一边抓起那沓钱往身上塞,可塞了几处地方都觉得不合适,想了一想,对方有根说:

"有根哪,把你的帆布包借给老伯用一用。"

方有根笑嘻嘻地将帆布包递给汪老伯,说:"大哥二哥都在家吧?"

汪老伯笑而不答,把钱塞进帆布包的夹层里,正弯腰打算捡扔在地上的旧胶带,方有根从裤子口袋里掏出一小卷胶布递到他面前,说:"那个已经不黏了,用这个吧。"

"有根就是聪明,打小我就看出来了。"汪老伯一边说着,一边用胶布封好了帆布包的夹层,然后把包稳稳当当地放在自己腿上,对方老根说,"老根,拿几只碗筷来,我们好好喝几盅,犒劳犒劳有根。"

方老根收起桌上的钱,一瘸一拐地到灶下去拿了碗筷上来。三人你一口我一口地边喝边聊,大都是在听方有根讲屯溪的世面。

几口酒下肚,方有根兴奋起来,开始大肆渲染卖花瓶的过程,不仅真假混杂,还添油加醋,说自己如何跑遍了屯溪的大街小巷,如何跟古董店老板讨价还价,如何遭到店老板的白眼和嘲讽,如何在汽车站候车厅过夜,有一天上半夜还露宿街头,有两回花瓶险些被偷,还有一次花瓶差点打掉……直说得汪老伯和方老根一惊一乍、悚心动容的,最后汪老伯和方老根几乎同时问:

"那你最后是如何把花瓶卖掉的?"

"这个……"方有根没料到他们会这么早问这个问题,不由得打了个顿,边想边说,"这个嘛……屯溪现在不是在搞旅游开发吗?我就寻思,大凡有闲到屯溪来旅游的人,一定是有钱人!于是我就抱着花瓶到各个景点去撞大运,我跑了好几个点都不成,最后到了一个叫'二童讲读'的地方,终于撞上大运,碰上一个广州佬,看中了那个瓶子。我开价要两千,他说最多给一千,还说那个瓶子是后仿的,不值钱。我说不过他,正好'二童讲读'的地方有一座庙,里面供着观世音菩萨,我就对广州佬说,看在观音娘娘的分上,你就出两千吧,要不是观音娘娘这个缘,你还见不着这个花瓶呢!你们猜广州佬怎么说?他说看在阿弥陀佛的分上,最多只出一千五。这一下我可就犯难了,花瓶要是我的,我也就懒得烦了,卖给他算了。可我想汪老伯的底价是一千八,我哪里敢做主啊?我只好费尽口舌跟他说,阿弥陀佛是西方的,跟你没什么关系,有关系也是远亲。观音娘娘是南海观音,跟你是近邻,俗话说远亲不如近邻,你说你应该听谁的?到后来他越来越说不过我,咬紧牙出了一千八,说时迟,那时快,我当机立断,立刻跟他拍板成交!"方有根说完,一仰脖子喝了一大口酒,又夹了一大块红烧鸭塞进嘴里。

汪老伯和方老根一齐向他竖起大拇指。

汪老伯说:"有本事! 这就叫有本事!"

方老根说:"有根这一趟吃了不少苦,待会儿不吃玉米馍馍了,我炒油炒饭给你吃。"

"这点苦算什么? 也不是我有本事,是汪老伯有福气,还有观音娘娘保佑。"方有根抹了抹嘴说,"所以为了感谢观音娘娘,我还在功德箱里捐了五十块钱。"

汪老伯一听,连忙说:"这钱哪能让你捐呢? 我给你我给你。"说着满身摸口袋掏钱,可就是掏不出来。

方有根连连摇手说:"不用不用,你听我说,真的不用……"

方老根听得有点不对劲,起了疑惑,说:"不对呀,你哪里有钱捐功德啊? 这账对不起来呀……"

"所以我说不用嘛,"方有根知道自己说漏了嘴,赶紧自圆,"那庙里的尼姑可能是见我穷,没让我捐。"

汪老伯听后松了口气。方老根却又起了疑惑,说:

"你又瞎说! 哪有尼姑住在庙里的?"

"屯溪这个地方就是这么古怪。"方有根说,"不信下次我带你们去看。"

汪老伯突然想起一件事,问方有根:"对了,有根哪,包花瓶的那块旧青花布,你带回来了没有?"

"青花布?"方有根不解地望着汪老伯,说,"要那块破布干什么? 一起给那个广州佬拿走了。我走的时候,你可没有让我把青花布带回来。"

"这个、这个这个……"汪老伯吞吞吐吐地说,"我突然想起来,好像听我叔公说过,那块青花布从前也是宫廷里用的东西,我寻思,讲不定也值几个钱。"

方老根插嘴说:"一块破布,能值什么钱? 我看你是钻到钱眼里去了,上瘾了。要知道，有根这次为了卖花瓶，可是吃了不少苦。"

汪老伯感到很难为情，忙说："不好意思不好意思，我就是顺口一说。这一次是烦劳有根了，帮了我的大忙了，我都不知道怎么答谢才是。"

方有根说："汪老伯别客气，我是拿你当亲伯伯的。不过……汪老伯如果舍得，能不能把你家盖腌菜坛子上的那个瓷盘子送给我？"

汪老伯先是一愣，随即笑眯眯地、意味深长地看着方有根，说："当然可以，你只管去拿。那是个民国的东西，民窑货，不值钱，你要它做什么？"

"没想到汪老伯是个行家呀！"方有根显出刮目相看的表情，"我知道它不值钱，要不你也不会盖在腌菜坛子上。我就是觉得它好看，想留着看看。"

汪老伯说："行行行，你随时去拿。"

方有根忽然又问："汪老伯，你家里是不是还有一只同样的花瓶？"

"哪能呢，要是还有一只，我不就发了？"汪老伯说，"当年我从休宁溪口村迁到这里来的时候，我家朝奉就给了我这么一只花瓶。也多亏是给了我，带到基坑村这个大山里来了。要不然'破四旧'的时候，早就给砸了。听说'破四旧'时，溪口村被砸烂的旧货堆成了山……"

门外传来催汪老伯回家的喊声，汪老伯应了一声，站起来，嘟嘟囔囔地说："我得回去了，两个讨债鬼！"

汪老伯一走，方老根就到灶下去给方有根炒油炒饭。等他把油炒饭端上来，方有根已经趴在桌上睡着了，不知是累了，还是醉了。

方老根推了推方有根："有根，醒醒，醒醒！要睡到房里睡去，别受凉了。"

方有根迷迷糊糊地站起来，如梦游一般，跟跟跄跄地往自己的房里走。方老根生怕方有根要跌倒，赶在后面想扶他，结果自己差点摔了一跤。方有根进了房，一头扑在床上，又呼呼大睡起来。

方老根心疼地看着儿子，轻轻叹了口气，给方有根搭上被子，返身带上门，到堂前收拾碗筷去了。

方有根听见方老根收拾碗筷的声音，随后又听见方老根走向灶下的脚步声,赶紧坐起来,拧着身体从内裤里撕下胶带,取出钱,把钱卷成卷,然后从床底下一大堆竹段子中抽出一根紫竹来,把钱塞进竹筒中,又用旧报纸塞紧筒口,再将紫竹放入那一堆竹段子中。做完这一切,方有根重新上床,倒头便睡。这一次他是真的睡着了,睡得很死。他知道他爸永远不会动这些竹段子,因为他爸不是篾匠。

等方有根睡起来,已经是吃晚饭的时间了。方有根一边打着睡足了之后的哈欠,一边走到堂前。堂前昏暗暗的,只点了一根蜡烛,方老根正坐在烛光中出神。

方有根边搓手边说:"爸,发什么呆呢?"说着看了一眼桌子,见桌上搁着一碗红烧鱼、一砂锅五花肉腌菜炖豆腐、一盘花生米、一盘豆干丝炒马兰头,碗筷也已经摆好,不由得说:"嚯,这许多好菜,还点着蜡烛,今天是请祖宗的日子吗?我倒忘了。"

方老根说:"请你这个大祖宗呢!停电了,不点蜡烛何地搞?要不是看你这几天吃力,给你屁吃。"

方有根笑嘻嘻地坐下来,伸过鼻子嗅了嗅菜香。方老根端起瓦罐子,给自己倒了一碗米酒,又迟疑地要给方有根倒,方有根急忙说他自己来,说着接过瓦罐,给自己也倒了一碗。

方老根端碗喝了一口,然后就望着方有根。方有根犹豫了一下,也试探性地跟着端碗喝了一口。两人静默了一会儿,方老根终于开口了:

"有根哪,我寻思了一下午,我们家这么穷下去,可不是个办法。你这次到屯溪卖茶卖出了好价钱,就给了我底气。我想你也不要做篾匠了,干脆我去承包半边山下来,我们父子俩一起种茶卖茶。你想啊,十几斤茶就卖了两百多块,要是一百斤呢?三百斤呢?五百斤呢?乖乖,那还了得?你娘在坟里都要笑醒!你这次在屯溪摸到了卖茶的门路,我心中就有底了。你可莫要把门路跟旁人说,我们父子俩先干起来,你看如何?"

方有根从牙缝里剔出一根鱼刺,说:"爸,你想多种茶,是一个好想头,我支持,但我不能和你一起种茶。"

"为什么?"方老根不解地望着方有根,"莫非你还想做篾匠? 你一年都揽不到三件活,等你靠做篾匠发达,竹子都变成笋子了。"

方有根抿了一口酒,显出认真庄重的表情:"爸,在屯溪这几天,我看了很多,也想了很多,我决定了,我要到屯溪去,做古董生意。"

"什么? 你要到屯溪去……"方老根差点跳起来,"做古董生意?"

"是!"方有根用力点了点头。

方老根急了,连声嚷嚷:"我看你是痰迷心窍了,猪油蒙头了,中了财邪了! 就你肚子里那点墨水,敢做古董生意? 做古董得多大学问你知道吗? 你是见汪老伯的花瓶卖了大钱,你就心痒了是不是? 汪老伯也就这一只花瓶,也是靠运气好才卖出去的。你靠什么做古董生意? 本钱呢? 店面呢? 学问呢? 你一样都没有,也想穿这只花鞋,不知道自己的脚比狐狸屁还臭吗?"

方有根耐心地听方老根训斥完,才慢慢地从口袋里掏出岳先生给他的那张名片,递到方老根面前。

"什么古怪?"方老根说着接过名片,凑在烛光前看了一会儿,说,"我老花,也不认得几个字,看不出什么讲究来。"

"爸,这一次,我可是遇见真正的贵人了。"方有根从方老根手中拿回名片,有意压低了话音,使氛围显得格外庄重,"这叫名片,这名片上写着的这个人,就是我的贵人! 他是个广州人,大老板,很有钱。他想在屯溪开一家古董店,托我帮他照看。他生意做得大,满世界跑,没空闲来专门打理这个店,就想让我帮他收收货,卖卖货,打理打理店面。资金的事,店面的事,全由他办。生意做折了,不用我赔;生意做好了,我有分红。爸,你说,我去还是不去?"

方老根想了一想,说:"这么大的好事,他怎么没看上别人,单单看上你了?"

"汪老伯的花瓶就是他买走的。"方有根托起腮帮凑向方老根,"他看中了那个花瓶,顺便就看上我了。"

方老根思忖了一会儿,喃喃地说:"把不定,我们家真要走运了。"

　　方有根赶紧趁热打铁："爸,这是多好的差事啊! 你只管在家多种茶叶,人手不够可以请人帮忙,只要给钱人家抢着来。我呢,一边在屯溪打理古董店,一边还可以在屯溪帮你找销路卖茶叶。"

　　方老根被说动了,来了劲头,端起碗举向方有根："来,喝一口。"

　　父子俩对饮了一口,这还是第一次。

　　两人边吃边聊,突然,方老根又想起了什么,伸出去一半的筷子又放下了。方老根说:

　　"有根哪,前天,你许村的二姨来我们家了。"

　　方有根"嗯"了一声,只顾大口吃菜。

　　方老根见方有根心不在焉,加重了语气："她是专门来为你说婚事的,为这事近两年她都来过三回了,你不许打马虎!"

　　方有根一听婚事二字,头就大了,不耐烦地说："爸,我还小着呢,谈什么婚事? 再说,我还要到屯溪去做大事,哪里顾得上这个?"

　　"你还小?"方老根斜睨着方有根,"你都二十二了,虚龄都二十三了,还小? 当年你妈可是和米儿她妈定过娃娃亲的,咱们是本分人家,说话要算数! 米儿也是命苦,你妈去世的第二年,她妈也去世了,也是血吸虫害的。不过话说回来,这说明我们两家有缘,你妈和她妈在世时就像亲姐妹一样。你不满一岁的时候,你妈就偷偷请算命先生替你和米儿排过八字,八字合得很,说米儿有帮夫命。你娶了米儿,笑的日子在后头。"

　　"我不干! 我和米儿没感情!"方有根急了,举着筷子拼命摇。

　　"这事由不得你!"方老根斩钉截铁地说,"我决定了,明年大年初三就给你们办婚礼! 老话说'初三十一,不用捡的',是个好日子。你要想去屯溪做事,先完了婚再走,不然哪里都别想去! 要不你到坟上跟你妈说去,她要是答应你不娶米儿,你走到天边我都不管!"

　　方老根说完猛喝了一大口酒,重重地扔下酒碗,起身往房里去了。

　　方有根望着他一瘸一拐的背影,彻底傻了,没辙了。

　　当方有根彻底意识到他必须结完婚才能去屯溪后,他就索性死猪不怕开水烫,听天由命,再也不去想这件事了,他必须把精力放在他未来的古董店上。他先是在本村的人家里淘东西,大凡是瓷器、字画、砚台、紫砂壶,只要是老的且价钱不贵,他都想收,因为他在屯溪那三家古玩店里见过这些东西,而铜器、木器、玉器、石器等,他一概不要,因为他在屯溪那三家古玩店里没见着这些东西。只有一样例外,那就是竹器,因为方有根毕竟是篾匠,难免对竹器情有独钟。那时候的东西是真便宜啊,你看,汪老伯家盖腌菜坛子的青花缠枝莲盘子,汪老伯说是民国的,后来方有根知道那是嘉庆的;月仙婶家那只五彩大碗,是方有根用八只新蓝边碗换来的,后来他才知道那是乾隆的。方有根在村里收的最贵的东西,只花了二十块钱,那还是刘相公求着他买的。刘相公八十多岁了,以前是个教书先生,现在是个孤老头,没有经济来源,日子过得很孤苦,每年靠过年时给人家写写对联,间或给人家竹篓、篾筐、木桶上写写"某某年某某某某置办",以及在人家红白喜事上写写"囍"和"奠",还有贺词和挽联,因此得以乡亲们一些米菜的周济度日。有一天刘相公找上门来,一边剧烈咳嗽着,一边对方有根说:

"有根哪,听说你现在在收旧货,你怎么想到做这个呢?"

"不是我想做,是外地的朋友让我帮忙收一点旧货。"方有根说。

"做旧货好,做旧货好! 新中国成立前做旧货的,都发财了。"刘相公说完又是一阵剧烈咳嗽,好容易咳定,喘着气从一个布包里拿出一把紫砂壶,捧给方有根,说,"你看看,这只壶你收不收?"

方有根接过壶,装模作样地看了一回,问:"这只壶,你要卖多少钱?"

刘相公迟疑了一阵,支支吾吾地说:"五、五十块。"

"什么? 五十块?"方有根做出很吃惊的样子,"你这只壶这么难看,上面花也没有、龙也没有,要卖五十块? 拿走拿走,我不要!"

刘相公踌躇了一会儿,苦兮兮地望着方有根说:"有根哪,二十块,二十块怎么样? 实不相瞒,三十多年前,我买这只壶就花了二十块,你买去肯定不会吃亏的。这是只好壶,陪了我小半辈子了,我也舍不得卖。可是没办法啊,我没钱看病啊……镇上的医生说,我得的是肺结核,要到县医院去住院呢,说不定命就没了,还要这只壶干吗?你就只当是做好事,买了这只壶,绝对不会吃亏的。昔日陶朱公做生意,三聚三散……"刘相公说着,又咳得喘不过气来。

方有根本来还想再杀杀价,见刘相公实在可怜,就摸了二十块钱给他,说:"唉,管它亏不亏,你先拿去看病吧。"

刘相公连声道谢,边咳嗽边转身走了。刚走开两步,又转回头来,对方有根说:"有根哪,要收旧货,在我们村可不行,我们村自古以来就穷,祖上没有什么好东西留下来。你要收旧货,就要到雄村、许村、西溪南村那些大村里去,那些大村古时候出过很多大官、大生意人,应该有好东西留下来。"

方有根一听,心中豁然一亮,同时又有些感动,于是说:"您老快去看病吧,身体要紧。"

刘相公上气不接下气地走了,望着刘相公渐行渐远的伛偻的背影,方有根想追上去,再给他十块钱,但他最终还是站着没动,仰头望着天。许多年以后,方有根才知道这把紫砂壶是顾景舟的,尽管没有落款。

接下来,方有根开始向周边的村子收旧货,每天早出晚归,拎回来一些坛坛罐罐字画砚台竹雕什么的,每天晚上对着那些东西翻来覆去地看。方老根觉得越来越不对劲,忍不住对方有根说:

"你到屯溪走了一趟回来,心也野了,人也变了,我知道我管不住你了,也不想管你。我只问你,你收古董的钱打哪里来的?"

"广州那个老板给的,让我帮他先在乡下收点旧货。"方有根早就料到会有此一问,故而回答得很利索。

"那你回来那天晚上怎么不告诉我?"方老根将信将疑地看着方有根。

方有根悠悠地说:"广州那个老板交代过我,叫我不要告诉任何人!"

"那你怎么又告诉我了?"方老根斜睨着方有根。

"我刚才想,你不是任何人,你是我爸,就告诉你算了。"方有根说着,瞥了方老根一眼。

"他给了你多少钱?老实说!"方老根加重了语气。

"不多，也不少。那个老板说了，这个真不能告诉你，怕你知道了，会拿这个钱去为我讨老婆。"方有根一边说着，一边颠抖着脚，眼睛斜望向远处一棵白杨树的树梢。

方老根一下子气紫了脸，瞪着方有根半天说不出话来。他把方有根从头到脚看了两回，还是说不出话，只得在鼻子里"哼"了一声，抖擞一下肩上的茶篓，到山上摘第二茬春茶去了。方老根觉得与其把精力放在儿子身上，还不如放在茶叶身上。方老根做的茶在这一带还是挺有名的，这是因为他只靠得住茶，所以在料理茶上肯格外费心思下功夫。

方老根虽然残疾，可还是个有心志的人。第二茬春茶做好后，他背了二十斤茶，亲自去了一趟屯溪，本想来个"老将出马一个顶俩"，不料他在屯溪待了五天，只卖掉了两斤茶叶，还被一个小痞子踢翻了茶篓，砸断了杆秤。回家的路上，为了节省五毛钱，他上了一辆黑车，结果被扔在了半道上。这一番损兵折将回来，他还不得不相信汪老伯的话，说有根这孩子有福相。

趁着方老根不在家，方有根跑了相距较远的雄村、西溪南村和许村。因路途远，方有根只得坐车去，有时还得在外面住旅社。他先到的雄村，访探旧货。果然如刘相公所说，这里旧货不少，可人家出的价钱吓得方有根额头冒汗，一个小瓷笔筒要卖五百块。只要他开口还价，人家就把他推出门外，说他是个大外行，并且说有多少外地人早已出过这个价了。说起古董经来，雄村人嘴里也是一套一套的，方有根在那儿简直就是丢人现眼。方有根见势不妙，赶紧撤离，赶到西溪南村，结果是同样的遭遇。方有根起初想不明白其中的道理，后来想着想着，他转过脑筋来了：想必是这雄村、西溪南村古董多的名声太响，早被城里人、外地人来淘过好多遍了，价格也抬起来了。这种情景让方有根感到很紧迫，同时又给了他希望和信心——因为这至少证明，古董生意有不少人在做，日后说不定会越来越旺。本来他是不想去许村的，害怕遇到米儿她爸，可这一想，他硬着头皮也要去许村走一遭了。

　　方有根在县城买了两盒饼干、两斤红枣,想了一想,担心会碰上他未来的岳父,两手空空不成礼数。他知道他未来的岳父好酒,于是又买了两瓶明光佳酿,搭上一辆机动三轮,往许村去了。

　　方有根已经两年多没来过许村了,进了许村,自然先到二姨家。二姨一见到他,又意外又欢喜,眼睛笑成一条缝,把方有根上下打量了一番,说:"哎呀,想不到你来了,难怪一大早喜鹊就在树上叫,煮粥时柴火在锅灶里笑呢。来来来,快坐快坐。"二姨说着,把方有根拉到桌旁坐下,给他泡了一杯茶,就急匆匆到灶下去了。方有根知道二姨是打鸡子滚水去了,他没有拦她,他知道他拦不住。方有根打量了一下二姨家的屋子,和两年多前没有什么变化,仿佛还更破旧了些,心想二姨和二姨夫没有孩子,大概也就没有心情装点屋子。

　　很快二姨就把鸡子滚水端上来了,一个劲地催方有根快吃。方有根知道二姨一向欢喜他,心疼他,也就不客气,埋头就吃,第一口从嘴里烫到喉咙、从喉咙烫到心里,烫得方有根直往外吹气。

　　方有根刚把鸡子滚水吃完,二姨又端了一小竹匾刚炒好的南瓜子上来,坐在方有根对面,笑眯眯地望着方有根,说:

　　"有根哪,今朝怎么过来了? 想二姨啦?"

　　方有根用力点了点头,说:"一直想着你呢! 就是不得空闲,在家帮爸料理茶园,忙得不得了,要不早来了。"

　　二姨听得心里暖洋洋的,看了一眼桌上方有根买来的东西,说:"你要来就来,还带这么多东西干吗呀? 跟二姨还这么讲究啊。你长大了,钱要省着花,以后用钱的日子多着呢!"二姨说着,看见了那两瓶明光佳酿,不解地问,"你还给我们买酒来干吗呀? 你知道你姨夫和我都是不喝酒的。"

　　"这个……我是……我是怕……"方有根吞吞吐吐地,一时还真不知道怎么说才好。

　　见方有根窘迫的样子,二姨突然明白过来了,拍着自己的脑门说:"哎呀你看,二姨真是老糊涂了。这酒是孝敬你岳父的,对不对? 你来这里,想二姨固然不假,更多的,只怕是想人家米儿了吧?"二姨说完,满脸洋溢着笑意。

"这个、这个这个……"方有根不知怎么说才好,只得猛地转了个话题,"哎,二姨夫怎么不在家? 忙什么去了?"

"他帮人家到山里割棺木去了,要到晚上才回来。"二姨说,"你别跟我往斜里扯,还这个这个、那个那个的,今年一过你就要结婚了,还害什么羞啊! 快跟二姨说说,结婚后有什么打算?"

"这个……眼下也没有什么打算,一切由我爸安排。"方有根想了一想,说,"我这次来呢,除了想看看你……你们,还有一件事,想来打听打听。"

"什么事儿? 你快说。"二姨的表情变得认真起来。

"你们村里,有没有人家有这个……旧货,也就是古董,你知道吗? 有没有人家想卖的?"方有根边比画着边说。

"旧货? 古董?"二姨迷惑地望着方有根,"你要买那些做什么?"

"不是我想买,是屯溪一个朋友,托我帮他访访。"方有根说。

二姨想了一想,说:"这年把年来,是有一些外地人时不时到我们村来访旧货收古董,不过没有来过我家,我家一看就没那样的东西,我也是听村里人说的,何样情况我也不太清楚……对了,这事你可以去问一问米儿她爸,听说前几天收古董的到他家,买走了一样东西。"

"是什么东西? 是不是花瓶?"方有根急切地问。

"那我就不知道了,等一下你自己去问他吧。说不定他家还有古董,到时候就陪着米儿一起到你家去了,省得你费气力到处找。"二姨说着,开心地笑起来。

这时,外面有人大声地喊二姨的名字,二姨一听,说:"看,说曹操,曹操到。"

方有根朝门口看去,走进门的,正是米儿她爸。方有根赶紧站起来,喊了一声"许叔"。

米儿她爸先是一愣,随即高兴得大声嚷嚷:"哈哈! 是有根啊! 你什么时候来的? 怎么不到我家去坐一坐?"说着快步走到方有根面前,使劲地拍着方有根的肩膀，"嚯！长结实了，结实多了。"

二姨笑着说："有根刚到一会，板凳还没坐热呢，你是学的哪路神仙，怎么掐出来有根在我家？"

米儿他爸憨笑着说："我哪里知道有根在你家？我是来你家借铡刀的，这不，恰好碰上有根侄子了。"

"哟哟哟，还有根侄子呢，不如干脆叫女婿得了。"二姨打趣地说，"铡刀在灶下等你呢，你倒是快去拿呀，老拽着有根干什么？"

米儿她爸笑呵呵地挠了挠头，转身快步去灶下提了铡刀出来，拉着方有根的胳膊就往外走，嘴里说："走走走，到我家去坐坐，中午陪我吃两杯，别在你二姨这儿听她啰唆。"

"等等，这是有根给你买的酒！"二姨拎起桌上的两瓶酒边喊边赶上去，递给方有根。

米儿她爸拉着方有根走很远了，身后还传来二姨的声音："许碾子，有根吃不动酒，别把他吃坏了……"

方有根和米儿她爸进了家门，刚坐下，米儿她爸就急忙忙地从碗橱里拿出酒杯碗筷，一盘炒黄豆，一盘腌萝卜干，一碗吃剩下的青椒炒豆干，摆到桌上，说："来，我们先吃起来再说，自家人，不讲究，图个高兴。"

方有根正要打开他买来的明光佳酿，被米儿她爸制止住："这么好的酒，逢年过节招待客人再开。今天我们就吃山芋酒，还是山芋酒好，过瘾。"

米儿她爸说着从条桌上拿出一瓶散打的山芋酒，给两人的杯子里斟满，自己端起杯子一仰头，"吱"的一声，一杯酒下肚了，然后直愣愣地看着方有根，问："你怎么不吃？"

"我没酒量，怕吃不动。"方有根说着，端起杯子抿了一小口。

"吃吃吃，再吃一大口，最少要吃半杯，"米儿她爸边催边劝，"酒量是练出来的，男人不吃酒怎么有力气？你看我，做石匠的，就靠这酒壮力气！你只管吃，吃醉算数，在我家住一夜再走不迟，老根还敢说你不成？"

方有根迟疑了一下，端起酒杯又喝了一口。米儿她爸乐了，自己又干了一杯。

方有根吃了两粒黄豆，问："米儿呢？没在家？"

米儿她爸第三杯酒又下肚了，说："她到山上拔野竹笋去了，要是拔得着，当头我们吃咸肉竹笋滚豆腐。来来来，吃酒吃酒！"

方有根陪着米儿她爸，你一杯我一口地喝起来。喝到微醺时，方有根问："许叔，听二姨说，前些天有收古董的到你家来买走了一样东西，是什么东西啊？"

"嗨，就是大前天的事。"米儿她爸一拍大腿说，"真是运气来了，一个小的旧钵子，卖了一百块。"

"旧钵子？是瓷的吗？"方有根问。

"是瓷的。"米儿她爸点点头说，"以前我们家用来舀米的。"

"是什么颜色的？红的？蓝的？还是画了花、画了龙、画了人、画了山水的？钵子底下有没有字？"方有根一连串地问道。

"是个白里泛青的，什么也没画，底下也没字。"米儿她爸说，"面上一块一块的，像是开裂了，可用手摸摸又不是开裂。是件旧东西，我小时候就用它舀米。你打听这事干吗？"

"我外地有个朋友，想托我帮他买点旧货。"方有根说着，脑子里还在想象那瓷钵子的模样。

米儿她爸听方有根这样讲，说了声"你等等"，急忙赶到灶下去，拿来一只画着红鱼的盘子，一只画着青色花鸟的油壶，放在方有根面前，说："这两样肯定是旧货，我小时候它们就在家里。"

方有根拿起盘子和油壶反复看，看油壶的底部时，没想到壶里还有油，差点滴到脸上。

米儿她爸又从灶下抱了一个大大的、圆鼓鼓的瓷罐子出来，放在桌上，说："这个也是旧货，我小时候家里就有的。"

罐子上画着一些青色的花枝，还写了两个大大的"囍"字，方有根想看看罐子的底部，不料一下子竟捧不起来这罐子，正感到惊奇，米儿她爸说："罐子里面全是腌豆角，还没腌熟呢。"说着他自己把罐子捧得高高的，让方有根看底部。方有根看了看,见底部没有字,不免有些失望。

米儿她爸说:"这几样肯定是旧货,你只管拿去,你的朋友说不定会喜欢。"

方有根正想说几句客气话,门外有人喊了一声"爸",方有根抬头一看,是米儿挽着一只竹篮子回来了。

米儿猝然看见方有根,不由得脸上一红,嗫嚅地低声打招呼:"有根哥,你来啦。"

方有根显得有点拘谨,说:"来了一阵了,许叔让我陪他吃酒呢。"

米儿她爸喝得满脸通红,问:"米儿,拔着竹笋了吗?"

米儿朝她爸倾了倾竹篮子,说:"拔着了,还不少呢。"

米儿她爸喷着酒气说:"好好好!快到灶下去做咸肉竹笋滚豆腐,有根最喜欢吃这个,我还要和有根多吃几杯。"

米儿说:"你少吃几杯,省得等一下又人事不知了。"米儿说着,看见桌上放的盘子油壶罐子,不解地问,"爸,你把这些东西摆桌上干吗?是不是吃醉了?"

米儿她爸大声嚷嚷起来:"什么?我吃醉了?我这辈子什么时候吃醉过?你女孩子家懂什么!有根有个朋友托他访旧货,我这里刚好有几件,就送给他了。怎么啦?你舍不得?再过一些时日,我把你也送给他。"

米儿嗔了她爸一眼,恼羞地说:"懒得理你,没正经。"说着挽着篮子到灶下烧菜去了。

方有根陪米儿她爸继续喝酒,米儿她爸酒兴上来了,天一句地一句地乱扯,方有根心思根本不在这儿,但还不得不装作听得津津有味的样子。

过了不久,米儿把一砂锅的咸肉竹笋滚豆腐端上来了,热腾腾的香气扑鼻。米儿给她爸盛了两勺,又给有根盛了两勺,然后吃力地捧起桌上的那个大青花罐子。

米儿她爸说:"哎哎哎,你抱走罐子干什么?当真舍不得给有根啊?"

米儿说:"不把里面的豆角移出来,这么重,有根哥带得动吗?"

米儿她爸乐了,指着米儿边点头边说:"有道理有道理,还是我们米儿心细。"说着转过头问方有根，"你说是吧？"

方有根有些走神，被这么一问，不禁愣了一会儿，才连连点头说："是、是，就是。"

米儿把三件瓷器都洗净抹干了，这才端了一碗饭，坐到桌上来，说："你们慢慢喝，我先吃饭了。"

米儿正要往嘴里送饭，突然想起了什么，放下了筷子，对她爸说："爸，有根哥不是要访旧货吗？我记得楼上的矮柜里有几条书字，应该也是旧货吧，不知道有根哥用不用得着？"米儿说着把目光移向方有根。

方有根还没来得及答话，米儿她爸一拍脑袋说："对呀！是有那么几条字，你不说我都忘了。你快去拿来给有根看看！"米儿她爸撩着手腕催促米儿。

米儿起身，搬起一只长竹梯，架在楼口上，慢慢爬上去。方有根望着米儿的背影，心中有些犯迷惑：以前他总觉得米儿长得丑，可这回看起来好像并不丑，不过就是皮肤黑了点，腿短了点，屁股大了点。

米儿她爸见米儿上楼了，赶紧抓起酒瓶往嘴里灌了两大口，见有根不解地望着他，就指了指楼上，挤了挤眼睛说："不能叫她看见，她平常要管着我，不许我多吃。"

方有根笑了，这一次他笑得很自然，是真正发自心里的笑。他一直觉得米儿她爸和米儿都是很好的人，但不知为什么，每当他想到他们的好，心里竟隐隐地想叹息。

米儿把字幅拿下来了，方有根展开一看，是两副对联。一副是隶书写的，其中有两个字方有根不认识，联文的意思就更不懂了。不过落款的字写得规规矩矩，是"许承尧"三个字。方有根心想，写这个字的人姓许，说不定就是米儿他们家的祖上。再看另一副，字写得规规矩矩，方有根全都认识，联文是"开襟坐霄汉，落地出风尘"，这意思方有根也大约明白，可他觉得这字写得不好看。更要命的是十个字里写错了九个，要么少了一点，要么多了一横，要么竖画出头了，要么横画过界了。最要命的是落款那两个字草得太厉害，方有根半点也认不出来，猜都没法猜。

　　方有根看了一阵子，也说不出个所以然，只好说："看这装裱，是原装原裱，旧货肯定是旧货。"

　　米儿她爸说："是旧货你就拿去，说不定你那个朋友派得上用场。等一下让米儿全帮你装好。"说着他又干了一杯，还偷偷看了一眼米儿。

　　三个人吃完饭，米儿她爸已经醉得摇摇晃晃、口齿不清了，还非要带方有根去别人家访访旧货，方有根就跟他去了，米儿留在家里收拾家务。

　　先去了两户人家，人家一见醉醺醺的许碾子带着一个未来的山里女婿来收旧货，觉得又奇怪又滑稽，都说家里没有旧货。方有根知道他们家肯定有，只不过看他不上眼，不肯拿出来给他看。到了第三家，人家看在和米儿她爸是亲戚的分上，拿出了一只铜炉给方有根看，方有根见铜炉很老旧，上面还刻着字，肯定是古董。可方有根对铜炉一窍不通，也不知道铜炉的行情，试探着问了问价钱，人家说最低要三百，吓得方有根赶紧把铜炉还给了人家。回头再看米儿她爸，他老人家已经趴在人家桌子上睡着了，推也推不醒。许多年以后，方有根才知道，他当初看到的那只铜炉，是一只宣德炉。

　　方有根费了老大劲把米儿她爸架回家，和米儿一起把她爸在床上安顿好，就跟米儿提出要赶回去有事。米儿当然不会劝留他，就将一只装好旧货的竹筐让方有根背着，把方有根送出了门。方有根到二姨家去打了个招呼，就急急忙忙赶到村口，搭上机动三轮车走了。

　　方有根到家时，天已经黑了。见大门锁着，知道老爸还没回来，心想老头的茶叶讲不定在屯溪也卖了个好价钱，此刻没准正在屯溪逛夜市呢！想到屯溪的夜市，方有根不禁又想起了"富春来"饭店那个始终甜笑着的姑娘和"天狼酒吧"那个艳冶狐媚的女子。

　　进家后，方有根煮了一大碗山芋粉丝，拌上腌菜，撒上辣椒粉，窸窸窣窣吃了个精光。方有根擦了擦满头的汗，随后把碗筷往锅台上一搁，也懒得洗刷，开始在昏暗的灯光下琢磨从米儿家背来的古董。他先把三件瓷器看了一遍，看不出什么名堂。再把两副对联看了很久，更是看得云里雾里,不认识的字还是不认识,读不懂的句还是读不懂。心想做古董还是要有点文化,以后要在文化上下点功夫,像这样瞎蒙终究不是个办法。忽又想到刘相公或许能认出对联上的字,何不请刘相公帮着看看?可时间太晏了,不好去打搅一个害病的老人,还是明天上午去吧。这样想着,不由得打了几个哈欠,困意上来了,遂关了门窗进屋睡觉。

第二天早上起来,方有根盥洗完毕,见锅里还有前几天的饭底锅巴,闻了闻,没馊,就做了一碗菜泡饭,端到门口,坐到门口的杠铃上吃。杠铃是方有根初三毕业辍学后自己做的,很简单:把垫在猪栏门口的一块旧石板一分为二,凿成两个石轱辘,再在石轱辘的中心各凿一个眼,用根硬木棍穿在两头,就成了。当初方有根做杠铃的时候,是想自己没书读了,只能练一把好力气,以后靠力气吃饭。但事实上他举杠铃的时间并不长,更多的时候,他喜欢坐在杠铃的木棍上晒太阳、想心事、看小说或吃饭。

吃完早饭,方有根就拿着两副对联去找刘相公。弯过一片菜地,远远地看见刘相公那间旧土房门口围了一群人,方有根赶上前去,才知道刘相公不知哪天就死了,今天早晨才被村里人发现,尸体都臭了。刘相公孤老一个,没有亲戚。几个好心人各自从家里拿来一些杉木板,给他钉了口薄棺材。方有根到的时候,棺材盖已被钉上,正准备往山上抬。方有根心里很难受,就主动要抬棺材。以前方有根曾听村里的老人说,人死了会变得很重,可方有根在抬棺材上山的途中,觉得棺材很轻,很轻。

把刘相公下葬之后,村里的好心人都各自散去,要忙自己的生活。方有根多了个心思,他重新到了刘相公的那间土屋里,在一张破桌子上看到了两支旧毛笔,一只用土砖磨成的砚台,还有一只绿茵茵的、雕着兰花的小瓶子。瓶子上还有个红艳艳的圆盖子,不知是玉的,还是玻璃的。方有根把这些东西拿了,回到刘相公的坟上,在坟头挖了个小坑,把这些东西埋进去。埋那个小瓷瓶子的时候,方有根犹豫了一阵,但最后还是埋下去了。做完这些,方有根又向刘相公的坟头拜了几拜,然后下山回家。

临近家门口的时候,方有根看见村会计五顺扶着他爸方老根,从机耕路上一瘸一拐地过来。方有根急忙迎上去,见方老根衣裳脏乱,面容憔悴,吃惊地问:"爸,你这是怎么了?"

方老根目光呆滞,斜斜地望着别处,没有作答。

五顺说:"我也不知道你爸是怎么回事,我在镇上时拖拉机坏了,正想找地方修,就看见你爸了。在路上昏昏沉沉地转悠,像个游魂一样,就赶紧把他扶回来了。一路上什么话都不说,痴了一样。是不是遇上鬼打墙了?"

方有根赶紧一边向五顺道谢,一边扶过方老根,回到家里去。

到家后方老根躺倒在床上,依旧是什么话也不说,两眼斜斜地望着屋顶。这可把方有根吓坏了,急忙请来汪老伯。汪老伯见这情形,赶忙去挖了一些鱼腥草,熬水给方老根喂下去。又弄了点朱砂来,点在方老根的人中和眉心上。还叫方有根去买了几刀火纸,搁在家门口烧了。最后汪老伯一边拍着方老根的床沿,一边喊着方老根的名字,并要方有根跟着一块喊。这样喊着喊着,将近黄昏时分,方老根睡着了,汪老伯也累得快睡着了。

第二天早上方有根起来,见方老根已经起床了,正在灶下做早饭,一切都正常,就像什么也没有发生过一样,这让方有根觉得非常奇怪。

一晃夏天就到了,不用说,这一回的夏茶当然要方有根到屯溪去卖。

这一回到屯溪,方有根还是住"听涛楼",只是四楼的那间房已经住了客人,他只能住别的一间了;还是吃"富春来",只是没有见着那个甜甜的姑娘,他也就不要香菇腐竹汤和"糯米白"米酒了。路过"天狼酒吧"的时候,他还是忍不住往里头看了几眼,也没见着上次那个艳冶狐媚的女子,却出来了一个更骚的,一边把方有根往里面拽,一边把奶往方有根身上拱。方有根哪见过这样的阵势,死活不敢进去,那骚货就喊人出来,说方有根摸了她的奶。出来的两个青年一个拿着根铁棍,一个拿着根铁链,在方有根面前恶狠狠地晃悠。方有根辩解了一通,最后还是认栽了,给他们五十块钱了事。

经过这件窝囊事,第二天方有根再也没有心思卖茶叶。他把二十来斤茶一并贱卖给了一家茶叶店,然后去农业银行取了三千块钱,开始逛书店。

　　他在书店里买了一本《现代汉语词典》、一本《明清陶瓷鉴赏》、一本比城砖还厚的《中国美术家人名辞典》。出了书店之后,他又看见了一个旧书摊,翻到了一本破旧的《安徽画人录》,才花了两毛钱就买下了。这一次他没有逛老街,他想以后有的是时间在老街上逛,现在还是先看点和古董有关的书再说,于是就回家了。

　　回家之后,他给了方老根两百块,说是卖茶叶的钱。这一回方老根彻底服了,他没想到在方有根手上,夏茶也能卖出这么好的价钱,而且卖得这么快。

　　夏茶季节一过,方老根就没有什么事了。他开始请木匠、砖匠来改修屋子,要为方有根修造出一间体面的新房。方有根除了陆续出去收旧货,其余的时间大多是坐在门口的杠铃上看书。修造屋子的吵闹声居然影响不了方有根安静地看书,这让方老根对方有根格外刮目相看。

　　转眼秋风就到了,杨树叶飘了一地,天很快凉下来。日子正在朝过年那天走,朝方有根要做新郎的那天走……

第三章　买卖秘诀

农历腊月二十三过小年这天,许一丁、萧大同和黄文三人一行,正走在去往基坑村的路上。头一天下过一场大雪,这一天却是旭日朗朗,很有些快雪时晴的意思。因为过小年,加上路上积雪甚厚,机动三轮车都不愿意出来,他们只能从镇上开始徒步走。

三人边走边聊。许一丁对萧大同说:"基坑村一向穷得可怜,有史以来从没有发迹过,能有什么东西? 你个萧大法师又在作什么法,非要到这个村子里去?"

萧大同笑了笑,说:"那些历史上发过迹的大村子,你也去走过,是有好东西,你买得起吗? 现在只能到偏远的小村去碰碰运气。收藏古玩的人越来越多,古玩这一行,天快亮喽!"

黄文说:"好哇,天快亮了,你们才带我出来玩,子夜时分,你们偷偷地吃夜草,真不够义气。"

许一丁说:"我可是约过你几次的,你每次都说正在写小说,没时间,这可不能怪我。再说你现在开始玩还不算晚,关键要看你运气好不好,能不能遇上好东西。当然,还要看你本钱厚不厚。"

萧大同说："古玩这东西,是要讲缘分的。运气好,小钱能买到好货;运气不好,到哪里去都是空跑。"

许一丁说："我认为还是眼力最重要,只要眼力好,迟早能碰上好东西,买得也有信心;眼力不好,往往花了大钱,买来的全是西贝货。"

"古玩这东西太深奥,看来我不是这块料,"黄文说,"我只当跟你们出来游玩游玩,看看风景。"

萧大同认真地说："趁现在乡下几乎没有假东西,我们还可以放心收一点,以后就很难说了。还有,我们三个一起玩,我有言在先,如果我们三个人同时看中了一件东西,可不能哄抢。"

许一丁微微笑了一下,说："你放心,谁是领路人,谁先挑。这是规矩。"

黄文说："你们更不用担心我,你们让我先挑,我也不知道该挑什么,不敢挑。"

三个人边说边走,脚下的积雪嚓嚓作响。拐过一道山弯,眼前的山景突然变得悦目起来,在许一丁看来是溪山相和,在萧大同看来是雪霁绵邈,在黄文看来却是"知其白,守其黑"。许一丁忽然吟了两句文同的诗:"君如要识营丘画,请看东头第五重。"语音刚落,萧大同就说:"不对不对,老许这两句不应景。李营丘是北宋北方画派的主要人物,用他的画来比拟江南山水,八竿子打不着。再说李成已经没有作品存世,谁也不知道他作品的真面目。"许一丁反驳说:"萧大法师果然是学院派的,过于呆板,拘于窠臼。那李成是北方画派的不错,焉知他就没有画过江南山水?李成虽然没有画作存世,但我们就不能从他的两个嫡系学生郭熙和王诜的画中,看出李成的流风?"萧大同被许一丁这样一说,一时回答不上来,只得说:"懒得理你,跟你说不清。要说'诗中有画,画中有诗'的意境,黄文应该最有感知。"黄文一听,连忙摇手说:"别,别!我对诗也就知道那么一星半点,对画我简直就是高山滚鼓——扑通、扑通,狗屁不通。"

三人一路说笑着,远远看见有炊烟从村落里升起来,基坑村就要到了……

进村后，三个人挑那屋子比较古旧的，连续走了几户人家，几家人都说原来家里有一点旧货，都叫村里的篾匠有根买走了。三个人一听，赶忙一路问询，村子小，很快就摸到方有根家门上来。

方有根正在试穿新郎官的衣服，见有三个衣着时髦的城里人走到门口，就问："你们找谁？"

萧大同说："请问篾匠有根是不是住在这里？"

"我就是。你们找我干吗？是要定做竹编器具吗？"方有根对三人的来意已经猜到了几分，嘴里故意这样问。

许一丁说："听村里人说，你收了不少古董旧货，不知你肯不肯卖？"

方有根仔细看了看三个人，说："价钱好就卖，价钱不好就不卖。"

萧大同说："那得看货说话。货好，再贵都要；货不好，白送我都嫌它重。先看看货再说吧。"

方有根想了一想，说了声"行"，带他们到楼上去了。

楼上杂七杂八地放了百来件旧货，三个人逐渐看了一通，萧大同拿起一个画着红鱼的盘子，问方有根："这个要卖多少钱？"

这一问把方有根问愣住了，因为他不知道行情，不知道怎么开价，就说："你看呢？你能出多少？"

萧大同又看了看那盘子，说："一毛钱，卖不卖？"

方有根一下子瞪圆了眼睛："一毛钱？你买个苞芦粿都不够，拿我开心吗？"

许一丁笑了笑，说："看来你是个新手，他说的一毛钱，其实是十块钱。古董这一行，买卖出价时说的价钱，是实际价钱的百分之一。"

方有根这才知道古董行当里还有这种黑话，思忖了一刻，说："十块不行，我要卖二十块。"

萧大同说："最多给你十五块，多一分不要。"

"就二十块，少一分不卖。"方有根咬死价钱。

萧大同放下手中的盘子，说："这种民国晚期的釉里红，又是民窑的粗东西，在我眼里就是垃圾。我是看在第一次跟你做生意的分上，想给你个彩头,你还来劲了。"

方有根听这样一说,心中服软了,心想这个盘子他买来时就花了两块钱,于是说:"那好吧,十五块就十五块。"

没想到这一次萧大同来劲了,说:"现在你白送给我,我都不要了。"

方有根听了这话,尴尬地搓了搓手,不知如何是好。见许一丁正打开米儿家的那两副对联在看,于是走到许一丁身后,指着署名"许承尧"的那副对联说:"这副字好,许承尧是清朝最后一个翰林,是我们歙县人,书上写着呢! 要不要我拿书给你看?"

"不用。"许一丁说,"这件东西,你要多少钱?"

方有根心想刚才失败了一次,不能再让对方开价了。犹豫了一阵,说:"这个……怎么也要两三百吧。"

许一丁盯着对联看了很久,摇了摇头。方有根赶忙问:"那你说,你肯出多少?"

"我出的价,跟你肯定谈不成,不如不谈。"许一丁说着,突然指着另一副对联,问,"这一幅呢? 卖多少钱?"

方有根看着那副十个字里面错了九个的对联,一时犯难了,不知怎样开价才好,只好指着落款处问:"这两个字我不认得,你认得吗?"

许一丁说:"我也不认得,太潦草。字写得也不好,十个字里面错了九个。"

方有根心存疑惑,问:"那你还问它价钱做什么?"

"我是研究徽学的,买旧货只是搞得好玩,想买回去研究研究。"许一丁说着指了指萧大同,"刚才他要给你个彩头,没给成。现在我给你一个,二十块,卖不卖?"

方有根生怕又砸了彩头,不敢加价,点了点头,说:"行,就当交个朋友。"

许一丁摸了二十块钱给方有根,把对联卷好,放入包中。萧大同有意说:"这一副破字出二十块,老许你这是要哄抬物价啊?"

许一丁显得无所谓地说:"既然到了人家门上,好歹得跟他做一笔,管它值不值呢!"

黄文从一堆竹雕器里翻出一个笔筒,拿过来问方有根:"这个要卖多少钱?"

方有根望了一眼笔筒,说:"这个……你看着给吧。"

黄文又看了看笔筒,见上面雕着松树,一位高士在松树下弹琴,还刻了苏东坡的一首诗"若言琴上有琴声,放在匣中何不鸣? 若言声在指头上,何不于君指上听?"煞是古雅可爱,就说:"反正我也不懂古玩,就觉得买回去放在书桌上好玩。给你十块钱行不行?"

方有根一听,连忙说:"行、行!"心想这个竹笔筒,自己用用功或许也能刻出来,没想到这个年轻一点的人懵懵懂懂就出了十块钱,心中不由得对黄文充满了好感。

生意做完了,三个人打算离开。临走之前,方有根让黄文留个地址给他,说是以后看见好的竹雕就给他留着。黄文不忍心拂他的好意,就留了地址、电话给他,方有根这才知道,他们三个是屯溪人。

三个人出门后,萧大同突然停住了脚步,返身又走回方有根家中,从包里拿出一本拍卖图录,翻开来指着一幅照片问方有根:"你在这村里,见没见过这只花瓶?"

方有根一看,脑子里"轰"的一声响——那分明就是由他在屯溪卖掉的汪老伯家的那只花瓶。再往下看,成交价后面写着:165 万港币。方有根眼前一黑,身体一晃,险些摔倒在地。萧大同见方有根脸色煞白,额冒虚汗,忙问:"你怎么了?"

方有根捂着肚子说:"我、我……肚子疼,老毛病,不要紧,过一会儿就好……这花瓶我没见过,你们走吧……"方有根说着,又捂着心窝走到门槛上坐下。

望着三个人渐走渐远的背影,方有根觉得全身又疼又冷,直打哆嗦。下昼时分,方老根从外面回来,见方有根蜷缩在床上,牙齿寒战打得咯咯作响,怎么叫也叫不应。方老根慌了神,赶紧去喊汪老伯。

汪老伯过来看过之后,表情凝重地对方老根说:"看样子是中了寒邪,要赶紧祛寒驱邪才是。弄不好伤了肾阳,可就麻烦了。"

"伤了肾阳,何地麻烦?"方老根急切地问。

"有根眼看就要结婚了,如果伤了肾阳,你就不要想抱孙子了,说不定连孙女也抱不上。"汪老伯说。

"这可怎么办? 要不赶紧送到县医院去?"方老根慌乱地团团转。

汪老伯说:"县医院去不得,西医看这种病不行,说不定越看越坏。这样,我家里还有春夏天采的淫羊藿,听老一辈人说这东西壮阳,先熬水给他灌下去再说。"

汪老伯说着就急匆匆地回家拿来淫羊藿,熬水给方有根灌下去了,随后又对方老根说:"还好现在是年前,村里有人家杀羊宰狗的,你去要一些羊屌、狗屌来,煨汤给他喝,那家伙最壮阳。"

一天后,方有根醒了,只是身上没有力气。方老根不停地给他喝羊屌狗屌汤,喝得方有根浑身燥热,嘴上冒出了火气疮,但还是提不起精神。直到腊月二十八这天,村里有户人家的媳妇生孩子,汪老伯用了几斤黄豆去换了一副胞衣来,也不管对不对症,炖烂了让方有根吃下去。说来也怪,方有根吃下胞衣睡了一觉醒来,感觉全好了,精气神全都回来了。他醒来后第一句话就是问汪老伯:"汪老伯,你家里是不是还有一只那样的花瓶?"

汪老伯说:"我看你是病糊涂了,这话你都问过好几遍了,又问。"

方老根想不通其中的道理,问汪老伯:"这胞衣是女人身上的东西,按理说阴气重,有根怎么吃好了呢?"

汪老伯也说不出个道理,含糊其词地说:"这个……反正病好了就好,管它呢,把不定这就是老话说的那个……采阴补阳,对! 就是采阴补阳!"

方老根看着汪老伯,汪老伯也看着方老根,两个人肚子里都是一团糊涂。

许一丁、萧大同和黄文回到了闵阳镇上,就在镇招待所住下来,准备第二天到北岸村去转转。天快黑的时候,他们找到一家小饭馆,见有"一品锅"，就坐下来。"一品锅"是徽菜当中的名品，既野又饰，浓淡相宜，原本发祥于徽州绩溪县，逐渐光大开来，徽州许多地方都做"一品锅"，味道大同小异。一见灰泥炭炉、生铁大锅端上来，黄文的酒瘾"吱"的一声就上来了。吩咐店家温了三斤黄酒，三人边吃边聊。萧大同问许一丁："老许，你买那幅破对联干什么？我看那字写得很差劲。"

许一丁微微一笑，说："那得看你怎么看。比如张旭的字，颜真卿膜拜至极，师从之，黄庭坚也认为张旭的字超逸绝尘，世人不能得其仿佛。可米芾偏偏说张旭是个大俗人，所书不堪入目。再说颜真卿的字吧，世人大都叫好，可宋徽宗偏偏看不入眼，说颜真卿是庄稼汉。字这东西，怎么讲呢？"

"那个落款，我一点也不认识。"黄文说着把头扭向萧大同，问，"你认识吗？"

萧大同摇摇头说："我也不认识，说不定老许自己也不认识。"

"我要是不认识，怎么会买它？"许一丁颇为得意地笑了笑，有意卖关子，停了一阵才说，"那是'曾熙'两个字。"

"曾熙？曾熙是什么人？"萧大同和黄文几乎同时问。

"黄文不知道曾熙，情有可原，"许一丁说，"萧大法师不知道曾熙，可就说不过去了。"

萧大同用力想了一阵，还是想不出来曾熙是谁。许一丁喝了一口酒，调侃地说："萧大法师心高，一说张大千他知道，说到张大千的老师曾熙，他就不知道了。好比人人都知道唐伯虎，可是知道周臣的人就不多了。"

萧大同脸上红了一下，说："他妈的，又给你捡着漏了。我看你就别在社科联研究什么徽学了，干脆辞职出来一门心思做古玩。以你的眼力，绝对有大作为。"

许一丁指着萧大同笑着说："我最见不得萧大法师装谦虚。论看字，我比你稍微强一点，论看画，你可比我强太多。你学的吴昌硕，还是像模像样的。毕竟是科班出身，不一样就是不一样。"

"什么科班出身！我读师范美术专业的时候，学的都是素描、水粉，画的都是拖拉机、工农兵,一点传统绘画的底子都没有。"萧大同自我鄙夷地说着,又叹了口气,"我也是这几年靠自学补了一点古典传统的课。"

黄文一直自顾喝酒,听了这话,也插进来说:"就别说你们那个时候了。我读小学时,背的课文是老三篇和《半夜鸡叫》。回回看电影,不是《红灯记》,就是《智取威虎山》,我们都把台词背下来了。到了中学,语文课本里,鲁迅那么多好小说不选,偏偏选《一件小事》;契诃夫那么多好小说不选,偏偏选《变色龙》;天下那么多好报告文学不选,偏偏选《为了六十一个阶级兄弟》……还有,我最搞不懂为什么要搞简体字,我们花了好长时间学会了认简体字,结果到了大学,古代汉语课本一发下来,全傻了——净是繁体字。我们还得从头开始学认繁体字,不然读不懂古文,怎么去了解几千年的中国传统文化?更不用说繁体字和书画艺术之间的渊源了。你们说这不是浪费时间瞎折腾吗?有一次,我陪北京来的一个青年文学评论家出去玩,看见一个园子,匾额上写着'水莊'两个字,我刚读出'水庄',那个评论家说,那是'庄'字吗?不对吧……嗨,我简直是无话可说。"

黄文对简化字发了一通埋怨,他万万没想到,几十年之后的网络时代,有人对简化字做出了绝妙的总结,曰:親(亲)不见,愛(爱)无心;産(产)不生,廠(厂)空空;麵(面)无麦,運(运)无车;導(导)无道,兒(儿)无首;飛(飞)单翼,雲(云)无雨;開關(开关)无门,鄉(乡)里无郎。聖(圣)不能听也不能说,買(买)成钩刀下有人头,輪(轮)成人下有匕首,進(进)非愈佳却往井里走。可——魔仍是魔,鬼还是鬼,偷还是偷,骗还是骗;贪还是贪,毒还是毒;黑还是黑,赌还是赌。

许一丁说:"真正要从文化方面来说,现在也还是不行,差得远。人心多浮躁,不能潜心于古典学问。器局太小,目光短浅。所谓做学问,也是名利当头,要么急功近利,要么'玩其碛砾不窥玉渊'。就说我们社科联一批研究徽学的吧,整天研究戴震到底是酉时出生的还是巳时出生的,研究王茂荫有没有小老婆,研究曹振镛的后代为什么八十多岁了还能生一个儿子,研究黄宾虹到底得没得过白内障,还研究出陶渊明是黟县人。还有歙县人研究出赛金花是歙县人，黟县人研究出赛金花是黟县人……总之是津津乐道于地方志和民间传说，而对他们的著作和精神从来不研究，说实话，他们也读不懂戴震这等大师的著作。作为'敦煌学、藏学、徽学'三大地方显学之一的徽学，研究来研究去，无非是想说'老子的祖上阔得多'。"

萧大同说："所以嘛，我叫你干脆辞职，一心一意玩古董，你又舍不得那一份工资。"

"我要是有你那么好的老婆，有你那么多的本钱，早辞职了。"许一丁说。但许多年以后，许一丁想，如果当年他有本钱，一心一意收古玩，那么如今在古玩界到处露脸说话的，可能就不是马未都。

黄文说："孔子说'古之学者为己，今之学者为人'，我也很向往这个境界。可眼下这年头，没有钱真不行。大城市的作家都用电脑写作了，我还得用钢笔先在白纸上写出来，再用稿纸誊一遍寄出去。遇上不退稿的杂志，我还得再誊一遍寄给别家，手上都磨出老茧了。要是有台电脑多好，又方便又快捷。"

许一丁说："方便快捷也不一定都是好事。就说写游记吧，徐霞客当年是舟车步履，艰辛劳苦；现在人是火车飞机，方便快捷。可现在有谁比徐霞客的游记写得好？我总感觉，这电脑一普及开来，文化领域说不定会更浮躁，而且更浅薄、更混乱。"

萧大同笑着说："存在即合理，老许这是杞人忧天。别多想了，现在还是先赚点钱再说。"

黄文点着头赞同："对，先赚点钱，然后想怎么玩就怎么玩。古人修道，还需要'法财侣地'四资粮呢。"

说到赚钱，许一丁忽然想起一件事，问萧大同："对了，今天在那个篾匠有根那里，你为什么拿出拍卖图录，问有根见没见过那个斗彩梅瓶？"

"这个……"萧大同犹豫了一下，说，"我听'汲古轩'的老板说，这个梅瓶就是从基坑村流出去的。他见过这个瓶子，可惜当时看走眼了，事实证明那确实是大明成化官窑的东西。"

许一丁一拍桌子，说："我说萧大法师怎么非要到基坑村来呢，原来心中有数，想来捡大漏。"

黄文问："既然瓶子都走掉了，还来干什么？"

"这个……碰碰运气吧。"萧大同吞吞吐吐地说，"休宁、黟县、祁门、绩溪、婺源那些历史上有名的大村子我都去过了，捡不着便宜，现在只能在小村子里找。"

许一丁见萧大同说话的表情，知道其中必有名堂，也就没有追问下去。

其实，萧大同除了知道那个花瓶是从基坑村流出去的，同时他通过多方了解，还知道基坑村有一户汪姓人家，是从休宁县溪口村迁过去的，是乾隆年间吏部尚书汪由敦的后裔。他不能把这个消息让许一丁和黄文知道，这一天他只不过是来探探路。几天以后，他又单独去了一趟基坑村，一共找到三户汪姓人家，结果一无所获。不过萧大同想不到，在此前一天，许一丁已经去过一趟了。

一阵风把雪刮进店门来，三人抬头往外一看，不知何时已是大雪飘然。黄文说："这么大的雪，我看明天北岸村就不去了。"

"不行，北岸村一定要去。"萧大同说，"做古董不能怕吃苦。"

许一丁扶了扶眼镜，手托腮帮，微妙地笑着，看着萧大同。

大年初三上午，方有根就把米儿迎娶到基坑村来了。事实上，初二那天下午，米儿她爸许碾子就把米儿送到了方有根家，还和方老根吃了一通酒。方老根觉得米儿就这样上门了不好，没有面子，就安排许碾子和米儿到闵阳镇上的招待所住一晚，第二天再风风光光地把米儿娶进门。就这样，初三上午会计五顺开着拖拉机，拖拉机头上挂着朵大红花，搭着方有根到镇上去迎亲。拖拉机后面还跟着几辆自行车，龙头上挂着小红花，为拖拉机助阵势。许碾子早就在招待所门口等着了，远远地听见鞭炮声响，看见拖拉机过来，赶紧点燃早已挂好的鞭炮，作为回应。拖拉机还没停稳，许碾子和米儿就把嫁妆抬出来，往拖拉机上放。总共是两只刷着红漆、装着棉被衣裳的樟木箱子,还有一只米儿她妈留下来的老红木梳妆台。方有根把米儿拽上拖拉机后,迎亲队伍就返回基坑村。

方有根家门上窗上堂前,到处贴满了"囍"字,门口站满了看热闹的村里人。方老根见迎亲的队伍过来了,赶紧叫负责放鞭炮的后生点火,不意叫了几声没人应,想是这后生在最不该上茅房的时候上茅房去了,只得自己动手。方老根两手直哆嗦,点了几次都没点着火,当年采石放炮的时候,也没这么紧张。好容易点着了鞭炮,许碾子、米儿和方有根已经到门口了,鞭炮炸得他们一蹦一跳的。

好容易等鞭炮放完了,新郎新娘这才站定,从一只红竹篮里抓出香烟糖果,撒给看热闹的村里人哄抢。

因为方有根家门口的场地小,只能摆三张桌子,于是只能吃流水席。一拨人吃完了,收拾干净,再来一拨人吃,这样一直吃到晚上。方有根一轮又一轮地敬酒,天还没黑就喝醉了,躺到新房里面打呼噜讲梦话去了。接下来的陪酒,全由许碾子一个人独当。

方有根一觉醒来,已是夜深人静。房中漆黑,方有根感到陌生,正恍惚着,突然觉得身旁有个人动了一下,吓了他一跳。这一吓倒是醒了他的酒,他想起今天是他结婚的日子,他身边的这个人是米儿。

方有根拉亮电灯,见米儿披着红棉袄靠在床头,手里攥着一把剪刀睁着眼发愣。方有根吓得身体往后一缩,惊异地问:"你、你拿剪刀干什么?"

米儿幽幽地说:"这剪刀是我妈留下的,我想我妈了。以前她都是用这把剪刀为我和爸做衣裳,以后我要用它为你做衣裳。"米儿说着,把剪刀放到枕头底下。

方有根盯着米儿看了一会儿,猛地抱紧米儿,手伸到米儿奶子上用力抓。

不知是不是吃了淫羊藿、羊屌、狗屌、胞衣的缘故,方有根特别能干,一连几个晚上都没有让米儿睡好觉。方老根心里有数,担心方有根搞坏了身体,只好去汪老伯那里又要了一些淫羊藿,熬水给方有根喝。米儿渐渐招架不住她的有根哥了,见方有根喝淫羊藿,自己也捧来喝,结果扭转颓势,反败为胜,身心都快活。反倒是方有根的脸色一天一天苍白下来。

正月十五这天晚上,方有根陪着方老根喝酒,喝着喝着,方有根问:"爸,我今天的脸色怎么样?"

方老根朝方有根望了望,说:"比前两天好些了。"

"那好,"方有根对方老根和米儿说,"明天,我就要到屯溪去了。"

第四章 入道伤情

方有根到了屯溪,照例是在"听涛楼"先住下来,然后着手租房子。他早就想好了,最好能在"风灵巷"里租个房子。于是他到"风灵巷"去问了个遍,但都没有单独的房子出租。只有一栋清末建造的大宅子,里面已经住了两户人家,还剩有一间房和楼上一间杂物间空着,方有根就把这两间房租下来了。尽管几家人住在一起生活不太方便,堂前、厨房和厕所都是共用的,但在方有根眼里,"风灵巷"风水好,这是关键,其次是租金便宜。

楼下的那间房里面,有一张旧式床、一张旧乌木桌子、一把老藤椅。壁上还挂了一个镜框,里面装着一张黑白旧照片,是一个大家族的合影,看样子像是民国时期的。乌木桌子松了榫头,手一推就摇摇晃晃。房东老太婆说要给方有根换一张新桌子,方有根说不必麻烦了,所有的东西都不要动,只要把灰尘打扫干净,再把楼上杂物间的杂物清空出来就行。老太婆很高兴,觉得这个房客老实,好说话。她不知道方有根需要的,就是房子里的那种老氛围。

方有根很快就在老宅子里住下,然后开始去老街找店面。他本想去找"汲古轩"的老板,托他帮着找一个店面,为此他还带了两斤茶叶。可他走出"风灵巷"不远,就见"文雕苑"古董店的门关着,门上贴了一张纸,上面写着"店面出租"四个字。方有根走到店门口,拍了一阵店门,对面楼上的一扇窗推开了,弹出一张中年妇女的脸,大声问方有根是不是要租店面,方有根向她招手,大声回答了声"是"。不一会儿,那中年妇女过来了,打开店门让方有根看。方有根见柜台博古架都在,倒是省了不少事,就问中年妇女:"原来那个老板怎么不做了?是不是这个店面风水不好?"

中年妇女说:"那一对夫妇是冤家对头,整天吵骂打架,再好的风水都会败坏掉。这店面风水好得很,有两个气功大师帮我看过,都说这店面气很足,冲得他们肚子都胀。"

方有根说:"我又不是卖皮球卖车胎,要那么气足干什么?"

中年妇女听了,忍不住笑起来。

接下来两人讨价还价,最终以八百块一个月、暂租一年、先付三个月的租金定夺下来。签字据的时候,方有根知道了那中年妇女叫张招娣。

方有根看着手中的两斤茶叶,还是想到"汲古轩"去摸摸古董这一行的路数,就顺着老街往下走。和上次逛老街比,方有根发现老街变化挺大,花圈店、五金店、糕饼店不见了,都变成了古董店和工艺品店,各种各样的摊子也少了,但来来往往的行人很多,特别是外地游客,成批成批地往老街拥,好像赶集似的。方有根心想屯溪越来越旺了,自己来得正是时候。

进了"汲古轩",见柜台里坐的不是原先那个老板,店员也不是上次见的那个姑娘。询问之后才知道,原先那个老板过完年就到澳大利亚定居了,说是他的亲伯父没有子嗣,现在年纪大了,要他去继承家业,他就把店盘给了他的表弟。方有根听了,心中好像少了点什么。

店里来了几个人,看样子是老顾客,开口就跟新老板说要看好东西,老板就带着他们到里间去,并关上了门,好像是地下党要开秘密会议。方有根想了一下,从口袋里掏出一张纸条,问那个女店员能不能用一下柜台上的电话。女店员没有说行,也没有说不行。方有根就当是行了,于是给市作家协会拨通了电话找黄文,对方接电话的人说黄文请了创作假,在家写作,说完就挂断了。

　　方有根回到自己的住处,坐在旧藤椅上寻思了一阵,觉得自己与其这么闲着,不如干脆按着黄文留给他的住址,直接找上门去。于是他在两斤茶叶之外,又拎了一只腌蹄髈,出门去找黄文。

　　黄文住在"江州小区",当时住宅小区很少,很好找。方有根很快就找到了黄文住的那栋楼,上到四楼看准门牌号,开始敲门。因为心中忐忑,方有根先慢慢地敲了两声,接着又急促地敲了三声,弄得跟接头暗号似的。

　　黄文一开门,见是方有根,大感意外,说:"怎么是你? 你怎么来了?"

　　方有根显得很局促,支支吾吾地说:"我……这个……我是……不好意思,打、打搅了……"

　　黄文拉着他的胳膊热情地说:"快进来坐,坐下再聊。"

　　黄文家很小,一室一厅一厨房一阳台一卫生间,都很小。黄文让方有根在两用沙发上坐下,然后去厨房给方有根泡茶。方有根打量了一下客厅,觉得很挤,到处都堆放着书,心想城里人也有城里人的难处,就把带来的茶叶和腌蹄髈放在墙角的一堆书上。

　　黄文把茶杯放到方有根面前,坐下来,问:"怎么到屯溪来了? 是不是有什么古董要来找买家?"

　　"不、不是……"方有根说,"我这次来,是想在屯溪开一个古董店。"

　　"你? 开古董店?"黄文惊奇地看着方有根。

　　"是。店面都已经租下来了,就在老街上,一马路下去一点。"方有根说。

　　黄文注视着方有根,点了点头说:"行啊! 有魄力! 不像我们,秀才造反,十年不成。"

　　"这也是逼出来的,山里实在太穷了。"方有根说,"我来找你,是想请你帮我的古董店起个名。"

　　"起名?"黄文顿了一顿,说,"只知道你叫有根,还不知道你姓什么。"

　　"我姓方,一点一万方。"方有根说。

黄文点了一支烟，想了一会儿，说："要我看，你的店名就叫'八方阁'。'八'字两画，按后天八卦数，是'坤'卦，一片厚土，土能生金，厚德载物。'方'字四画，是'巽'卦，主风，但愿你的生意能做得风生水起。"

方有根一听，兴奋得脸都红了，一拍大腿大声说："好！'八方阁'好！好名字！气魄量大！没想到你……您还会算命。"

黄文笑了笑说："这个不是算命，这是《易经》方面的东西。"

方有根当然不知道《易经》里有什么东西，但他真心觉得这个名字好。尽管他不知道"八方甘雨八方和义八方流德八方沾圣泽"这些词句，但俗话说"嘴大吃八方"，这一句他还是记得的。所以他又双手作揖对黄文说："感谢感谢！要不……您帮人帮到底，再给我写个匾行不行？"

黄文连连摇手说："这个不行，我的字太稀松平常，拿不上台面。要不你请许一丁给你题个匾，他的字好。"黄文见方有根的神情有点迷惑，忙解释说，"就是上次到你家买了副对联那个戴眼镜的，还记得不？"

"记得记得。"方有根鸡啄米一般点头，随即神情流露出犹豫，"可是……我怎么去找他呢？十有八九我认得他这个大菩萨，他不记得我这个香客了。"

黄文说："这个容易，过两天我约上他，请他吃个饭。"

"太好了太好了，我请客。"方有根说着，脑子里想到了"富春来"饭店。

"工商、税务那一些手续你办了吗？"黄文问。

"还没有，"方有根说，"管他三七二十一，先把店开起来再说。"

"那可不行。等他们找上门来，你就麻烦了。"黄文说，"这样吧，我帮你找找朋友，办起来就顺利很多。"

"感谢感谢！遇上您真是遇上贵人了。"方有根又是双手作揖，说，"听您单位的人电话里说，您正在写作，我就不耽误您时间了。我还要去买被褥、毛巾、牙刷那些杂七杂八的东西。"

方有根说着站起来，黄文也随即站起，把方有根送到门口。方有根刚出门，忽然转过身，指着墙角处一堆书上的茶叶和腌蹄髈说："一点山里土货，您尝尝。"

黄文正要客气几句,方有根已经弓着厚实的背,咚咚咚咚跑下楼去了。

第三天晚上,方有根在"富春来"饭店请黄文、许一丁吃饭,萧大同也被他们一同邀来了。他们三个海阔天空地聊,方有根只有憨笑点头、频频敬酒的份。他不时朝四周张望,但始终没有看到那个甜甜的姑娘的身影。他想见到她,又不想见到她。他怕那个姑娘见了他同桌的三个人,会没有心思再招呼他,尽管最后是他掏钱。

匾额很快就做出来了,方有根不觉得许一丁的题字好看,歪歪扭扭的,像小孩子写的字,这使他不由得又一次想起刘相公。两个星期后,在黄文的帮助下,工商、税务那一套手续都办下来了,营业执照也拿到手了。方有根赶紧租了一辆车,赶到基坑村,把他的旧货全拉到屯溪来,连夜上了架。第二天一大早,"八方阁"就悄然开张了。没有放鞭炮,也没有人送花篮。午饭之后,黄文、许一丁、萧大同三人才过来祝贺,萧大同送了一幅水墨的迎客松;许一丁送了一幅立轴,上面写着"编新不如述旧,刻古终胜雕今";黄文送了一尊财神雕像。方有根仔细看了看财神雕像,心中疑惑,问:"这尊关公财神,怎么没有拿大刀?"黄文说:"真正的财神不是关公,是陶朱公,也就是范蠡。"许一丁笑着说:"你跟有根说范蠡他不会知道,你跟他说西施他就知道了。"萧大同也插进来打趣:"有根恨不得西施也拿把大刀,好宰客。"说得方有根很不好意思,脸上有些发烫。

萧大同买了方有根一只五彩大碗,说是给方有根开张。许一丁说:"你那不叫开张,你是享受初夜权。"说着自己也买了一方老砚台,还买了一方小印章,说他这是娶了个二婚头,还带着个孩子。黄文不知道自己该买什么,就象征性地买了一个画着浅绛山水的小印泥盒,打开一看,里面居然还有大半的印泥。许一丁看了一眼,说:"哟,这印泥不错,同治年间的东西,现在还这么油润。要不让给我吧,我写字盖章用得着。"萧大同说:"为什么要让给你? 我画画盖章也用得着。"黄文笑着说:"别人要我都会让,你们要我不能让,你们俩太精了。"

到了上班时间,三个人告辞了。

下午方有根又做成了两笔外地人的生意,黄昏行将关门之际,方有根心里盘算了一下,这一天赚了八十多块钱,心想假如天天有这样的赚头,刨除一切开支还有余裕,做得。

方有根的古董店开得虽然不能说是如火如荼,却也顺风顺水。尽管他对古玩还不太在行,店里也没有精品好货,但他的东西都是老的,卖得也不贵。即便有几件东西卖贵了些,买主也不太介意,因为东西既然是老的,就算不能立即转手赚钱,摆一摆也会增值,至少不会亏,所以"八方阁"里的回头客还不少。为了有货源,方有根除了自己抽空到乡下去收,还发动了会计五顺帮他收,他知道五顺是个精明人,办事可靠,只要给五顺一些辛苦费就行。慢慢地,也有各地乡下的小贩子送东西上门,方有根的宗旨是只要东西便宜就收下来。倘若贵,而货主比较好说话,方有根就会说服货主把东西留下来,出个底价,由他代销。这样又保险,又有利头可赚。

仿佛"奉天承运"一般,方有根赶上了做古董的好年头。全国各地做古董的,如同惊蛰春雷后的蛹飞蠕动,纷纷鼓翅冒头,赶到徽州来淘宝。徽州素有"文物之海"之称,这缘于历史上徽州人考上进士的多,做状元的多,当大官的多,还形成过盛极一时的"徽商",出过"红顶商人",有钱的人多。偏巧古徽州的官大多是儒官,徽商也大多是儒商,这些官商当年都热衷于收藏古玩。而徽州人自古以来都有强烈的"叶落归根"的意愿,所以当他们老了以后,往往就连人带珍藏一起回到徽州,在粉墙黛瓦里过着富丽堂皇而又洁静精微的日子。人是一代一代地老去死去,但文物古玩却一代一代地传了下来,直到"文革"时期,它们也不能幸免,遭受到空前的大劫。然而仍有不少命大的,凭着它们的机缘造化,在各个角落存在着。

屯溪是徽州文物的集散地,又有一条文化意味浓厚的"宋街",此时就理所当然地成了古玩交易的发祥地,一时间老街上的古玩店、工艺品店鳞次栉比。一批又一批来淘宝的外地人如过江之鲫,都希望能在这条老街上捡到宝贝,从此改变命运。

最先把老街的古玩做热起来的,不是大陆人,而是台湾人、香港人,还有日本人。台湾人，还有香港人一开始最沸腾，见了什么东西都想要，旧的新的都买，把方有根都看傻眼了。比如说"博古斋"那个老板，最先发起来。他从宜兴几十块钱进来的紫砂壶，动辄几百上千地卖给台湾人，台湾人还争先恐后，一买就是好几把甚至十几把，说是带回去送亲朋。方有根想不明白，这些台湾人要买紫砂壶，为何不到宜兴去？好像这紫砂壶只要往老街上某家店里的橱柜上一摆，立即就身价大增。他没有想到，徽州有座黄山，占了地利。有人说"博古斋"的老板心太黑，生意恐怕做不长。老板却说："我这不叫黑，而且生意做不长不要紧，只要赚了钱就行。生意做得再长，赚不到钱等于个屁。"方有根听了觉得大大有理，也想到宜兴去进紫砂壶来卖，被黄文劝阻了。黄文说："你看那农民，发现今年西瓜好卖，第二年就全去种西瓜，结果第二年西瓜太多，卖不掉，亏本。第三年再也不敢种西瓜，结果第三年西瓜少，好卖，价钱高。农民想来想去想不通，只好怪自己运气不好。你就好好守着你那个小古董店耐心做吧，这世上有昙花，也有梅花，不同的时辰开不同的花。"

香港人比台湾人稳健，他们到老街，喜欢买一些不太贵的老物件，新的东西也买，但大都是买墨和砚，因为"文房四宝"里的徽墨和歙砚，名气实在太大。也有少数懂行的香港大老板来老街看货，但他们的眼光太高，到了"八方阁"，都是扫一眼就走了。然而时不时总有一些消息传来，说是谁家的什么什么东西被香港老板几十万买走了，这使得方有根心中时常起伏不定。但总体来说，随着顾客的越来越多，古董价格的不断上涨，方有根的收益也越来越好，店开到第四个月，他每个月可以赚到四五千了。这在一个"万元户"都让人眼红或尊重的时期，可是一个不敢向外张扬的数目。其间方老根和米儿还来过一趟屯溪，送春茶上来。方有根照例是把茶叶一把倒给了茶叶贩子，自己给了方老根一个好价钱。米儿的肚子已经微微隆起，方有根给了她一些钱，让她自己去逛逛街，买些自己喜欢的东西。米儿在屯溪逛了大半天，纯粹是饱眼福，什么也舍不得买。她见有根住在一间老宅子里，生活简陋，就把钱又还给了方有根。

天气渐热的时候，日本人来了。用老街上一些老板的话说，是"鬼子进村了"。日本人看不上老街上的工艺品,他们其中有少数人,是专门冲着文物来的。日本鬼子出得起价,但野心太大,动不动要看明以前的大家字画,瓷器也是要看明以前的,最好是"汝、官、哥、定、钧"的,清三代的都不看。有一个日本鬼子还拿出一本印刷精美的书,指着书上的彩色图片跟方有根比画,意思是要买书上印的这样的东西。方有根在书上看到了一只碗,顿时头一晕,额上沁出细汗来。因为这只碗也是白里泛青的,面上一块一块的,像开了裂。方有根立即想起他岳父许碾子卖掉的那个瓷钵子。不过这一次方有根没有病倒,他毕竟是经过风浪的人了。当天晚上他还特意请黄文、许一丁和萧大同吃饭,酒桌上有意提起他岳父曾经卖掉一只什么模样的瓷钵子。萧大同听后说:"说不定是件哥窑的,那可就亏了八辈子了。"许一丁说:"也说不定是件汝窑的,那还不止亏八辈子。"黄文见方有根脸色发白,额上冒虚汗,忙说:"也许就是一件民国仿的粗东西,还赚了呢! 走掉的东西就不要再想它,不然永远活不安宁,会把身体搞坏。"黄文说着和方有根喝了一杯酒,方有根心情这才释然些。

因为日本人的野心,老街上心思活络的老板开始准备"地雷"了。各种高仿的假货像伊甸园里的那条蛇,悄无声息地钻进老街。老板们设计了各种局,把假货卖给日本人,他们把这种行为叫作"杀鬼子",而把自己称作"抗日英雄"。也有甘心当"汉奸"的,对日本人很殷勤,像电影里的翻译官那样,带着鬼子到处转,贪图一些小费。还有少数的几个老板,为了跟日本人做成生意,干脆认日本人做了干爹。时间一长,日本人被地雷炸怕了,也不敢到处乱踩,只能依靠"汉奸"带路。

方有根没有当"抗日英雄",不是因为他没有爱国精神,而是因为他没有获得地雷的渠道。方有根也没有当"汉奸",不是因为他多有民族气节,而是因为他不知道该把"皇军"带到哪里。所以他只能老老实实地做他的本分生意。

在古玩热起来的同时,气功在中国也热起来了。先是严新、张宝胜几个大师出山了,随后张宏堡等一大批大师都出山了,要引导国民们走向健康和彼岸。许多市民每天在不同的时辰、不同的地点,以各种不同的姿势对着大树采气,对着流水采气,对着高山采气,还有别具慧根的,对着银行和市政府采气。

这一天下雨,老街上游人不多,方有根一个人坐在店里打瞌睡,"八方阁"的房东张招娣悄无声息地走进来。她进了店里,双膝微曲,眼帘下垂,摆了一个抱球式,一动不动。方有根从瞌睡中醒来,见此情景吓了一跳,以为张招娣中邪了,忙问:"你这是做什么?喂!你作什么法?"

张招娣慢慢地直起身子,长长地吐了一口气,眼光缓缓地移向方有根,说:"我在采气。好几个气功大师都说我这个店面里的气足,这么便宜租给你真是亏死了,还不如租给气功师来采气。"

方有根愣了一下,说:"你这店面气足不足我不晓得,我只晓得以前那个老板和老板娘整日在这店里生气,你把这些气采去,当心你和你老公整日吵架闹离婚。"

"我不怕离婚,我都离过三次婚了,越离家产越多。"张招娣说,"这个店面的气真的很足,我表哥都说过好几次了。"

"你表哥是神仙吗?"方有根略带嘲讽地问。

"差不多就是神仙了,"张招娣说,"他能够半夜在荒坟堆里采气。"

方有根一听,不禁打了个寒战,说:"那采的是鬼气,跟神仙有什么相干?"

张招娣说:"这个你就不懂了。神仙分天仙、地仙、鬼仙三种。张宝胜都说了,说我表哥现在是鬼仙境界。我表哥是张宝胜的大弟子,天目早就开了,能看见别人看不见的东西。对了,他还能看古董,他只要用手一探,用天眼一看,马上辨出真假来。"

"你表哥有这么神?"方有根不信地问。

"还有更神的呢!我懒得跟你说。"张招娣说,"你不信问问别人,我表哥在黄山市名气大着呢!很多人请都请不动。所以……我表哥说我这店面租得实在太便宜了。"

方有根这会儿天眼也开了,醒悟过来了,说:"原来你不是来采气的,是想来提租金的。我告诉你,我们签了一年的合同,你要想提租金,也要到了时间再说。说不定那时候我还不想租这个店面了，换一家气更足的。"

张招娣没辙了，踟蹰了一会儿，说："那就到时间再说吧。还有，你要是有什么古董看不懂，我可以请我表哥来帮你看。"

方有根不置可否地看了看她，抓起紫砂壶嘬了口茶。

张招娣刚走不一会儿，"游击队员"波子进来了。波子很年轻，身材矮小，皮肤白润，长着一张娃娃脸，眼珠滴溜溜地转，显得很精明。波子也是做古董的，只要是古董，他都做，是个杂家。之所以称他为"游击队员"，是因为他没有店面，四处游走，随机买卖。老街上这样的"游击队员"也不少，大约可以凑成一个排。波子在这支队伍里，是战绩最佳的一个。

波子站在柜台前面，笑嘻嘻地看着方有根，说："方老板真有耐心，大雨天还守在店里等顾客，精神可嘉。"

"你比我更可嘉，大雨天还在街上找顾客。"方有根朝他翻了个白眼。

波子从口袋里摸出一只小玉瓶子，放在柜台上，说："你看看这件东西怎么样？"

方有根看了一眼小瓶子，见瓶子上雕着兰花，质地细腻温润，说："看上去倒是蛮好看，别的说不上来。我不搞杂件，看不懂。"

"这么说，书画瓷器你就看得懂？"波子不无揶揄地问，随即又得意地说，"正宗的清代和田羊脂玉，中午有人出了二十块，我没卖。"

"二十块你没卖？你打算用它来换栋房子吗？"方有根知道他说的二十块就是两千块，吃惊地说。

波子抖了抖肩膀，略微显出一点轻皮相："没有五十块，打死也不卖。"

波子说着把小瓶子抓起来，正要往口袋里放。方有根突然说：

"等等！"他说着从波子的手里拿过小瓶子，看了一会儿，问，"你可知道，这小瓶子是做什么用的？"

"什么？这个你都不知道，你还做什么古董？"波子诧异地看着方有根，见方有根的表情似乎是真的不知道，就说，"这是鼻烟壶，清代、民国时期权贵们用的。"

"鼻烟壶……"方有根眼光有些涣散,他想起了埋在刘相公坟头的那个小瓶子。

波子见方有根发呆,就推了他一把,说:"想什么呢? 想杀我价吗? 痴想!"

方有根缓过神来,支吾着说:"没、没想什么? 我没见过这样的瓶子,我杀它价做什么?"

方有根说着将小瓶子还给波子。

波子看了看天色,说:"天快黑了,不会再有顾客了。快关门吧,我请你吃臭鳜鱼。"

"你今天何地这样大方? 发了一笔?"方有根问。

波子搓了搓手说:"今天上午打麻将,风色好,赢了七八块。走走走,吃饭去。吃完了我带你去看打麻将,省得你一到晚上就缩在那栋老屋子里,人都要变成古董了。"

波子说完就开始搬门板。方有根犹豫了一下,也就跟着一块上好店门,随波子吃饭去了。

波子把方有根带到一家不起眼的小店,波子点了一盘臭鳜鱼、一盘臭豆腐、一盘青椒炒臭干。方有根说:"你点的全是臭的,只怕手气臭,晚上打麻将肯定输。"

波子一听,赶忙朝一边"呸"了几声,说方有根是"乌鸦嘴",只好又点了一盘香葱炒鸡蛋、一碗香菇肉丝汤。

小店的菜很地道,两人要了几瓶啤酒,吃得津津有味。天黑下来以后,波子就催方有根快吃,说是去迟了怕是没有位子了。方有根只好赶紧把嘴里的锅巴饭咽下,又端起香菇肉丝汤几口喝完,跟着波子走了。

波子带方有根进了一条偏僻的巷子,七拐八弯地到了巷子深处的一栋三层楼前。楼看样子是拆了老屋新建的,面积不大,有围墙围着。波子在院门前打了几声呼哨,不一会儿,院门上的一个小窗口打开了,出现一张老头的脸。那老头见是波子,就开了院门,让他们进去。一条狼狗警惕地盯着方有根,喉咙里发出低沉的吼声。方有根吓得直往波子身边躲,老头呵斥了狼狗一声,狼狗就止住了低吼,很不情愿地走到一边去了。

波子带方有根直接到了三楼,推开一间房门,一股浓烈的烟味从里面冲出来。房间里面有四个人,三个男的,还有一个年轻女子,正在打麻将。那年轻女子见波子来了,就说:"你来得正好,刚才他们缺一个角,非要我上来顶。我打完这把你来接。"

年轻女子对面的一个中年胖子说:"你不能下去,赢了钱就想走?那可不行!"

另一个皱着眉头拼命吸烟的男子跟着说:"三个和尚抬尼姑,我都输惨了。你要下去,也要打完这个东才行。"

那女子边抓牌边笑着说:"那好那好,我就陪你们打完这个东再下去。要不然谁给你们续茶、做半夜餐啊?"

这边方有根看着那年轻女子,眼都直了,恍若梦中——眼前这个年轻女子,分明就是"富春来"饭店那个一直甜笑着的姑娘。此刻在牌桌上,依然是甜笑盈面的情态。方有根干咽了两口唾沫,觉得嘴里渴得慌。

波子见方有根呆头呆脑的样子,觉得奇怪,就问:"你怎么啦?跟只呆鸡一样。"

方有根掩饰地揉了揉眼睛,说:"我……眼睛上火……嘴里发干……"

那年轻女子嘴里喊了声"九条",打出一张牌,随即抬头对方有根说:"那柜子上有茶,你自己倒吧。"

方有根心中一阵急跳,希望那女子能认出他来。可那女子浑然不识,微蹙眉头观察桌上的牌面。

波子给方有根泡了一杯茶,递到他手上,说:"刚才喝了那么多汤,还渴,当心晚上尿床。"

波子说完,走到抽烟的瘦子身后看牌去了。经波子这一说,方有根还真感到有些尿急,鸡巴胀胀的,可又不好意思问厕所在哪里,只好忍着,走到那个胖子身后,假装看牌,其实是要看对面的女子。

牌桌上的另两个男的,方有根看着有些面熟,好像也是在老街上做生意的。只有这个胖子面生,大概是做大生意的,手上戴了三个大金戒指,举止的架势也大,一副老×老屌的样子。

方有根的眼神全在对面那女子的身上,见她还是像从前一般甜美,似乎在甜美之外,还增加了几分成熟,几分妩媚,始终笑语嫣嫣的。冷不防在笑语嫣嫣中和一把大牌,把那三个男的打得拍桌子跺脚。胖子桌上的钱输光了,就从包里又拿出一小沓,放在桌上,并从包里拿出一个黑长的东西,压在钱上,粗声粗气地说:"妈的,压一压邪,把你的妖气镇住!"

那女子笑得更明艳,说:"哟,现宝啊?谁不知道你有台'大哥大'呀?现在屯溪还没有信号,你这东西没用,说不定把自己的财气压下去了。"

胖子一边理牌一边说:"本来手气就臭,你站到后面,更臭!"胖子说着回头扫了方有根一眼。

方有根感到了屈辱,想回击两句,可又不知道该怎么说,脸越涨越红。那女子乜着眼对胖子说:"你怎么这样说话?人家是第一次来,是客人。"女子说完又对方有根笑着说,"别看他的臭牌,过来看我的牌。"

方有根一听,仿佛三伏天里吃了人丹,从喉咙里一直清爽到心里,赶紧走到女子的身后去了。

方有根对麻将一窍不通,站在女子身后,眼里根本看不见麻将。他只看见了那女子葱一样的手指,绸一样的肩背,蜡一样的颈脖……他甚至看见了她身上飘出来的香气。有几次他假装看牌,将头探向前去,想顺着她的颈脖往下看一看,可惜那女子的衣裳领口又紧又高,阻碍了方有根艰难的探索,肚子里的尿也越来越急,憋得他身上一阵一阵发紧。

好容易等一个东打完了,大家续茶的续茶,上厕所的上厕所。方有根赶紧跟着上厕所的进了厕所,可他费了半天劲,只挤出了几滴,鸡巴还是涨涨的,可就是尿不出来。

等方有根回到打麻将的房间,波子已经在麻将桌上坐下了。他拿出五十块钱递给那女子,那女子收了钱,说:"你们慢慢打,看谁的风色好。我下楼去给你们煮茶叶蛋。"说完出门下楼去了。

那女子一走,方有根只能站在波子的身后看牌,耐着性子看了几把,越发觉得无聊,就在房间里晃悠了几步,又走到窗前,抬头假装看夜空,然后又做出漫不经心的样子，走出了房间。房间里的四个人聚精会神在麻将上，谁也没有看到方有根的表演。

方有根下楼后，找到厨房，咳嗽了一声，走进去。那女子正在往砂锅里放鸡蛋，见方有根进来，就问："你怎么下来了？不看牌了？"

"看不懂，下来透透气。"方有根揉了揉太阳穴，显出一副憨相。

女子微微一笑，说："看几天就会了，不难的。以后有空就过来看，我教你打。"

女子说着，伸手要端砂锅。方有根赶紧上前端起砂锅，放到炉子上。

"谢谢你。"女子捋了捋额前的头发，问，"你是做什么生意的？"

"在老街上开了个小古董店，八方阁。"方有根说。

"八方阁？"女子想了一想，微微摇了摇头，显然没有印象。

方有根说："一个小店，开张不久，不起眼。不过……"

女子见方有根欲言又止，就问："不过什么？"

"你一定不认得我了，可我还记得你。"方有根说，"一年多前，我在'富春来'吃过饭。"

女子双眉一挑，略显惊异地说："哎呀，你记性真好。我是在'富春来'做过事。往来的顾客太多，我记不起来了，真不好意思。"

"那是当然的。要是个个顾客都记得，那还了得！"方有根嘴上这样说，心里却未免有些怅惘。

"以后就记得了，没事你就过来玩牌。"女子又是甜甜地一笑，问，"老板你贵姓？"

"我姓方，叫方有根。不要喊我老板，搞得我不好意思。"方有根抖了抖肩膀，问，"你呢？你叫什么名字？"

"我叫姚惠芹，人家都叫我小惠。"女子说着，见砂锅里已经滚沸了，赶忙去掀锅盖。

那只狼狗悄无声息地进来了，充满敌意地盯着方有根，喉咙里发出低吼。方有根吓了一跳，不由得后退了两步。小惠轻叱一声，狼狗缩了缩脑袋，转身走了。

小惠对方有根说："你上楼去看牌吧,这狗认生,别叫它咬了。我做完半夜餐就给你们端上去。"

方有根踟蹰了一会儿,实在找不到留在厨房的理由,只好重新上楼看牌去了。

半夜时分,小惠用一个托盘端了五碗茶叶蛋肉丝面上来。方有根赶上前去,接过托盘,在麻将桌上的人面前各放了一碗,见还剩有一碗,正犹豫着,小惠说："那一碗是你的,你吃吧。"

方有根说："那你呢?"

小惠说："我在楼下吃过了,你只管吃吧。"

大家都在呼呼啦啦地吃面条,小惠给大家的茶杯里换茶叶,方有根放下面条,帮着倒开水。波子打趣说："真看不出来,方老板还会做家务。"

方有根说："你再说一句,我就把你杯子里的茶倒了。"

方有根说完,端起面条来吃。起初他觉得这是他吃过的最好吃的东西,可后来想到麻将桌上那四个人也吃了,不由得又觉得这面条的味道一般。

大家吃完面条,麻将继续开战。小惠从楼下又端了一张凳子上来,让方有根坐在波子身后看牌,自己下楼洗碗刷锅去了。

方有根坐在波子身后打瞌睡,但只要小惠间或进来一下,他立刻就会醒来。后来,小惠回自己的卧室去睡觉了,方有根也就在波子的身后轻轻打起鼾来。

麻将赌到凌晨才散场,方有根昏头昏脑地走回家,倒在床上就睡着了,做了一上午的春梦……

从此,方有根每天晚上都要到小惠家去看打麻将,并且带上一些骨头肉给那条狼狗吃。尽管他的心不在麻将上,可看的时间久了,也就会打了。麻将桌上三缺一的时候,他也会在别人的怂恿下,上去顶几圈。他最盼望的是缺两个角,这样小惠就不得不上来顶,因此他就可以和小惠同桌打牌。运气好的话,他还可以在洗牌的时候碰到小惠的手。其他打麻将的人,都不喜欢方有根上场,因为他不按常理出牌,自己输了不说,还害得大家一起输。只要方有根在桌上,赢家一准是小惠。奇怪的是,每当小惠赢钱,方有根竟显得比自己赢钱还高兴。起初人们以为他不太会打,乱出牌。时间一长,人们就看出来了,这个方老板分明是在给小惠喂牌,小惠需要什么牌,他就打什么牌,宁可自己输钱。开始有人怀疑方老板和小惠是在打联手,后来才发觉方老板是在讨好小惠,感到又讨厌又好笑,一般都不让他上场,实在没角了,才让他上去凑几把。也幸好是这样,方有根在麻将上输的钱还不算太多。但要命的是,他每天上午都在睡觉,下午才开店门,生意自然就少了许多。

这一天傍晚,方有根早早吃过饭,就拎着一小袋骨头肉,往小惠家里走。他知道这个时间去,牌桌上最有可能缺两个角。走到半路上,迎面碰上波子。波子问:"是不是到小惠那里去?"

方有根点了点头,好像还有点不好意思。

波子说:"这些天都别去了,她老公来了。"

"你说什么? 她老公……她已经嫁人了吗?"方有根大感意外。

"怎么? 你不知道?"波子迟疑了一下,"怎么说呢……可以说她嫁人了,也可以说她没嫁人。她是一个澳门老板包养的。"

"包养? 什么意思?"方有根第一次听说"包养"这个词。

"嗨,也难怪,你到屯溪时间不长,许多事不晓得。"波子说,"包养就是那个澳门老板出钱,把小惠包起来了。那个澳门老板在澳门有老婆,可是那个老婆不生孩子,澳门老板就给了小惠一笔钱,让小惠帮他生了一个儿子,带到澳门去养了。小惠就盖了那栋房子,靠供人打麻将收台费过日子。那个澳门老板只要来大陆做生意,就会到小惠这里来住几天。你懂了吧?"

方有根听着,感到浑身发冷,心脏一抽一抽地疼,好半天才憋出一句:"你瞎说!"

波子莫名其妙地看着他,耸了耸肩膀,说:"我瞎说? 全屯溪的人都知道,就你不知道,还说我瞎说。不信你到她家去看看。"波子说完吹了声口哨,走了。

方有根觉得胃里疼得厉害,他在地上蹲了一会儿,然后扶着墙角慢慢地站起来,佝偻着身子大口喘气⋯⋯

第五章　无为有处

萧大同住在郊区的一栋别墅里。这栋别墅,是他买了一户菜农的三层楼房改建的。一层二层是生活区,整个三层是他的画室兼收藏室。他在三层的楼梯处特意加了一道门,从来不让外人进去。即便是他老婆,也只能是在打扫卫生时进去一下。萧大同的绝大部分时间,都是待在三层里。

萧大同涉猎古董收藏买卖比较早,所以相对来说还挺有钱。不过他辞去某职业高中美术教师的工作,并不是因为他有钱,而是缘于他在学校期间与一名女学生发生了师生恋。这引起了校领导们的高度重视。当校领导们正在开会研究如何处分他时,他的那个女学生把他的辞职报告送到了会议室。这一行动使得校领导们五味杂陈,继而自愧弗如,精神萎靡,教学成果也因此连续下降了三年半。后来终于止住了教学成果的继续下降,是因为这所学校停办了。

萧大同辞职以后,就买了这栋农民房,改建成合自己意趣的别墅,开始了一边画画一边玩古董的自在生活。在屯溪的文化艺术圈子里,萧大同最早意识到钱的重要性。当大家都在读《查拉图斯特拉如是说》和《渴望生活——凡·高传》的时候,他就预知到中国未来一定是一个钱的社会。他很佩服凡·高的炽热精神,但他知道中国不会接受凡·高;他也相信尼采所说的"上帝死了",但他知道钱会永远活着,六便士永远比月亮重要。若不然,司马迁就绝不会写出"天下熙熙,皆为利来;天下攘攘,皆为利往"这样的话。更何况他还有儿子要抚养,还有父母要赡养,还有那个不时要给他做裸体模特的女学生要包养。尽管后来萧大同已改画国画,不再需要画模特,可怎奈那个模特儿一直需要他。

此刻,萧大同正坐在三楼自己的空间里,皱紧眉头盯着墙上挂着的一幅画。这是一幅四尺整张的旧画,内容是彩色花鸟,画面笔墨简逸放纵,设色明净淡雅,洁静精微,六法俱佳。在萧大同看来,这是一幅上乘之作,且不说是神品、逸品,起码能品、妙品是够得上的。可惜的是,这幅画没有落款,不知出于谁人之手。但正因为没有落款,萧大同才能够从小贩子手中很便宜地买到手。连续几天,萧大同都在琢磨着要为这幅画添一个款,这让他殚精竭虑,几天都没有睡好觉。原因是这幅画的风格太过独特,既有恽寿平没骨法的意味,又有朱耷写意法的精神,还有虚谷苍秀冷峭的格调……这使得萧大同大伤脑筋,不知该添上谁的款才合适。为此他不停地往太阳穴上抹风油精,等最后一点风油精抹完了,他只得站起身来,出门去找许一丁。尽管他心里很不想让许一丁知道这件事。

许一丁正在为完成领导交给他的一项任务而烦恼——领导要他在三个月的时间里编写出一本书,并一再强调说这本书是徽文化研究的重点工程,意义重大。等许一丁拿到研究课题,才知道领导们要他编写的书名竟然是《旧徽州女人钩沉》。许一丁感到啼笑皆非,首先他认为在一个经济改革方兴的时代,编写关于旧徽州女人的书毫无意义;其次他认为有关旧徽州女人的嘉言懿行在史料上很难稽考;再次他认为编写旧徽州女人的书名用"钩沉"这两个字未免太过滑稽。但领导们一致认为这个书名好,当许一丁问他们"钩沉"这个词用在这本书名里好在哪里,他们又说不上来。不过有一位领导还是说了几句,他说:"钩沉这两个字好!呱呱叫!

你想啊,把旧徽州女人的传说钩出来,你编写这本书,要有耐心,要像钓鱼一样,等到漂浮往下一沉,你就一提鱼竿,把鱼钩上来。你怎么会说钩沉这两个字不好?"许一丁听了这一番高论,再也说不出话来。本来他还想建议不如编一本《徽州古楹联集萃》,此刻也就不想与夏虫语冰了。二十多年后,当黄山市的文化人争着抢着,像挖掘考古资料、抢救文化遗产般地搜罗徽州古楹联时,许一丁难免会发出五柳先生"善万物之得时,感吾生之行修"般的喟叹。

不过,在编写《旧徽州女人钩沉》的过程中,许一丁对旧徽州女人还是大有浮想的。旧徽州女人那种勤俭、温顺、宽容、隐忍、坚韧、聪慧以及贞烈的品质都让他既感到敬佩,又感到酸楚。旧徽州女人在丈夫常年在外当官或做生意时,既没有像王昌龄所写的"忽见陌头杨柳色,悔教夫婿觅封侯"那样的感慨,也没有像白居易所表现的琵琶女"商人重利轻别离,前月浮梁买茶去"那样的怨气。旧徽州女人只是把所有的难处都按在心里,竭尽全力地去维持一个大家族的和气与生机,这不禁让许一丁时常想起《胡适自传》中胡适笔下的母亲。让许一丁引发浮想的是,在现今新徽州女人的身上,再也见不到半分旧徽州女人的品质和性情。新徽州女人不知从什么时候起,大都开始变得自私、狭隘、虚荣、嫉妒、浅薄无知却又自以为是。无独有偶,新徽州男人无论在政治上、经济上、文化上,也都没有了往日的成就,一切都日趋式微。似乎是徽州的风水产生了根本性的变化,左青龙变成了前朱雀,后玄武变成了右白虎。

正当许一丁为徽州的风水变化感到揪心时,萧大同进来了。许一丁刚要给他泡茶,他赶忙止住,迫不及待地向许一丁说明了来意,并将花鸟画铺在办公桌上给许一丁看。

许一丁仔细看了一会儿,说:"画是张旧画,画得也好。但做恽寿平恐怕不行,恽寿平是清初的,纸张年份不到。我看只能做虚谷或任伯年的。"

"我也是这样想的。"萧大同说,"纸张明显是清末的。可是你说,到底是做虚谷好,还是做任伯年好?"

许一丁思忖了一刻,说:"要讲可信度,是做虚谷的好。虚谷是歙县人,买主容易相信。要讲价钱,当然是做任伯年好。任伯年价钱高,以后还会越来越高,就看你杀不杀得出去。"

萧大同琢磨了一阵,咬一咬牙说:"干脆就做任伯年!杀不出去拉倒!"

许一丁笑着说:"果然是大法师,豁得出去,为钱杀红了眼。"

萧大同说:"这几年不赶紧赚钱,再过几年就不是人了。"

"这话有道理,未来的情形肯定是这样。"许一丁说,"那你就做任伯年吧,狠狠杀一把。"

萧大同迟疑了一会儿,说:"要不……帮我个忙,你来帮我添个款,怎么样?"

"我?帮你添款?"许一丁显出不太相信的神情。

"对,你帮我添款。"萧大同说,"你书法功底好,善于仿各家的字,加上你对绘画的了解,你来添款我最放心。怎么样?就算帮我一把,我会记住的。"

许一丁想了一想,说:"我要是添坏了,你可不能怪我。"

萧大同说:"只要你愿意添,就绝不会添坏。画子卖出去之后,我给你百分之十五的提成。"

许一丁再次看了看那幅画,点了点头说:"可以。不过,我那里没有旧墨,你要给我准备好。"

"这个你放心。我家里有两锭光绪内廷的墨,还有小半截方于鲁的墨。"萧大同说。

许一丁说:"好!我要用方于鲁的墨。"

"你要用方于鲁的墨?"萧大同不解地说,"方于鲁是明代的制墨大师,任伯年是清末的画家,这……"

许一丁微微一笑,说:"大法师平时是天眼通法眼通他心通的,今天自己要作法,怎么一窍都不通了?你想啊,哪个大画家不收藏古代的名墨?应酬之作,他们都是用普通的墨。精心之作,他们可都是用收藏的上品之墨的。"

萧大同茅塞顿开，一拍脑门说："有理有理！佩服佩服！我今天的脑筋就是转不过弯来。"

许一丁打趣说："你是一心想玩一票大的，所以转不过弯来，平时你转弯比大肠还快。对了，我只负责添款，印章的问题你自己解决。"

萧大同说："你放心，印章的事我已经想好了。只要你帮我的款添好，印章绝不会有问题。"

萧大同说完，匆匆忙忙地走了。留下许一丁独自在办公室里，一会儿想着旧徽州女人，一会儿想着任伯年。

方有根拎着两条"渡江"烟去找黄文的时候，黄文正站在阳台上对着新安江水采气。见方有根面色萎黄，双目内陷，不由得大吃一惊，疑心有严重的病气从方有根的百会穴和涌泉穴钻进去了，想要给方有根探探病气，再发功将他的病气逼出来。不料方有根说："我的病气功治不了，我心里难受，要跟你说说，你帮我想想办法。"

于是，黄文一边抽着方有根送来的"渡江"烟，一边听方有根倾吐他的伤心事。方有根说得很动情，黄文听得也很认真。毕竟"渡江"烟是那时安徽最好的烟之一，送方和受方都不敢太浪费，这就要求他们一个要说得透彻，一个要听得诚恳。

当方有根第四次抹掉涕泪，总算把他和小惠的事说完了。身上还一阵一阵地抽搐，既像在啜泣，又像在打嗝。

黄文哀愁地看着方有根，又点燃一支烟，紧皱眉头猛抽起来。方有根用通红的眼望着烟雾里的黄文，一时反倒有些为黄文担心，怕黄文有什么事想不开，又怀疑黄文是不是和小惠也有一腿。

黄文的烟终于抽完了。他把烟头用力摁灭在烟缸里，然后开始为方有根开示——黄文从伊甸园说到大观园，从夏娃说到爱娃再说到西蒙·波伏娃，从奥维德的《爱经》说到弗洛伊德的《梦的解析》，从周幽王和褒姒说到罗密欧和朱丽叶，从杜十娘和李甲说到芸娘和沈三白，从萧军和萧红说到三毛和荷西……最后把自己都说感动了，眼里含着泪水，但同时也把自己说糊涂了,不知该怎么往下说,只好不断地咽口水。后来,他总算是蒙佛垂怜,灵光独曜,迥脱根尘,说了"生、老、病、死、求不得、爱别离、怨憎会、五阴炽盛"一段"八苦"之说,总算使他的开示有了一个光明的结尾。

黄文开示完之后,发现烟灰缸里的烟头已经满了,这才意识到自己用脑太过,赶紧喝了两口茶润润心肺,然后问方有根:"现在,你应该想通了吧?"

"你说什么?"方有根猛地抬起头,大梦初醒般地望着黄文,刚才他一直在望着自己的脚尖。

黄文叹了一口气,说:"唉,这也不能怪你。你已经入了魔境,我的话你一时恐怕难以明白。总而言之就一句话:一切爱情都是假的,如梦幻泡影,如露亦如……"

"不对!我喜欢小惠就是真的,一点不假!"方有根打断了黄文的话,硬锵锵地说。

黄文无奈地摇了摇头,说:"可怜悯者啊可怜悯者,刚强难化。现在的问题明摆着,小惠有别的男人,她不爱你,你只能尽快放下她。"

"我偏不放下她!"方有根的表情像是要和黄文生气了,"她越不爱我,我越喜欢她。我就是不放下她!"

黄文惊愕地看着方有根,心中很为方有根难过,于是说:"不管怎么样,你不能把身体搞坏,不能三天不吃东西,也不能三天不开店门。你想啊,如果你想小惠也喜欢上你,你必须要身体好,要有钱,最好比那个澳门老板还有钱才行。不然小惠凭什么要喜欢你?"

黄文这段话一说,见方有根似乎有所入心,正打算再想一段更有说服力的话,忽听得有人敲门,就起身去开门了。

进来的人是萧大同,一副急急忙忙的样子。还没等黄文寒暄,萧大同劈头就问:"上次,有根的店开张那天,我记得你买了一个印泥盒,还在不在?"

黄文想了一下,说:"在,应该在。我找找看。你要它做什么?"

萧大同听到"在"这个字,心里踏实了许多,语气也放缓了,说:"中国美协要办全国画展,我想送作品去试一试。你知道,进入全国画展不容易,竞争很激烈,不另辟蹊径不行。我想在我的作品中融入瓷器画的元素,也许能别开生面。记得你那个小印泥盒上画的是浅绛山水,很有意思,我想借回去琢磨琢磨。"

黄文说:"没问题,我这就找出来给你。"

黄文到书桌的抽屉里找印泥盒。萧大同这才看到方有根坐在一边,忙说:"有根也在这里啊,不好意思,刚才没看见。最近生意怎么样?我前天从你店门口过,见店门关着,是不是下乡收东西去了?收到好东西一定要让我们先饱饱眼福。"

方有根目光涣散,看了萧大同一眼,哑着嗓子说:"我最近倒霉,只收到一块楠木棺材板,你要不要看?"

萧大同心不在焉,顺口说:"棺材板好,当官发财……"

话未说完,黄文将印泥盒找出来了,递给萧大同。

萧大同接过一看,又揭开盖子看了看,说:"对,对,就是这个。那我先拿回去了,赶紧把画画出来。"

黄文说:"你拿去吧,入了全国美展,别忘了请我们喝酒。"

"一定一定,喝酒是小意思。"萧大同说着就往外走。

"你别忘了把印泥盒还回来。"方有根冲着萧大同的背影追了一句。

黄文看了方有根一眼,感到他的元神有些回来了。

全国各地的古董收藏买卖者渐渐进入屯溪了,先是小股部队进来,但很快就像京戏唱的"大队人马往西城",成汹涌浩荡之势。他们深深为自己虽是近水楼台却未能先得月而焦灼,于是怀着"寸土不让"的精神,开始疯狂收购徽州的古董,好像他们很爱国似的,其实爱的还是钱。

在这种局势下,方有根不得不努力将小惠放下,开始投入他的生意。尽管他好多次都想到小惠那里去打牌,但还是坚决忍住了。他的收货范围开始扩展,不再只是字画瓷器砚台竹雕,其他种类也收,且不管它真真假假,反正最后都能卖出去,只要赚钱就行。所谓"时势造英雄",从夏天到秋天短短的几个月间,方有根竟然赚了十二万,这当然是让他开心的事。然而他也有担心的事,那就是货源越来越少,也越来越贵。

国庆节的第二天,正是老街上游客最多的时候。方有根正在和两个顾客谈生意,五顺来了。方有根原本以为他是送货来的,没想到五顺是专门带消息来,说是米儿快要生了,要方有根赶快赶回基坑村去。

方有根问:"不是还有两个月再生吗?"

五顺说:"是早产,从镇卫生院请了医生在家接生,怕有意外。事情急,快走吧。"

那两个顾客见他有事,就走了。方有根眼看两笔生意飞了,心里直骂米儿是个倒霉鬼,为什么不能等几天再生孩子?心里骂归骂,还是不得不跟五顺回基坑村去。

傍晚时分赶到基坑村,米儿已经把孩子生下来了。当方有根听说米儿生了个女儿,心里一阵凉,把带来的红糖、阿胶、奶粉扔在堂前的桌上,坐在椅子上阴郁着脸,任方老根怎么催促,就是不愿意进产房看看母女俩,脑子里想着徽州古谚说的"早产的女儿是棵草"。方老根知道方有根的心思,劝导说:"女儿就女儿吧,不也蛮好?再说你现在帮别人做生意,自己也赚了钱了,不怕罚款,上户口也不难,钱可以打通的。以后再生几个,保准个个是儿子。"

方有根怏怏不乐地说:"我看她那个样子,一辈子都生不出儿子来。生孩子的地方脏,晦气重,今天我不进去,不要坏了我的财运。"

方有根说完,拿了三千块钱给方老根,方老根就什么话也不说了。

第二天一早,方有根进房间看了米儿和女儿,他装模作样地摸了摸米儿的头发,又抱起女儿抖了几下,"喔喔"了两声,就说屯溪有一个顾客正在等他,要赶紧赶回去。其实方有根是怕见到正在路上赶过来的岳父和二姨,铁定了心要赶回屯溪,谁也拦不住他。五顺劝他不要那么急着赚钱,还是亲人要紧,但没用。汪老伯说:"现在的有根不是从前的有根了,做大事要紧,有气魄!"

中午方有根就回到了老街,刚打开店门,波子就进来了,张口便说:"你死到哪里去了? 一个上午都没见到你的鬼影。"

方有根说:"我回老家去了一趟。怎么,有生意要介绍给我?"

波子向旁边看了看,低声说:"什么生意不生意,告诉你,小惠昨晚被民警抓了。"

方有根听了,浑身一震,问:"什么? 小惠被抓了? 为什么?"

波子说:"还为什么? 聚众赌博呗。昨晚老街上被抓了好几家。好在我昨天晚上酒喝醉了,要不然我今天也进去了。"

方有根问:"她现在被关在什么地方?"

波子说:"在稽灵山看守所。"

方有根一听,想起"屯溪八景"中有一处"稽灵真境",后来改成了枪毙罪犯的地方,没想到现在又建了个看守所。他立即给店门上门板,焦急地说:"不行! 我要赶紧去把她救出来。在那种地方,她要受多少罪啊?"

波子说:"你先别急,这样跑去没有用。"

"我用钱把她赎出来,怎么没有用?"方有根问。

波子说:"你真想要救她出来,放血是肯定的。但你这样拿钱去赎人,不合规矩,没人会搭理你。你要先把路子走通才行。"

"路子走通? 怎么走?"方有根问。

波子说:"我认识老街派出所的余所长,他应该跟看守所那边的人比较熟。最好今晚请他吃个饭,让他帮着疏通疏通。"

方有根想了一想,说:"你说得有理。这事你来安排,定最好的酒店,我只管出钱就是。"

晚上,波子还真约上了老街派出所的余所长,在"徽商故里"定了一个包厢,方有根和波子早早就在包厢里等着。余所长倒还守时,说好六点到就到了,身后还带了个漂亮姑娘。

大家一坐定,方有根就叫服务员起菜。服务员端上来的菜,都是酒店里最好最贵的。方有根赶忙给余所长和波子倒酒,正要给那漂亮姑娘倒,那姑娘说她不喝酒。方有根问她想喝点什么,她说就喝点珍珠奶茶吧。

于是方有根又赶紧叫服务员上了一大杯珍珠奶茶。

四个人端杯示意，先干了一小杯。余所长咂咂舌尖说："这古井酒不错，绵得很，有些年头了。"

方有根忙说："不怕这酒贵，就怕难买。我一下午跑遍了屯溪的烟酒店，只买到这两瓶，还是高价买的。"

方有根说着，又从包里拿出两条"贵烟"，站起来双手捧给余所长，说："这个烟也不好买，也是高价买的。"

余所长接过烟，轻描淡写地往身边一放，说："这烟现在名气很大，说是'一云二贵三中华，黄果树下牡丹花'。你看，贵烟的名气都排到中华烟前面去了。可我还是更喜欢抽中华。"余所长说完莫名其妙地笑起来。

方有根有些尴尬，赔着笑脸说："那是那是，下次再聚会，我给所长带中华来。"

波子端起酒杯说："来来来，我们再干一杯。"

等第三杯酒下肚，余所长说："说吧，什么事？"

方有根怕自己说不清楚，就让波子说。于是波子如此这般说了一通。余所长听完之后，沉吟了一刻，说："聚众赌博这事，说大不大，说小不小。稽灵山看守所的杨所长是我警校时的同学，明天我跟他打声招呼，第一不要让那个、那个那个……叫什么来着？"

波子说："小惠。"

方有根赶紧更正说："不，叫姚惠芹。"

所长掏出一个小本子，记下了这个名字，然后说："第一呢，不要让这个姚惠芹在里面吃苦头；第二呢，罚点款，能早点放出来就早点放。"

方有根和波子一听，都站起来给余所长敬酒，三人一饮而尽。那姑娘突然问："不知道他们赌的有多大？"

方有根和波子听了这一问，均是一愣，两个人你看我我看你，不知怎么回答才好。最后还是波子吞吞吐吐地照实说："一个晚上，有……有三五千的输赢。"

方有根急了，忙说："你不识数吗？以前我们在那里打，不就几百块的输赢吗?"

波子有些垂头丧气地说:"后来加码了。这事瞒不住人,抓赌的现场在那儿摆着,再说被抓的人早就招了。"

余所长皱着眉头,不停地用指节轻轻敲打桌面,过了一阵才说话:"这个赌得太大了,事情一大,杨所长也不敢一个人说了算,他上面有领导,下面还有两个副所长,方方面面的关系都要疏通,我有心帮你们,只怕办起来也吃力啊。"

波子说:"只要您肯帮忙,就太感谢了。来,我敬您一杯!"

波子在和余所长喝酒的时候,悄悄踩了一下方有根的脚尖。方有根领悟过来,立马掏出钱包,把里面两千多的整钱一起掏出来,放到余所长面前,说:"不好意思,我想得不周全。这点钱您先拿着,做疏通用,不够了就让波子跟我说。"

余所长把钱塞进内兜里,说:"我尽量办好,尽量办好。来,我们连搞三杯!"

于是大家放开喝,气氛变得轻松热烈起来。酒喝到酣处,波子突然出去了。等到他回包厢时,拿了一把钥匙塞到余所长口袋里,余所长好像浑然不知,端杯对方有根说:"方老板,我们再干一个。明天下午你可以到看守所去探望探望,就说是我让你去的。"

方有根连声感谢,陪余所长干杯。

两瓶古井酒快喝完的时候,面红耳赤的余所长摇摇晃晃地站起来,说是自己酒多了,想休息,让波子和方有根慢慢喝。说完,那个姑娘就扶着他走了。

方有根和波子喝完了最后一点酒,方有根就喊服务员来买单。服务员把单子拿上来,方有根一看吓了一跳:一千两百元。但事到如此也无话可说,只能掏钱包。一掏钱包又一愣怔,这才想到钱包里的钱已经全部给了余所长。正恓惶着,波子说:"还好我身上带了钱,我先替你垫上。明天你打死都要还我。"

波子说完把钱点给了服务员。服务员走后,波子对方有根说:"喜欢什么人不好，偏要喜欢小惠。我不是说小惠不好，我只想说小惠你拿不住。"

方有根说："我就是要把她拿住，你信不信？"

波子把手抬到脑袋边行了两个似是而非的军礼，说："我信，我信！你要做猪，我也管不了你。"

方有根又拿起单子看了一下，迷迷糊糊地说："这酒店怎么这么贵？"

波子说："菜倒也不贵，贵在饮料上。那个臭×囡点了一大杯珍珠奶茶，就是五百块。"

方有根大吃一惊，说："什么？一杯饮料要五百块？那是观音娘娘的甘露水吗？"

波子用筷子敲了两下碟子，说："她们点这种饮料，可以拿八成的回扣。唉，现在跟你也说不懂，反正你明天要把钱还我，我可不想上一个猪的当。"

方有根酒劲也上来了，粗着脖子说："不就一千两百块吗？算个屁！明天一早去我店里拿就是。"

波子微妙地笑了笑，说："不是一千两百块，是一千五百块。"

方有根差点跳起来，说："什么？你是想放高利贷，还是想放高射炮？"

波子摇了摇手说："懒得跟你说，你说我放屁都行。刚才我拿了一个钥匙给了余所长，你看没看见？"

方有根说："我看见了，关我什么事？"

波子缓缓地说："那是我花了三百块钱，在酒店里为他和那个臭×囡开了间房。你要是不情愿我这样做，我就让总台打电话让他们走。"

方有根连忙摇手制止："别，千万别！别说一千五，一万五我都付。"

方有根和波子相互对望着，都醉了，还在揣摩对方的意思。

就在方有根和波子醉眼相看的时候，萧大同和许一丁正坐在他们隔壁的小包厢里慢斟浅酌。不用说，是萧大同请许一丁吃饭，因为他已经把那幅做成的任伯年画卖掉了。

许一丁为那幅画添款,是下了大功夫的。他若草草题个穷款,比如说"任伯年某某年写于海上",也无不可。但他想既然要做,就要做得精彩。为此他花了一个星期的时间摹写任伯年书法的笔法笔势结体行气,最后下决心题一段长款。他不想在任伯年的画册里去抄一段现成的,于是自己写了一首诗题上去。诗曰:"家住歙江东复东,江东日日有花红。而今不在花红处,花在旧时红处红。家在歙江西复西,江西日日有莺啼。而今不在莺啼处,莺在旧时啼处啼。"

当萧大同看到这个落款时,真是又惊又喜。惊的是许一丁胆子太大,敢在一幅很好的老画上大施手脚;喜的是许一丁题的这个款契合画面,画面上画的正是花和莺,而且意境萧疏淡远。更为要紧的是,这个题款无出典,更能使买家相信这是任伯年的信手之作。事实也正如此,就在萧大同用锌板印章给这幅画钤上印的第三天晚上,一个浙江美院的国画教授就买走了这幅画。在萧大同打算把印泥盒还给黄文的时候,他突然产生了一个想法,于是他又到印刷厂找到朋友,以中国文物出版社出的《中国书画家印鉴款识》上一些印蜕为本,制作了几位画家的锌板印章,并用黄文印泥盒中的印泥,钤盖在一百多张各种不同的宣纸上。

许多年以后,在某拍卖公司做鉴定家的许一丁还清晰地记得那天晚上的情形——

萧大同把一万五千块钱交给许一丁,说:"这是你的,我说过事成之后给你百分之十五。这幅画卖了十万。"

许一丁将钱放入包内,眯着眼看了萧大同一会儿,说:"这幅画才卖十万,卖亏了。"

"那个浙江佬,十万还不肯要呢。非要我包真,否则退货。"萧大同说着,从口袋里掏出一张纸,递给许一丁。

许一丁接过一看,见纸上写着:"今从萧大同处购得任伯年花鸟画一幅,交易价为十万元。萧大同承诺此画为真迹无疑,如假包退。特立此据,一式两份。"下面是成交日期和两个人的签名及手印。

等许一丁看完契约书,萧大同说:"所以这一万五千块先给你,万一买家要来退画,你还要还给我,等我彻底把它卖出去才行。"

许一丁把那张纸还给萧大同,微微一笑,说:"这一万五千块钱,我明天就把它花了。那个买画的人绝不会来退画的。"

"你怎么敢如此肯定?"萧大同问。

许一丁突然转了个弯,说:"我们改喝茶吧,喝酒容易说醉话。"

"你我之间,说说醉话也不要紧。"萧大同说着,端起酒杯向许一丁相邀。

许一丁也端起酒杯,说:"我在想,一张假的任伯年都能做出来,做一份契约书就太简单了。"

萧大同杯子里的酒洒了一点出来。因为他最清楚,这幅画他卖了二十二万。

第六章　假作真时

　　小惠在看守所关了十五天,罚了三千块的款,就被放出来了。这十五天里,方有根去看了她六回,每回都是带一大堆牛奶糖、巧克力、饼干、面包、水果、罐头什么的。看守也跟他熟悉了,建议他不如在看守所旁边开个小食品店,闲的时候还可以帮他们管管嫌疑人。

　　事情倒也简单,方有根交了三千块罚款后,小惠在一张单子上签了几个字,就和方有根一起坐人力三轮车回城里了。那风光看上去跟看守所没有一点关系,倒像是刚刚从郊外秋游回来。

　　到了小惠家,小惠用力敲铁门,不见有人回应,也听不到大狼狗的吠声。方有根接着用力敲,还加上大声喊,里面还是没有一点动静。方有根问:"你没有钥匙吗?"

　　小惠嗔了他一眼,说:"有钥匙还需要敲门吗? 警察来抓我们的时候,会说,'请记住,别忘了带上你的钥匙'吗?"

　　方有根听了,忍不住笑起来,说:"我这个人,就是笨。"

　　小惠说:"老一辈人说,笨人最会想好办法。你想个办法吧,今晚我住哪儿?"

方有根挠了一阵脑袋,吭吭哧哧地说:"要不……今晚你就住我那儿……我的意思是……我楼上还有个杂物间,我住杂物间,不知你嫌不嫌弃?"

方有根原以为小惠会婉言谢绝,没想到小惠竟甜甜一笑,说:"行啊,可是,我有好多天没有洗澡换衣服了,身上痒得很。"

方有根忙说:"这算什么,我们现在就去买。"

上街买衣服的路上,方有根心想,老一辈人说得不错,笨人确实会想出好办法。本来他可以请一个开锁的师傅来开门,也可以请消防队来把门锯开,最不济就在宾馆给小惠开一间房……这些方法他都想到了,可都不如眼下这个方法好。

两人到了高档的"徽州商场",方有根给小惠从内到外买了一大堆衣物,顺便也给自己买了内衣内裤。出了商场之后,两人又去了澡堂痛痛快快地洗了个澡。男人洗澡一般比较快,方有根在澡堂子门口等小惠。当他见到小惠出来时,浴后的小惠脸色白里透红,真正是岸上桃花雪中梅。可就在方有根见小惠这么好看的时候,心中又泛起一阵忧郁,因为他想到了那个澳门老板。

小惠走到方有根面前,笑着问:"等很久了? 真不好意思。"

方有根闻到小惠身上的香气,心中的忧郁消解了一半,难怪中医说芳香能疏肝解郁。方有根问:"想去哪家餐馆吃饭?"

小惠想了一想,说:"屯溪哪家店都不好吃,我看不如我们买一些卤菜,到你那儿去吃。我陪你喝点酒,谢谢这次你救了我。"

方有根一听,心中的忧郁全没了,忙说:"这样最好,这样最好! 清闲自在! 你是'富春来'出来的,当然觉得哪里的菜都不好吃。"

小惠又是甜甜一笑,说:"那就跟我走吧,我知道屯溪哪几家的卤菜最好吃。"

两人分别到三家卤菜摊子上买了一份卤牛肉、一份卤猪嘴、一份卤猪耳、一份卤猪肚,还买了一包花生米、两斤苹果、四个菜包子和两瓶黄酒。黄酒的牌子是小惠挑的,叫"女儿红",这样的品牌名在那个年代听上去就很暧昧,可谓是风光旖旎。果然几年以后,全中国的人都在唱那首《九九女儿红》。

两人一起到了"风灵巷"那栋老宅里,进了方有根的那间房。小惠打量了一下房间,说:"你是老街古董店的老板,又不是没钱,怎么租这样的房子?"

方有根讳莫如深地一笑,说:"做古董的,就要住在这样的古屋里。现在还派不上用场,以后兴许能派上用场的。"

小惠听不懂这话的意思,也就没有再问。方有根向房东借了几个盘子、两个茶杯、两双筷子,在房间里的小茶几上摆好,让小惠坐在床沿上,自己则坐在那张旧藤椅上,开始喝酒。小惠当过饭店服务员,习惯性地给方有根斟了一满杯酒,然后给自己的茶杯里也斟了一点。方有根见状,忙说:"不行不行,你也要斟满,是你说要陪我喝酒的。"

方有根原以为小惠肯定会坚持,没想到小惠说:"斟满就斟满,看谁能喝过谁。"

小惠一边甜甜笑着,一边往自己的杯子里斟满酒,端起杯子向方有根说:"谢谢你这次救我,来,干杯!"

方有根一听,连连摇头说:"干杯不行,干杯不行。这可是茶杯,不是小酒杯。"

"那就来半杯。"小惠说着,一仰脖子自己先喝了半杯。

方有根见这情形,只好跟着喝了半杯。哪知半杯黄酒下肚不一会儿,酒意就有点往头上涌。心想大事不妙,因为他是想把小惠灌醉的,可不能自己先醉了,就赶紧夹了几筷子猪耳朵吃。没想到小惠这边又向他敬酒:"来,我再敬你一杯,这一次可要喝干。"

小惠说完,又是先干为敬。方有根没办法,只能跟着一饮而尽。这一杯下去,方有根的头开始晕起来,说:"这黄酒好厉害,我不能喝快酒,我们还是喝慢点可好?"

小惠一笑,说:"真没劲,刚才还要跟我斗酒呢,一杯下去就不行了。好吧,听你的,喝慢点。"小惠说着,又在茶杯里斟满了酒,两人浅酌着相互邀酒,东一句西一句地闲扯。

小惠突然问:"方老板,这一次你救我花了多少钱?"

方有根豪迈地挥了挥手说:"嗨,提钱干什么? 小意思,也就是一桩生意的事。还有,你以后不要叫我方老板。"

小惠问:"那我叫你什么?"

方有根说:"就叫我有根。"

小惠想了一想,说:"我还是叫你有根哥吧。"

方有根一听,突然想起米儿也是叫他"有根哥",但和小惠刚才这声"有根哥"比起来,简直一个是稻草,一个是桃花。他的眼神开始直愣起来,看着小惠一动不动。

小惠的酒意也上来了,脸色酡红,双眸晶亮,斜着身体问:"你这样看着我干吗?"

方有根说:"你好看。"

小惠甜甜一笑,说:"你好像喝醉了,快吃点菜吧。"

方有根依言又夹了几筷子猪耳朵吃。

小惠说:"你真奇怪,怎么不吃别的菜,光吃猪耳朵?"

方有根说:"你也奇怪,怎么也不吃别的菜,光吃卤猪嘴?"

小惠想了想,突然"扑哧"一声笑,说:"我光吃猪嘴,你光吃猪耳朵,这说明……这说明以后你要听我的话。"

方有根突然来了灵感,说:"那这盘猪肚我们就不吃了。"

"为什么?"小惠不解地问。

方有根摇摇晃晃地站起来,走到床沿边挨着小惠坐下,轻声说:"以后留给你肚子里面的小孩吃。"

方有根说完,一把紧紧抱住了小惠。

这一夜,害得房东老太婆几乎没睡。

许多年以后,当方有根在他的茶楼的静室里回忆起当年的情景,仍感到啼笑皆非,恍若乱梦——

　　方有根终于尝到了爱情的滋味,这让他神清气爽、精神抖擞。他认为小惠才是真正的有"帮夫命"。自从和小惠睡了一觉之后,他感到一切都顺起来,不仅精神好,生意好,连打麻将的手气都好。俗话说"情场得意,赌场失意",可他方有根偏偏情场赌场双得意,心中好不欢喜。

　　屯溪"大哥大"有信号了,方有根花了两万多块钱买了一部,这使他在老街的老板群中显得格外出色。考虑到他经常有事要找黄文商量,便又拿了两千多块钱替黄文家中装了一部电话。当时装电话可是要花钱的,而且很难排到号。好在黄文在屯溪是个名人,门路熟,找找人很快就办成了。这样,每当方有根有事找黄文,就不用总上门了。不久后,萧大同和许一丁家也都装了电话,大家联系起来就很方便了。

　　一天下午,发生了一件蹊跷事:这天下午没什么生意,加上头天晚上方有根和小惠又亲热了一整夜,身体有些疲倦,这一刻正坐在柜台后面打盹,进来了一个清瘦的外地人,四十来岁。他进店以后朝店里四处打量了一阵,又仔细看了看方有根,然后对方有根说:"老板,我想跟你做笔生意。"

　　方有根问:"你看中哪件东西了?"

　　那清瘦的男子说:"你的东西我没看中,我的东西不晓得你看不看得中?"

　　那男子说着,从包里拿出一幅画卷,展开来给方有根看。那是一幅山水画,在方有根眼里看来,是原装原裱的老画。方有根看了看落款,署着"垢道人"三个字。方有根不知道"垢道人"是谁,就问:"垢道人是个什么名头?"

　　那男子说:"你不要管他是什么名头,就好了呀。"

　　方有根说:"没有名头的画,我不买。"

　　那男子说:"我没有叫你买呀。"

　　方有根被弄糊涂了,问:"我不买你不卖,做什么生意?"

　　那男子轻声细语地说:"是这样,我把几幅画放到你这里,给你个底价,你帮我卖,价卖得上去,钱归你。卖不上去,过些天我来拿回去好了,你一点都不吃亏。"

方有根一听,立即想起他替汪老伯卖花瓶的事。可是眼前这突如其来的好处,还是让他有些疑虑。便问:"你这画是假的吧?"

那男子说:"你别管它是真的假的,赚了钱才是真的。画要是真的,我还要你帮我卖做什么?"

方有根明白过来了,说:"你是要在我店里埋'地雷',对不对?"

那男子笑笑,没吱声。

方有根说:"你要在我这里埋地雷不要紧,只要大家都赚钱就行。只是我不懂,你为什么要把雷埋在我店里,不去找别的古董店合作?"

那男子说:"因为你长得好呀。"

"我长得好?什么意思?"方有根更糊涂了。

那男子说:"我看遍了老街古董店里所有的老板,算你长相最老实。顾客嘛都相信老实人,所以老实人最容易把假画卖出去。还有呢,你最好不要太懂画,稀里糊涂地卖就好了,那些买画的人都想在你身上捡钱包呀。"

方有根听了这番话,直如醍醐灌顶,茅塞顿开,当即说:"好!你把画子留下,把电话号码给我。"

两人交换了姓名和电话号码,那男子留下三幅画就走了。方有根知道了他姓董,是苏州人。

方有根万万没想到,一个半小时后,一个北京人来店里,四千块钱买走了"垢道人"的那幅画,而苏州老董给他的画底价都是两千。

方有根立即给黄文打电话,让黄文帮忙查一查"垢道人"是谁。黄文在《安徽画人录》上查了一小时,才知道"垢道人"是明末清初的优秀画家程邃,徽州歙县人。

第二天,一个上海人进了"八方阁",自称是上海画院的,对着一幅画看了很久。这幅画也是苏州老董"埋"下的,画面上画的是钟鼎。山水、花鸟、人物、动物等画面方有根都见得多,唯独以钟鼎作为绘画题材,方有根自己也是第一回见到。署名是"牧甫"二字,方有根在书上也查过,没查到。那个上海画院的人对这幅画极感兴趣,终于忍不住向方有根问价了。方有根咬定一口价:五千块!那上海人见还不动价,就走了。不多一会儿,方有根还正在为自己的贪心后悔呢,那上海人又转回店里来了,拿出一沓钱放到柜台上,对方有根说:"五千就五千,我买了!"

方有根愣愣地看着他,一时没有反应过来。许多天以后,方有根才知道所谓的"牧甫",实际上就是清代著名的大篆刻家黄士陵,徽州黟县人。

三天以后的一个阳光灿烂的下午,一个湖北佬闯进店里来,从他脖子上的金项链和手指上金戒指的粗壮程度,一望便知是个暴发户。他进店后,东张西望了一通,目光停留在一幅山水画上。方有根心想有戏,因为这幅画也是苏州老董留下的,画上的署名是"乘槎",但是方有根对下面的那方印章琢磨了几天,认出了是"汪之瑞印"四个字。再在《中国美术家人名辞典》上一查,果然就查到了。想不到这个汪之瑞是明末清初的大画家,"新安四家"之一,徽州休宁人。方有根心想这颗雷肯定爆响。

果然,那个湖北佬指着画问:"这一张,卖多少钱?"

"一万二。"方有根轻描淡写地说。

湖北佬瞪大了眼睛说:"什么?这样一幅破画,要一万二?"

方有根说:"我又没有求你买。"

湖北佬说:"给你五千块,我立马拿走。"

方有根说:"要不我给你五千块,你卖一幅这样的画给我。"

湖北佬顿了顿,说:"八千块,怎么样?"

"一万二就是一万二,少一分不卖!"方有根说着,朝店门口望去,见有七八个人走进店里来。

湖北佬问:"你知道这是谁的画吗?要卖这么贵!"

方有根差一点要冒出"汪之瑞"三个字,幸好他忍住了,说:"我……我不知道。"

湖北佬立即得意起来,说:"连这幅画是谁画的你都不知道,还乱开价,有你这么做生意的吗?"

方有根说:"我不管。前几天有人出过一万二,我还没舍得卖呢!"

进来的七八个人见他们谈生意,好奇地围过来。

湖北佬突然来了精神,好像是想在围观的人面前炫耀一把,高声地说:"这是汪之瑞的画!明末清初的大名家汪之瑞,新安四大家之一!这个你都不懂,还开古玩店。"

方有根说:"既然是大名家的画,小心我不止卖一万二了。"

湖北佬又对着那幅画看,围观的人也一齐对着画看。湖北佬说:"可惜这幅画看上去笔力有点弱,我有点担心它的真假。"

方有根说:"既然你担心它的真假,我就劝你别买了。你到别的店去转转,不要耽误我做生意。"

这时,一个戴着墨镜、身材瘦长的人分开人群,挤到画前。只见他微屈双膝,伸出两掌,在距离画面两尺来远的地方左右上下抚探,表情肃穆,凝神静气。抚探了五分多钟,他站直身体,长长地吐了一口气,说:"好画,好画!气足,气真足!明显的明清时期的罡气!"

这突然到来的边鼓把方有根都弄傻了,正纳闷着,突然听见一个声音说:"这幅画构图、设色都好,可惜笔墨弱了些,不敢断真。"

方有根循声望去,见萧大同正挤进来,微笑着站在戴墨镜的人身边。方有根更蒙了,他不知道萧大同为什么要来拆他的台,心中直冒火,可又不好发作,只能装不认识。

湖北佬一会儿看看戴墨镜的,一会儿看看萧大同,最后在戴墨镜的人的肩上用力拍了一掌,大声说:"行!我听你的!"

说罢湖北佬数了一万二给方有根,取下画卷好拿走了。看热闹的人也走了,只剩下方有根和萧大同在店里。

方有根看了萧大同许久,问:"刚才你为什么要拆我的台?"

萧大同笑了笑,说:"因为我想买那幅画。那是一幅好东西,你卖亏了。"

"你想买?"方有根惊疑地说,"那你直接跟我说好了,干吗要说画的毛病?"

"刚才那个情况下,如果我直接跟你买,那个傻瓜就会跟我抢,最终我肯定抢不过他,所以我只能那样说,希望他听了我说的话后,不买了。等他走后,我再买。"

方有根皱起眉头望着萧大同说:"你、你、你也……太、太那个了吧?"

"我怎么了?反正你又不吃亏,照样赚你的钱。以后有什么好东西,别忘了先给我们看看。我走了。"萧大同说着转身走了。

望着萧大同的背影,方有根恨不得刚才买画的不是那个湖北佬,而是萧大同。因为他心里最清楚那幅画是假的。

方有根正默想着,一只手张开五指伸到他面前。方有根一看,见是店面的房东张招娣,就问:"干什么?"

"干什么?老街的规矩你不懂吗?"张招娣显出一点嬉皮笑脸的样子,说,"拿钱来啊。"

"钱?什么钱?房租不是早交过了吗?"方有根不解地问。

张招娣的表情严肃起来,说:"刚才如果不是我表哥发气功测探,说你那幅画是真的,那个顾客会买吗?我表哥刚才跟我说,其实你那幅画是假的,他发了很多气,一点反弹气都没有。懂了吗?老街的规矩,百分之十的回扣。"

方有根傻傻地看着张招娣,脑子里一片混沌,他已经不认识这世界上的人了。

方有根和苏州老董联手,做成了不少生意。后来方有根才渐渐知道,老董家祖上就是做"苏州片子"的,仿画做旧的本领有家传渊源,手段很高明。老董在全国不少城市都埋"雷",几年下来赚了很多钱。老董仿画很有针对性,比如他埋在方有根这里的"雷",做的都是徽州画家的画,署名也都是用画家的字或号,这样一般人看不出画家的名头来,但懂行的人却能记得住看得出,还以为卖家不知道画家的名头,乱买乱卖,自己就捡了漏。老董之所以选择了和方有根合作,确实是因为方有根长相老实,又不懂字画,懵里懵懂的,极容易给买家造成捡漏的感觉。

随着天气的渐渐转凉,老董做的画在方有根店里就不怎么好卖了。

原因都怪张招娣那个表哥,他每到一家古董店,都要炫耀自己的气功,到处说自己如何如何帮"八方阁"的老板发功,最后帮老板把一幅假画高价卖了出去。世上没有不透风的墙,消息很快就传开了,人们都知道"八方阁"里有"雷",而且还不少,就不敢轻易去碰"八方阁"的货。外地的顾客,凡是踩过"八方阁"的"雷"的,再也不会回头。没有踩过的,在他们打听老街古玩店的情况时,也会听到有关"八方阁"的风言风语,所以格外谨慎。总之,苏州老董和方有根开拓的发财路,变得越来越窄了。好在方有根除了卖字画,还卖其他旧货,生意还是有赚头的。

方有根白天看店,小惠在外面打牌,晚上两人就泡在一起。有时是小惠到"风灵巷"去,有时是方有根到小惠的那栋小三层楼去。这天下午,小惠拖着两个大箱子来到"八方阁",一脸不高兴的样子。方有根不解地问:"怎么? 想出去旅游吗?"

小惠把箱子往地上一扔,说:"我被房东赶出来了,现在没地方去了。"

方有根一听更糊涂了,问:"什么? 被房东赶出来了? 那房子不是你的吗?"

小惠斜望着方有根说:"谁告诉你那房子是我的?"

方有根说:"是、是……是波子说的,他说是……是那个澳门佬替你买的。"

小惠撇了撇嘴说:"他又不是我肚子里的蛔虫,他知道什么? 当初那个澳门人只是给了我一笔钱,房子是他帮我租的。现在租期到了,人家不肯租了,我只好出来了。"

方有根心中又气又难受,闷了半晌才说:"我要是你,就让那个澳门佬帮你再租一套。"

小惠说:"我上哪儿去找他? 以前都是他联系我,来找我的。这一阵都没有联系我了,说不定是生意亏本了,跳楼了,死了才好!"

方有根想了一想,问:"他当初给你的那笔钱呢?"

小惠说:"那笔钱我早就交给我妈了。我家里很穷,我爸有病,我两个弟弟都在读书。"小惠说着,泪水潸然而下。

一见小惠哭,方有根心就疼了,忙说:"你别哭,那个澳门佬不管你,我管。以后你就住在我那里,等我离了婚,再考虑在屯溪买一套房子。"

小惠听了这话,忽又甜甜地笑起来,泪水兀自挂在脸上,说:"你对我真好,以后我也会对你好的。还有,你帮我给'朵云轩'老板两千块钱,我打牌输了,跟他借的。"

方有根听了,心中五味杂陈,不知为什么自己也有点想哭。

这天晚上,在"风灵巷"那栋老宅子里,方有根和小惠分外地好。尤其是方有根,不断地用蛮力,好像赌牌输了想扳本似的,害得房东老太婆又是一夜没睡好。第二天一早,老太婆对方有根说:"要不是你出的租金高,我怎么也不能把房子租给你了。我年纪大了,本来睡眠就不好,加上你们两个一闹腾,会害我短命的。"

天气彻底冷下来了,眼看就临近春节。腊月二十九这天,小惠回到祁门老家过年,方有根也回到基坑村,老街上很多店铺都关门了。

方有根到了基坑村的老家,见方老根躺在床上哼哼,床沿上一头坐着米儿,一头坐着汪老伯,正愁眉苦脸地看着方老根。方有根忙询问缘由,汪老伯说:"也不知来了哪股邪气,村里有两个人得了怪病,其中有一个是五顺老婆。这病来得古怪,肚子大,心窝疼,有时还神志不清。上县医院去检查,也查不出个结果,用了很多药,都不管用,只好回家养。隔壁村有五个人得了这种病,已经走掉两个了。我琢磨,这病邪就是从隔壁村袭过来的。"

方有根说:"难怪五顺好久没有去屯溪了,你们怎么不打电话告诉我?"

米儿说:"爸这病也是几天前犯的,他不让我们给你打电话,说是怕你担心,反正你过几天就要回家过年了,再说不迟。五顺老婆倒是病了一阵子了。"

方老根微微睁开眼睛,看着方有根喘着气说:"有根,你回来啦?"

方有根说:"爸,我回来了,你觉得怎么样?难受不?"

方老根从嗓眼里挤出几个字："我……我还好……不用……担心……"说完就昏睡过去了。

方有根看到这种情形，说："这样下去不行，等一过完年，初四一早，我就把爸送到屯溪的市医院里去看。"

汪老伯说："也好，市医院总比县医院强。那我先回家了。"汪老伯说完就走了。

到了晚上，米儿带女儿进屋睡觉，方有根就守在方老根的床前。望着方老根那张皱巴巴的脸，方有根心里很难受。这一晚方老根倒还平稳，一直睡着没什么动静。到了凌晨，方有根也困了，就到了自己的屋里，缩进被窝，在米儿的身边睡着了。

天亮不久，方有根就被腰上的疼痛疼醒了。起床一看，见自己的腰上长了一串红疙瘩，疼痛无比，难以忍受。米儿早就起床了，此刻正在灶下做早饭。方有根龇牙咧嘴地穿上衣服，忍着疼痛，到方老根屋里，见方老根还在熟睡，心中踏实了一些，注意力就又转移到自己的腰上，撩起衣服来看，见那串红疙瘩似乎又长了一些，像小半截细腰带，疼痛难当，正在咬紧牙吸冷气，汪老伯进来了，见方有根蹙眉疾首的样子，忙问缘由。方有根把腰上的红疙瘩亮给汪老伯看，汪老伯一看，脸色一沉，说："好险，幸好我来得早，你发的这红疙瘩叫'鬼围腰'，医院里叫它'带状疱疹'。这种疱疹长在腰上最凶险，如果它在腰上围成了一圈，你就没治了。"

方有根一听就怕了，忙问怎么办。汪老伯说："幸好我来得早，这种'鬼围腰'我年轻的时候也得过，要用上好的老墨涂抹，几天就好了。"

方有根说："这会儿上哪儿去找上好的老墨？如果在屯溪，我说不定还能在古董店里找到。"

汪老伯说："你别怕，我家里还有半截老胡开文的超顶漆烟，我这就去拿来给你抹上。"

汪老伯说着匆匆出门，不一会儿就拿来半截老墨，在砚上磨出浓浓的墨汁，给方有根的腰上抹了一圈，方有根觉得腰上凉飕飕的，舒服了一些。半盏茶的工夫一过，腰上就不怎么疼了。方有根对汪老伯说："这老墨真是神了,这会儿不怎么疼了。"

汪老伯说:"这老墨你留着,要连续抹五天才好。以后遇上别的人得了这种'鬼围腰',也好帮帮人家。"

方有根说:"谢谢汪老伯! 汪老伯的心肠就是好。"

汪老伯见方老根睡得安稳,也放心了一些,说:"趁天还早,我去挖一些石斛来,给你爸喂下去,也不知道有用没用。"

汪老伯说完就走了。米儿从厨房端了早餐到堂前来,让方有根吃早餐。方有根阴着个脸,胡乱吃了些,也不理睬米儿。米儿不敢吭声,自己默默地吃完早饭,给孩子喂饱了奶,哄孩子入睡了,就又到厨房去了,这天是年三十,她要为年夜饭忙碌。

中午的时候,方老根醒了一会儿,方有根给他喂了半碗稀饭后,他就说实在吃不下,就又睡了。方有根看着方老根,心中很忧虑。

到了傍晚,村里家家户户都放起了鞭炮。米儿把六道菜端上桌后,拿起长长的一挂鞭炮,要到门口去放。方有根问:"你要干什么?"

米儿怯生生地说:"放鞭炮,辞旧迎新,去去霉气。"

方有根铁青着脸说:"我们家的霉气都是你带来的,你还去什么霉气!"

米儿听了,赶紧把鞭炮放在门边,眼泪就扑簌簌掉下来。她用袖子抹了抹眼泪,给方有根倒上酒。忽听得屋里孩子哭了,就赶紧去屋里哄孩子,给孩子喂奶。

方有根独自喝着闷酒,米儿抱着孩子走出来,站在一边默默地看着他。

方老根突然从屋里踉踉跄跄地走出来了,棉衣棉裤都没穿,迷迷瞪瞪地问:"刚才好像听见有人家放鞭炮,是谁家结婚娶媳妇?"

米儿见状,赶紧拿来棉袄给方老根披上,说:"爸,当心冻着。"

方老根眼光直愣愣地说:"我不冻,是谁家娶媳妇? 我要去喝两杯喜酒,闹洞房。"

方有根知道方老根神志不清了,说:"爸,今天是三十晚,家家都在放鞭炮,没有人家娶媳妇,你就在家好好待着。"

方老根嘴里嘟噜了几声,突然拿起方有根的酒杯,一口喝干,说:"没人娶媳妇? 那就是我娶媳妇……"话没说完,就一屁股跌坐在地面上,倒地又睡着了。方有根和米儿连扶带抬地把他弄回了屋。

一连两天,方老根都是这么迷迷糊糊的,但是肚子越来越大了,喊心窝疼的时候也越来越多。

初三那天的晚上,方有根对米儿说:"明天我要把爹送到屯溪市医院去,你只管在家带孩子。"

米儿问:"我不去,你一个人忙得过来吗?"

方有根想了一想,说:"你平日里跟五顺的老婆最好,两人经常在一起,是不是?"

米儿点了点头。

方有根阴沉着脸说:"我爸这个病,就是你从五顺老婆那里带回家的。我在你身边躺了一会儿,就得了'鬼围腰'。真是见鬼。我决定了,等我爸稳定下来,我们就离婚。你不合适待在我们家,你是我们家的克星。"

米儿一听,先是一愣,紧接着大颗大颗的眼泪掉下来,随后就站不住了,蹲在屋柱旁掩面啜泣……

初四上午,波子请朋友帮忙,开了一辆吉普车赶到基坑村,和方有根一起,把方老根送进了市医院。市医院床位很紧张,方老根只能暂时住在走廊上,两天内做了数不清的化验和检查。第三天,许一丁帮忙弄到了一个病房的床位,可就在要把方老根转移到新病床的时候,方老根突然微弱地、断断续续地对方有根说:"有根哪,我的……我的茶园没有、没有……没有办起来,你、你以后……一定、一定……要帮我办、办、办起来……"说完这句,方老根就断气了。

方有根没有哭,他默默地在父亲的身边站了一会儿,然后安排车辆把方老根送回了基坑村。

方有根在基坑村为方老根办了一个基坑村有史以来最隆重最气派的

葬礼,基坑村活着的人都说方老根有福气,生了一个好儿子。披麻戴孝的方有根将父亲和母亲葬在了一起,下葬后,方有根在父母的坟前,整整哭了一个下午,直到汪老伯把他拉回家。

第二天一早,方有根习惯性地坐在家门口的那个石杠铃上想心事,他的手无意中摸到石轱辘,忽然感到石轱辘的面上凹凸不平,就侧过身子看,发现石轱辘上刻有字,仔细再看,竟然看到了"玄宰""其昌"的字样。方有根心头一痛,原来几年前他把董其昌书写的一块石碑做成了两个石轱辘,形成了一副土杠铃。方有根想来想去,觉得还是生意最重要,下午就回到了屯溪。小惠这时也回到了屯溪,用她甜美的方式安慰方有根,方有根的心情好了许多。

清明节的第二天,方有根和米儿办了离婚。方有根把基坑村的房子给了她,又给了她两万块钱,让她带女儿。米儿什么话也没说,只是一边落泪一边点头,好像她犯了什么大错似的。五顺的老婆在方老根死后的一个礼拜,也死了。许多年以后,方有根在北京的路上,每当他经过一家医院,他都会想起方老根,想不明白他到底得的是什么病。米儿后来嫁给了五顺,并为五顺生了一个儿子,这是两年以后的事了……

谷雨那天,方有根和小惠领了结婚证,因为小惠怀孕三个月了,肚子已微微隆起,不得不特事特办。方有根还和小惠举办了一个婚礼,因为方有根和小惠都是外地人,在屯溪的朋友不多,所以只请了两桌人,搞不起来大排场。但请客的酒店是最高级的,就是曾经和波子请老街派出所余所长吃饭的"徽商故里"酒店。点的是最好的饭菜,要的是最好的酒水,大家吃喝得都很热闹,小惠她妈和她的两个弟弟都很开心,小惠也就满意了。

小惠和方有根结婚后,就几次提出买房子的事。方有根表示房子一定会买,但一定要慎重,要买就买套好的,让人满意的。其实方有根暂时不想买房,因为他想用本金做更大的生意。为了稳住小惠,他给了小惠一张五万元的存折,当时五万元足够买一套好的三居室。

此后,方有根照旧在"八方阁"做生意,小惠挺着个肚子还到处去打牌,七个月后的某一天,身上羊水破了还在麻将桌上。平日里大家看小惠肚子的形状,都说小惠怀的是一个男孩,有经验的房东老太婆这么说,离过三次婚的张招娣也这么说,张招娣的表哥用气功探测后,说得格外肯定。但是,小惠好像故意要和大家作对,偏偏就生了个女儿,这让方有根仿佛从火炉里掉进冰窖里。他几乎是愤怒地对小惠说:"凭什么你为那个澳门佬生个儿子,为我就生个女儿?"小惠当时身体虚弱,没有搭理他。

自从小惠为方有根生了一个女儿之后,方有根对小惠就没有从前那么好了。小惠呢,一心扑在麻将牌上,根本没拿方有根的态度当回事,这使方有根很郁闷,就找黄文诉苦。黄文说:"我当初就劝过你,拿出了所有的学问劝你,可你就是不听,我有什么办法呢?你呀,其他事先别想,好好做生意,有了大钱,什么都好办。"

方有根觉得黄文的话的确有理,就把全部精力放在生意上。只是五顺开始搞茶园,再也不帮他收旧货了,他的货源始终紧张,这是一个伤脑筋的问题。

第七章　绝处逢生

　　方有根和小惠的女儿周岁的那天,方有根觉得是个好日子,因为他一大早起床,就见东方的朝霞分外灿烂,有那么一分钟,朝霞竟然幻化成一个形象,酷似观世音菩萨,方有根赶忙双手作揖,求菩萨保佑。果然,这天上午在店里,一个顾客来买了一只釉里红花觚,说好了八百块,谁知那位顾客竟数了一千块给他,事后也没有回店里来讨要。后来又来了一位顾客,把一个民国的季红水盂当"清三代"的东西买走了。将近中午时分,又进来了几位顾客看东西,波子跟着进来了,不声不响地站在一边。等那几个顾客一走,波子凑到方有根跟前,低声说:"发现了一样好东西。"

　　"什么东西?"方有根问。

　　波子说:"一只梅瓶。"

　　"梅瓶? 什么样的?"一说梅瓶,方有根立马来了兴趣,因为现在他知道了汪老伯当年的那只瓷瓶子就是梅瓶。

　　波子一边比画一边说:"这么大,斗彩的,薄胎,官窑款,大明成化年制。"

　　一听斗彩,薄胎,大明成化年制,方有根心中不由得一紧,脑海中立即想起了岳先生的话:"按道理来说,这样的花瓶应该有一对,您以后要是发现了另一只,或者发现其他什么好东西,就跟这个人联系。他是我的马仔,在广州⋯⋯"想到这里,方有根忙问:

"东西是在哪里看到的?"

"休宁县溪口村一个大户人家。"波子说。

听到溪口村,方有根心中更是一紧,因为他知道汪老伯就是从溪口村搬迁到基坑村的。赶紧问:"东西你拿下了?"

波子说:"我拿不动,钱不够,开价五十万。你有钱,先告诉你。反正不管告诉谁,我都是拿百分之十。你我是兄弟,先告诉你。"

方有根想了想,毅然地说:"快,你去租辆车,我先去银行取一笔钱,马上赶到溪口村!"

波子说:"都快到吃午饭时间了,吃完午饭再走吧,肚子都咕咕叫了。"

方有根说:"是你的肚子要紧,还是钱要紧? 先买几个猪油烧饼垫垫肚子再说,晚上请你吃最好的。"

两个半小时以后,方有根和波子赶到了溪口村的那户人家,屋子宏大深远,雕梁画栋,飞檐样式,果然是大户人家。进屋后,主人见是波子带来的人,知道是来看花瓶的,就让他们进了最里面的一间房,拿出花瓶给方有根看,方有根一见,和汪老伯那只花瓶一模一样,当时就决定要买。一番讨价还价,最后压到了四十万,再也还不下来了。方有根对主人说:"花瓶我买定了,但我今天不可能带四十万现金在身上。这样,我先付给你百分之十的订金,五天之内我拿三十六万来取货,怎么样?"

主人想了一想,说:"看你是个实在人,那就这么说定。五天之后如果你还不来,我卖给别人了可别怪我,订金我可以退给你。"

生意一谈定,方有根数了四万块钱给主人,就和波子往屯溪赶,到了屯溪,天已经快黑了。两个人直接去了"富春来",要了一个小包厢,开始喝酒吃饭。

喝酒的时候,波子见方有根面色凝重,常常走神,就问:"怎么? 你觉得拿不准,还是吃不定?"

方有根说:"东西应该是对的,不成问题。"

波子说:"我看东西也是对的。那你还愁什么? 担心没有出路?"

方有根说:"出路我肯定有。我现在是在愁钱,你不知道,我没有那么多钱,我银行里拢共只有二十九万,还差七万。"

波子说:"你身上不是还有一万吗?"

"那得留来做路费,我可能要去广州,买主在广州。"方有根说。

波子说:"既然铁定了有买家,还怕差钱? 借呗。不过别跟我借,我的钱全压在贷上。"

方有根说:"我从没想过借你的钱。不过,你的百分之十抽头,我要卖掉花瓶才能给你。"

"没问题。你要赶紧把花瓶拿到手,别让下家抢了。"波子爽快地说,"来,喝酒!"

两人开始你一杯我一杯地喝起来,一边海聊,一边憧憬着即将到来的财运。

方有根回到"风灵巷"老宅子的时候,已经是夜里十点多钟了,见小惠还没有回来,知道她还在牌桌上,心中就有些不痛快。小惠自从生了孩子以后,性情渐渐变了,似乎再也不会像以前那样甜甜地笑,似乎变得粗俗起来,整天沉溺在麻将之中。赢了钱,回家脸上就是晴天,不停地说哪一把牌如何如何奇巧;输了钱,回家脸上就是阴天,不停地数落别人如何乱出牌,把她的风色手气给搞坏了。面对小惠的麻将经,方有根没有一点兴趣,但为了不拂小惠的意,也只好心不在焉地假装听着。好在小惠的母亲很勤劳,带孩子做家务全靠她一个人。

方有根等到夜里一点多钟,小惠终于回来了,开口就说她的麻将经。方有根表情严肃地打断了她,跟她说起花瓶的事。小惠听了以后说:"我又不懂生意上的事,你跟我说这些干吗?"

方有根说:"去年说到买房的时候,我给了你五万块钱。你能不能先给我用一下,等我把花瓶的生意做好,还你六万块。"

小惠一听这个,声音立即高上去了:"亏你还记得那五万块钱? 我早输得差不多了,再说我平时也要零花呀。我还正想跟你要钱呢!"

一看小惠那副相道,方有根就知道没戏。坐在旧藤椅上不再吭声。小惠倒好,上床之后不久,居然打起鼾来,这让方有根感到厌恶。

方有根坐在藤椅上一夜没睡,他要为筹钱想办法,赶快把花瓶买下来。他曾想把花瓶的消息告诉香港的岳先生,可那样一来拿回扣的是波子,跟他一点关系都没有,最多给他一点信息费。但是如果他自己把花瓶买下来,就可以跟岳先生做生意。他清楚地记得萧大同给他看的那本拍卖图录,花瓶的拍卖价是165万港币,而按现在的行情,这只梅瓶的起拍价最少是500万港币。他决定要自己来玩一把大的。

第二天上午,眼睛里布满血丝的方有根给萧大同打电话借钱,萧大同说自己的钱都压在货上,没钱。给许一丁打电话,许一丁说自己正要买房,还正打算跟他方有根借钱呢。想给黄文打电话,想想还是没打,因为他知道黄文真的没钱。方有根想了半天,心一横,把"八方阁"里比较上档次的、值钱的东西拿出来,贱卖给老街上的各家古董店,谎称说自己的父亲得了重病,要到上海动大手术,要花大钱。老街上古董店的老板见他落入这种境地,倒也还有恻隐之心,没有乘机杀他的价。这样,一个下午,方有根几乎罄尽了"八方阁"比较好的货,卖得了七万多块钱。

第三天下午,方有根带了一个自制木头盒子,里面铺着厚厚的棉絮,带上三十六万块钱,和波子赶到休宁县溪口村,把梅瓶请回来了,秘密地藏在"风灵巷"老宅子楼上的杂物间里,他知道把宝物放在杂物间里最安全。

这天晚上,方有根把自己独自关在杂物间里,酝酿了一阵子情绪,然后开始用最平静的心态,在"大哥大"上拨了当初岳先生留给他的那个电话号码。不料电话里始终在说"这个号码不存在",这不禁让方有根紧张起来,心中忐忑不安。

方有根知道这事延误不得,因为这件货不能压,必须尽快出手。

第二天,他到火车站买了去江西鹰潭的火车票,要从那里转车去广州,当时屯溪没有直达广州的火车。飞机倒是有,但他不敢坐,因为要过安检,而他带的是文物。

许多年以后,当方有根看见北京堵车的情形,就会不由得想起当年火车上拥挤的状况。

方有根是站着从屯溪到鹰潭,然后从鹰潭站着到广州的。火车的过道上、接头处、厕所旁都挤满了人,甚至座位底下都蜷缩着人,几无立锥之地。方有根手上抱了个价值几百万的东西,站了二十几个小时,到广州时已是夜晚,脚都站肿了。方有根至今还记得当初广州火车站那种混乱的场面,好在他的盘缠还算丰厚,很快就住进了"流花宾馆"。

第二天一早,方有根拿着当初岳先生给他的那张名片,打的到荔湾区清平路,去找88号"藏真堂"的莫正德经理。但他走遍了整条清平路,也找不到88号,就更别说"藏真堂"了。问了路边一个卖花鸟的,才知道88号楼早拆了,原址上建了一座大超市。这下方有根傻眼了,又问那个卖花鸟的,广州哪里还有交易古董的地方,卖花鸟的广州普通话让方有根很难听懂,最后那个卖花鸟的人还不错,在一张纸上写了"文德路文物商店"几个字。方有根拿了纸条,迅速打的赶到文德路的广州市文物商店。

广州市文物商店很好找,文物商店里既卖文物,也收购文物。方有根到三楼找到瓷器部,向店员说明了来意。店员就从里面的办公室里请了一个四十来岁的鉴定师出来,鉴定师看了方有根的梅瓶之后,说这个梅瓶是洪宪时期、也就是袁世凯时期仿的。方有根一听就急了,高声说:"这明明是真的,怎么可能是仿的呢?"

鉴定师淡淡地说:"你说真的就是真的? 反正我这里不收。"

方有根说:"你是不是看走眼了? 你再仔细看看。"

鉴定师依旧淡淡地说:"看没看走眼是我的事,反正我这里不收。嘉德拍卖行离这里不远,不信你可以拿到那里去看看。"

方有根又赶到嘉德拍卖行,拍卖行的鉴定师说得更离谱,断定这个花瓶纯粹是个新仿的。方有根心里往下一沉,手脚都软了,额上冒出豆大的汗珠。

　　许多年以后,方有根都回忆不起来他当时是怎么回屯溪的……

　　回屯溪以后,方有根请许一丁看了花瓶,许一丁说是民国仿的。请萧大同看,萧大同说是新仿的,并且煞有介事地说是景德镇一位姓黄的高手仿的。拿给黄文看,黄文不太懂行,只能安慰方有根说也许是真的。

　　方有根有一种大难临头的感觉,但他还是不甘心。波子也不甘心,建议他到上海、北京去找大鉴定家再看看。方有根在上海"朵云轩"找到了一位名气不小的鉴定家,花钱请这位鉴定家看了,鉴定家说是光绪时期仿的。方有根又赶到北京故宫博物院,也花了钱,请一位据说是瓷器鉴定专家看了,结果专家说是道光年间仿的。等到精疲力竭的方有根回到屯溪,已是囊中羞涩。但他没想到,家里还有更大的事在等着他。

　　方有根回到"风灵巷"的老宅子之后,发现老宅子里分外安静,气氛有点不对劲。自己房间的门锁着,岳母房间的门也锁着。方有根打开自己的房门,发现小惠的两只箱子不见了。再打开岳母的房门,发现岳母和女儿的衣物也不见了。正惶悚着,房东老太婆静悄悄地走到他身后,吓了他一跳。老太婆递给他一封信,说:"这是你老婆叫我交给你的。"

　　方有根展开信,只见上面写着:"有根哥,我到澳门去了。那个澳门老板没有破产,相反生意越做越大。他老婆得病死了,我儿子需要我,澳门老板也愿意娶我,我只能离开你了。另外,我在屯溪欠了15万的赌债,我一走,跟你脱离了关系,他们也就不能找你要钱了,这样对你我都好。女儿我也带走了,我知道你不喜欢女孩,以后找一个能帮你生儿子的女人吧。另外,楼上杂物间的几幅字画和古董,我都带走了,就当是你给女儿的养育费。"底下的落款是小惠。

　　方有根读完信,双腿一软,一屁股跌坐在地上,脑子里一片空白。房东老太婆叹了口气,轻声地说了声"作孽啊",悄无声息地走了。天上突然下起暴雨,在老宅子的旧瓦上打出揪心的声音。

　　这天傍晚,当方有根抱着花瓶,浑身透湿、失魂落魄地出现在黄文家门口时,把黄文吓了一跳。他赶紧让方有根换上了一套自己的干衣服,然后听方有根说原委。听完之后,黄文什么话也说不上来,他知道方有根遇上坎了,而自己又无能为力,帮不上忙。他所能做的,就是让老婆多烧了两道好菜,打开一瓶好酒——这酒还是方有根送给他的——陪方有根喝酒解解愁,并鼓励方有根要图谋东山再起,说了一通"船到桥头自然直""人生没有过不去的坎""在哪里跌倒就在哪里爬起来"之类的话。这话连他自己听着都苍白,更别说魂魄俱散的方有根了。黄文老婆不敢让方有根喝多,怕方有根生出意外,提前把酒瓶收了,强迫方有根吃了一点饭。方有根终于说:"我现在连吃饭的钱都没有了。"

黄文老婆听了,到卧室去拿了两千块钱给方有根,说:"我们家就这点钱,你先拿着吧。"

方有根不肯要,黄文老婆说:"你拿着,就当是我们还你帮我们装电话的钱。"

黄文老婆说着,把钱塞进方有根的口袋里。方有根突然趴在桌上,呜呜地哭起来。

方有根哭完之后,指着花瓶说:"这个倒霉的瓶子就放你家吧。现在我不想看到它。"

黄文老婆说:"这种瓷的东西最好别放我家。我家地方小,孩子又小,万一打坏了可怎么办?就算它是后仿的,总还值些钱吧?"

"打掉拉倒,值不了几个钱的。"方有根说完,站起来摇摇晃晃地走了。黄文把他送到楼下之后,就开始为安置那只花瓶发愁,家里实在太小,摆了几个地方都觉得不合适。最后他用几张毛边纸将花瓶包起来,放到卧室的床铺底下的墙角处,黄文觉得这个地方比较保险,他儿子从来没有钻到床底下的习惯。

一连几天暴雨,新安江的水涨起来了。方有根天天站在新安江边,望着对岸的"花溪宾馆"发呆,他想跳到江里去,找他爸去,可想想还是不甘心,现在他就是去了,也是个穷鬼,没脸见他爸。

这天晚上,他又到了江边,突然觉得肚子有点饿了,一连几天他都没有食欲,根本就没吃东西。现在他想吃点东西了,口袋里还有黄文老婆给他的两千块钱,他分文未动。江边有一个搭着红帐篷的小排档,他就掀开帘子走了进去。

小排档里的四张桌子都坐了人,只有一张桌子上只坐了一个邋里邋遢的糟老头,一脸的苦相,就着一盘花生米在喝黄酒,看样子也是个落魄之人,喝的是闷酒。方有根就在他的对面坐下来,要了一盘臭干炒青椒、一盘炒田螺,一斤黄酒,开始喝起来。那个老头抬头看了看他,也没有吱声,自顾喝自己的酒,吃自己的花生米。

天气并不热,那糟老头不知为什么,从后背上抽出一把折扇来,展开朝自己扇了几下。方有根一见那折扇,心中一凛,问:"老先生,您这把折扇哪里来的?"

"捡来的。"老头不咸不淡地说。

"捡来的? 不可能。"方有根说着,把身前的臭干炒青椒和炒田螺往老头面前一推,又喊小排档老板烧一个牛肉火锅,再加两瓶黄酒,对老头说,"来,一起吃,我请客。"

老头用浑浊的眼光看了方有根一眼,毫不客气地嗍起田螺来。

方有根给老头的杯子里倒满酒,也给自己的杯子倒满,端起杯子对老头说:"来,喝一个。"

老头也不吭声,端起杯子抿了一口。

方有根想了一想,问:"老先生,您这把折扇卖不卖?"

老头慢悠悠地把折扇递给方有根,轻描淡写地说:"你要喜欢,送给你。"

方有根接过折扇,仔细看了一回,问:"老先生,您可知道这扇面是谁画的?"

"黄宾虹。"老头的表情依旧很淡漠。

"既然您知道是黄宾虹画的,怎么可以随便送人? 又怎么可以捡到黄宾虹画的折扇?"方有根大惑不解地问。

"因为这扇面上的画,是我仿的黄宾虹。"老头喝了一口酒,淡淡地说,"我看你气色不好,大概也是遇上了什么难事,送你把扇子,凉凉心。"

　　方有根心头一震，几乎不敢相信自己的耳朵。他惊奇地看着老头，问："你说什么？这是您仿的黄宾虹？"

　　"这有什么稀奇，我七岁就开始仿黄宾虹了。"老头说。

　　方有根强捺住心头的激动，夹了几块牛肉放进老头碗里，又和老头碰了一杯酒，然后问："敢问老先生是哪里人？"

　　"歙县潭渡人，和黄宾虹是同乡，从小就崇拜黄宾虹。"老头说。

　　方有根说："老先生和黄宾虹是同乡，又从小景仰黄宾虹，临摹黄宾虹，难怪老先生仿的黄宾虹可以乱真。"

　　老头苦涩地笑了一下，说："你不懂，跟黄宾虹相比，我还差那么一大截。譬如黄宾虹说的'作画当如作字法，笔笔宜分明'，又如老画师教他的'实处易，虚处难'，我也懂得。至于他主张的'五笔七墨''守其白，知其黑'，以及他对南齐谢赫的'画有六法'的诠释和发扬，我也能心领神会，还有他提出的立志、练习、涵养、空摹、沿袭、深思、气格、功力、娱志、烘染、设色等等，我也深有心得，甚至他的秘诀'太极笔法'，我也谙熟于胸……"

　　老头说到这里突然停住了，看了方有根两眼，说："我跟你说这些干什么？你什么都不懂，最多就知道点皮毛。"

　　方有根赶忙又给老头夹了几块牛肉，兴奋地说："您说您说，我特别喜欢听，我不懂可以学啊，我做您的徒弟，您真是太厉害了！"方有根说着，向老头竖起了两个大拇指。

　　老头表情有些得意，喝了一大口酒，说："有些东西不是你想学就学得会的，那是要下大功夫的。不过看在你请我喝酒吃肉的分上，我也有些兴致，就跟你再说一些。"老头咳嗽了两声，清清嗓子，然后说，"我说我比黄宾虹差一大截，主要是没有黄宾虹的胸襟和器识，差得太远。宾虹先生儒释道全通，人格又卓尔不群，性情洁静精微，意志勇猛精进，耐得寂寞，忍得毁谤，这就非常人之所能……"

　　老头说到这里，停顿了一下，看了看方有根，见方有根听得认真，才又接着说下去："宾虹先生不淫不移不屈，拳拳于'内美'的价值理想和批评准则，病四王之'柔靡'，鄙八怪之'粗疏'，贬石涛、八大之'江湖'，乃至种种'欺世''媚人'之举和'狂诞''俗赖''市井'之风,将中国画的发展基点紧紧地维系在艺术和艺术家的精神本质而不是文化策略上。总之,'内美'作为黄宾虹的艺术价值学的核心概念,可以赋予'画法''书意''笔墨''江山''民族性'等等几乎无所不在的论述对象;'天'与'人'、'道'与'艺'、'虚'与'实'、'因'与'变'之类的传统概念范畴等等。"

老头说到这里又停住了,见方有根半张着嘴,出神地望着他,痴傻了一般,就说:"怎么样?你听懂了吗?"

方有根像是突然醒过来,浑身一震,点点头,又摇摇头,说:"没听懂,一点都不懂。"尽管方有根对黄宾虹也比较了解,因为黄宾虹是现当代徽州画家的杰出代表,他多少要了解一些。但听老头这样一说,他觉得自己还在读幼儿园。

方有根发了半天呆,说:"改天我要买个录音机,把您的话录下来慢慢听。"

老头说:"我看就算了,黄宾虹的妙论高论太多了,以你的文化水平,就算把黄宾虹的画论全部背下来,也是悟不进去的,你就别费那个神了。"

方有根想想也确实是这么回事,一时无语了。又看了看那把折扇上的画,还是忍不住说:"以我的眼力看来,您和黄宾虹画得一样好。"

老头苦笑了一下,说:"你是只见其形,不见其神。说实话,黄宾虹的笔法、墨法、章法、书法,我都可以跟他做得一样好。但是黄宾虹的学识、气度、胸怀、修养等等,我挨都挨不上,差得太远太远。"老头一边说着,一边摆手摇头。

方有根说:"您也别太谦虚,我记得黄宾虹也是七十多岁遇上了傅雷,才慢慢开始出名的。您今年高寿?"

"七十一。"老头说,"我就不异想天开了。你想,我一个在县文化馆画了一辈子的人,哪里会有黄宾虹那样的经历?再者说,我也碰不上傅雷啊!算了,只要我老婆不整天骂我就行了。"老头说这话时,表情有些悲戚。

方有根问:"您在歙县文化馆干了一辈子?"

老头说:"一开始在县中学教了十七年书,后来调到文化馆,退休十一年了,一事无成啊。我老婆命中克我……"老头摇了摇头,感慨地说。

方有根问:"你老婆怎么会克你?把不定跟我一样,我讨了两个老婆,都克我。"

老头听方有根这样说,觉得这个年轻人倒也憨实,不见外,就说:"其实也不能全怪我老婆,我也有错。我有一个相好的,是我当老师时的学生,比我小十四岁。自从我老婆知道了我有一个相好的之后,就开始克我了。本来学校那年要我做教导处主任的,结果我老婆去一闹,说我搞师生恋,事情就砸了。调到文化馆之后,本来我是可以先评中级职称,再慢慢评高级职称的,我老婆到文化馆一闹,说我搞婚外恋,害得我到退休了还是个初级职称。"老头说着边叹气边摇头。

方有根问:"那您为什么不离婚?"

老头说:"她死活不跟我离,说是拖也要拖死我,就是不让我和那个狐狸精得逞。她是很凶的,以前做过妇联主任。我在家里整天被她骂,根本画不出来画来。"

方有根想到一个问题,就问:"您跟您那个相好的在一起快活吗?"

老头点点头:"快活。只要跟她在一起我就高兴,长精神,身体也好,画画的劲头也足。"

方有根不知为什么就想到了小惠,心中有些酸楚,可嘴上还是说:"我要是您,就和您那个相好的租一个房子,过你们的日子。"

老头蹙着眉说:"没有钱啊!我的退休工资全被我老婆卡着。我那个相好的是县医院退休的护士,工资也不高。不过我们前两天还是在渔梁坝岸边的渔梁老街上租了两间老房子,结果不知道我老婆长了个什么鼻子,今天就闻到了,冲过去把我的画子全烧了。"老头说着、擤了擤清鼻涕。

方有根听了大吃一惊,问:"什么?把您的画子全烧了?"

"何止是我的画子,还有程十发的画、唐云的画、李苦禅的画、刘继卣的画、刘海粟的画……唉,我脑子是乱的,都忘了,我年轻的时候,全国很多画家来徽州写生,都是我陪同,他们送过我许多画,现在全被烧了。"老头说着,用手捂着脸,泪水从指缝里流下来。

方有根听得目瞪口呆,半晌才反应过来,说:"她烧的可都是钱哪!"

老头哽咽着说:"她就怕我把那些画拿出去卖钱,养我那个相好的。"

方有根沉默了许久,说:"老先生,我有个主意,不知您有没有兴趣?"

老头抬起头,抹了抹婆娑的浊泪,说:"什么主意? 你说。"

方有根说:"今晚我们在这里相遇,也是一个缘分。实话告诉您,我在老街上开了一个古玩店,叫'八方阁',最近也是倒霉,我想我们两个倒霉的人倒是可以合作一下。"

老头的泪水已经干了,问:"怎么合作?"

方有根说:"很简单,您来仿黄宾虹,我负责卖。您只管画就行,做旧,卖画全是我的事。我以两百块一平尺的价钱从您这儿收购,您看怎么样?"

老头的精神有些振奋起来,说:"还有这样的大好事? 万一你卖不出去怎么办?"

方有根说:"那是我的事,您别管。反正您画画,我买您的画就行。"

老头突然一把握着方有根的手,激动地说:"你真是我的恩人,本来我一个人喝完酒,就想跳江了。"

方有根说:"本来我也想跳江,现在不用跳了。请问老先生怎么称呼?"

老头说:"你别客气,叫我叶之影,你叫我老叶就行。"

方有根说:"那好,老叶,就这么定了。这事只能我们两个人知道,不许第三个人知道,懂吗?"

叶之影说:"这个我懂。哪一行都有哪一行的规矩。"

方有根问:"您在屯溪有地方住吗?"

叶之影说:"我住在一个远房侄子家里,也还方便。"

方有根说:"那好,一个星期之内,您画一幅四尺对开的立轴给我,再画一套十二张的册页,悄悄送到我店里去,不要叫人看见。"

叶之影说:"这个好办,我照你说的做。"

　　方有根感慨地说："可惜啊,黄宾虹这样的大师,目前的市场价格居然上不去。"

　　叶之影说："过不久,一定会上去的,而且会飞上去。黄宾虹有一方闲章,就叫'冰上鸿飞馆'。"

　　方有根掏了两百块钱给叶之影,说："这个给您,先买点笔墨纸彩。"

　　叶之影迟疑地收下了。方有根又叫了一瓶黄酒,两个人分了,说："今晚不能喝多,免得误事。"

　　叶之影连连点头说："那是那是。"说罢饮了一小口。

　　方有根见老头好像视力不佳,花生米夹了几次都没能夹起来,转而夹田螺,仍是夹不起来,方有根就又拨了一些田螺在叶之影碗里,问："您的眼睛怎么啦?"

　　"白内障。"叶之影说。

　　"为什么不去医院做手术?"方有根问。

　　叶之影又抿了一口酒,幽幽地说："黄宾虹晚年得白内障,眼睛快瞎的时候,画得最好,全是逸品。"

　　方有根用从未有过的眼神望着叶之影,心想这个老头有戏!

第八章　异想天开

　　第二天下午，方有根坐车赶回了闵阳镇，在镇招待所住下，一个人闷在屋里，也不想出去吃饭，怕被熟人看见。等到夜里，天已经很黑了，方有根这才背起一只小皮包，动身往基坑村走去。

　　到了基坑村，人家都关灯睡觉了，幸好天上还有个朦胧的月亮，使方有根依稀看得清路。方有根一直走到山上，走到他父母的坟头跟前，跪下来磕了几个头，说："爸、妈，你们一定要保佑我，我现在流年不顺，你们只有我这么一个儿子，你们不保佑我，这世上我还能指望谁呢？你们在世的时候，我总的来说还是听话的、孝顺的，你们一定得保佑我。以后每年清明冬至我给你们上香烧纸钱。"

　　方有根说完又重重地磕了几个头，起身走了。方有根绕过一道山弯，月亮隐到云层里去了，四周黑魃魃的，方有根不得不从包里拿出手电筒照路。他七摸八拐地终于找到了刘相公的坟包，坟包四周种满了茶树，总算村民还质朴，没有在刘相公的坟包上种茶树，否则方有根就很难找到这个坟包了。方有根在刘相公的坟包前跪下，也磕了几个响头，说："刘相公，你生前就是个苦人，我帮过你的忙，买过你的东西。现在我倒霉了，也请你帮帮我。今晚我要从你这里拿件东西走,你别见怪,这东西你在那边也用不着,我在这边或许能起大用。以后每年清明冬至中元节,我给你烧高香,烧很多很多纸钱银箔,让你在那边做一个大老板。"

方有根说完,从包里拿出一把小手铲,在刘相公的坟包前刨起来。土很松,很快方有根就看到两支烂掉的毛笔,紧接着他就看见了那只绿茵茵的小瓶子。他来不及去擦瓶子上的泥土,一把塞进兜里,急急忙忙把坟包上的泥土重新填好,站起身正准备走,突然他的"大哥大"响了一声,吓得他脚下一滑,滚下山坡。

当方有根回到镇上的招待所,已是深夜十一点多。招待所的工作人员看到他一身泥污、一瘸一拐的慌张的样子,起初以为他是个盗墓贼。可又见他背着高档小皮包,拿着"大哥大",手上没拿洛阳铲,又是独自一人,遂打消了这个怀疑,以为是他喝醉了酒,不慎摔了一跤。

第二天一大早,方有根就赶回屯溪,找到波子。那会儿波子还在打着哈欠,一见方有根从口袋里掏出的鼻烟壶,忙把打到一半的哈欠收回去了,一把抓过鼻烟壶,仔细看了看,眼睛都发亮了,忍不住赞叹:"好东西啊,好东西!上哪儿淘到这么好的东西?"

方有根说:"你别管我上哪儿淘来的,你就说说这件东西吧。"

波子一边把玩着鼻烟壶一边说:"真正的翡翠薄翼雕水仙鼻烟壶!你看,壶身是翠的,绿头冰洁;壶盖是翡的,翡色温润。这薄翼雕工更是没话说,绝对完美。肯定出自大内名家之手,正宗乾隆宫廷里的货!"

方有根说:"我不是向你来讨学问的,我是想问你这东西你有没有出路,我必须要马上出掉。"

波子故作惊讶地看着方有根,说:"出路?这样的好东西,出路多的是。不过你要马上出,出路只有一条。"

方有根问:"在哪儿?谁?"

波子指着自己的鼻子说:"在这儿!我!"

方有根瞪大了眼睛:"你?你是想乘人之危,想宰我?"

波子慢慢地晃了晃脑袋,说:"我不会在你这么倒霉的时候宰你。你要是急着卖给别人,别人知道你急需用钱,才会宰你。我出三万,留着慢慢玩,以后玩腻了,再四五万卖出去,赚一两万,不算宰你吧? 要不你现在拿去卖给别人? 别忘了,你还差我四万块钱回扣没给呢。"

方有根说:"放屁! 那个花瓶是后仿的,假的,我凭什么给你回扣? 要不是你介绍这个花瓶,我就不会倒这个大霉。"

波子吹了一声口哨,说:"东西没有卖出去,都是假的;卖出去了,都是真的。"

方有根对波子的这句话略有所悟,正在琢磨,波子一拉他的手说:"还愣着干什么? 跟我到银行取钱去。"

方有根不情不愿地被波子拉到银行去了。因为他知道波子一定会在这个鼻烟壶上大赚一笔,可眼下他又必须把鼻烟壶卖给波子,他知道这可能是一件玉衣,可是现在他不得不将它当席子卖了,以图将来赚一张玉床回来。

方有根拿到三万块钱后,做的第一件事就是给"风灵巷"那栋老宅子的房东老太婆付房租。老太婆拿到房租后,态度好了许多,居然问方有根饿不饿,说厨房里还有她早上才买的豆黄腌菜粿。方有根说他不饿,刚刚吃了一只烧鸡回来。老太婆听了觉得有点不好意思。方有根突然对老太婆说:

"以后要是有人来这里,你就说你是我老姨。"

老太婆说:"我这个年纪,本该就是你老姨嘛。"

方有根说:"如果来这里的人问你姓什么,你就说你姓胡。"

老太婆奇怪地看着方有根,又伸手摸了摸方有根的额头,说:"你不会是发高烧吧? 我本来就姓胡呀!"

方有根听了一拍大腿,说:"那就好! 以后有人说起来,你就说你是胡雪岩的后代。红顶商人胡雪岩,你知道吗?"

老太婆说:"我怎么不知道? 我本来就是与胡雪岩一宗的呀,你来看……"老太婆说着把方有根拉进方有根住的那间房,指着墙上的那张老照片说,"你看,站在中间那个白胡子的老人,就是我的曾祖父,他就是胡雪岩最小的侄子。你再看,站在最边上那个光头小孩,就是我,那时候大家都想要男孩,就给我剃了个光头。"

方有根一听,如置身梦中,他突然用力抱住老太婆说:"你真行! 你就是我的亲老姨!"

老太婆推开了他,好像还有点不好意思,说:"你不是生了什么怪病吧,怎么有点像发猪癫疯?"

方有根笑了笑,说:"我没病,我的病已经好了。我要去开店门了。"

方有根的店门整整开了一个星期,叶之影果然不爽约,按时找到店里来了,手里拿着一个大卷宗袋,上面还印着"机密"两个大红字。他把卷宗袋交给方有根,说:"你看看吧。"

方有根正想打开卷宗袋,转念一想,说:"这里人多眼杂,还是到我住的地方去吧。"说罢关了店门,带叶之影到"风灵巷"的老宅子里去。

进了屋里,方有根打开卷宗袋,取出画来看,觉得每一幅都画得好,都是精品,可他嘴上却说:"画得还蛮好,以后要画得更好才好。"

叶之影说:"黄宾虹的画可不是那么好画的,我已经费尽心力了。"

方有根说:"总的来说还过得去。四尺对开的立轴,算四平方尺,十二幅册页,是十二平方尺。说好的是二百块钱一平方尺,对吧?"

叶之影连连点头:"是,是!"

方有根数了三千二给叶之影,说:"你再点一点。"

叶之影忙说:"不用点不用点,刚才你点的时候我看见了,错不了。"叶之影说着把钱揣进内衣兜里,说,"那我就先回去了,研究黄宾虹,争取画出精品来。"

方有根说:"好,你要是画出精品,我给你加价。"

叶之影脸上漾出笑意,美滋滋地走了。他能不美吗? 他一个月的退休工资,才一百多块钱。

方有根拿着叶之影的画,火速赶到苏州,找到做假大师老董,请老董帮他的"黄宾虹"做旧。谈价钱时,老董表示他不想要钱,提出只想要四张黄宾虹的册页,并对方有根说:"你用八页,照样可以做成一套黄宾虹的册页,你不吃亏的啦。我拿四页,只是想留着玩玩,以后等黄宾虹的价格上去了,说不定能卖出去。要不我就不帮你做旧,干不干随你好嘞。"

方有根想了一想,感到自己现在资金紧张,这样做也未必没有道理,于是就答应下来。

老董真是鬼斧神工,十天工夫,就把叶之影的黄宾虹做好旧了。当方有根拿到做好旧的黄宾虹的四尺对开的立轴和八张一套的册页时,方有根简直不敢相信自己的眼睛——那分明就是黄宾虹晚年原装原裱的真迹,半点伪气也没有。

方有根把册页留在"风灵巷"的老宅子里,却把立轴拿到"八方阁",气定神闲地把它张挂在一个不起眼的地方,并在立轴的绫边上贴了一张印着"非卖品"字样的标签,然后坐在柜台后面假寐,像一位定性极好的神钓,耐心等待大鱼的到来。他不时微微睁开眼睛,看一下自己下的鱼饵,越看越有信心。"八方阁"因为没有让人看得上眼的东西,显得一片萧条,空气里都散发着霉味儿,方有根在霉味儿中假寐,假着假着,居然真的睡着了……

方有根是被一个香港口音唤醒的,他睁开惺忪的双眼,模模糊糊地看见一个白白胖胖的中年人,指着黄宾虹的立轴,用浓厚的香港普通话问:"老板,那一幅画要卖多少钱?"

方有根伸了个懒腰,打了一个长长的哈欠,说:"那幅画不卖。"

"傻嘞,有钱赚还不卖?"香港人说。

"你才傻嘞,"方有根说,"那是我的镇店之宝,不卖。"

"镇店之宝?"香港人说,"你这店里也没有别的什么好东西,还要镇什么? 有生意不做,你靠什么吃饭?"

方有根翻了翻眼皮,说:"我靠银行的利息吃饭,你管得着吗?"

香港人见方有根气焰很高,不由得降低了姿态,说:"这是一幅好东西,你要看好。刚才你睡着了,我要是把它拿走了,你怎么办? 我就是讲……价格上我们还可以谈的,你讲呢?"

方有根摇了摇头,说:"这一幅我不卖。你要是真喜欢黄宾虹,我家里还有一套册页,你想不想看看?"

"一套册页?"香港人喜形于色,忙说,"好哇好哇! 去看看去看看!"

方有根关了店门,领着香港人到了"风灵巷"的老宅子里,进了自己的房间。

香港人一进老宅子,就被里面的氛围迷住了,心中认定在这个老宅子当中一定能淘到好东西。进了方有根的房间,看见旧藤椅和老照片,便格外肯定了自己的感觉。方有根见香港人盯着老照片看,心中一动,忙朝厨房那边高声喊了两声"老姨",房东老太婆应声而来,方有根说:"老姨,给这位先生泡杯茶来。"

老太婆应了一声,转身匆匆到厨房去了。不一会儿,端了一杯热茶上来,见那香港人还在饶有兴致地看老照片,忍不住说:"你看,站在中间那个白胡子的老人,就是我的曾祖父,他就是胡雪岩最小的侄子。胡雪岩,红顶商人胡雪岩,你晓得不? 你再看,站在最边上那个光头小孩,就是我,那时候大家都想要男孩,就给我剃了个光头。"

香港人吃惊地看看老太婆,又看看方有根,说:"胡雪岩? 红顶商人胡雪岩? 你们与胡雪岩一宗的? 真正的富贵人家出身啊! 了不起了不起!"

老太婆说:"后来不行了,家道衰落了。"

香港人说:"一定行一定行! 俗话说,瘦死的骆驼比马大。在你们家,一定有好东西。"

老太婆还想说什么,方有根连忙止住她,说:"老姨你先去忙,我还要跟这位先生谈点生意。"

老太婆心中透亮,立即依言离开了。

老太婆一走,香港人就急着对方有根说:"你说的册页在哪里? 快拿来让我看看。"

方有根让香港人在旧藤椅上坐下,然后关上房门,从床垫底下抽出一本册页,一声不吭地交给香港人,表情显得有些痴呆。

香港人接过册页,急切地翻开,刚打开第一页,手就开始哆嗦起来。

当他翻到第四页时,他再也没有定力往下看,因为这本册页比"八方阁"里的那幅立轴画得还要好。他抬头问方有根:"这本册页要多少钱?"

方有根慢条斯理地说:"黄宾虹真迹,精品,原装原裱,十成品相……这个,就算一张是一个平方尺,一万块钱一张,怎么样?"

香港人装作手往后一缩,吸了一口冷气,说:"一万块一平尺? 这个价高得离谱。黄宾虹的画确实好,可现在市场上没有这个价。前不久苏富比拍掉一张黄宾虹的山水,算起来不过五千多一平尺。"

"那你打算出个什么价?"方有根问。

"我……我的这个……"香港人吞吞吐吐地说,"三、三千块一平尺,你看好不好?"

方有根想了一想,说:"看在第一次做生意的分上,我就多让你一点,五千块一平尺,不会再让了。你刚才也说了,苏富比拍出来的价就是五千多,黄宾虹的画价肯定要上去,这个不用我说你也清楚。"

香港人犹豫了一刻,闷声不响地从包里拿出四扎钱,交给方有根,其中有一扎还是港币。香港人说:"你数一下。"

方有根微微一笑,说:"不用数了,这个我相信你。"

香港人干脆地说了一声:"成交!"

方有根也干脆地说了一声:"成交!"

香港人把册页装到包里,站起身对方有根说:"下次有缘再见。"说着伸手要跟方有根握手。可方有根这会儿正在走神,没有搭理他。香港人生怕方有根对刚才的这单生意反悔,赶紧走了。

此刻,方有根所有的心思全在叶之影身上,浑然没有觉察到香港人的离开,直到房东老太婆的出现。老太婆不知什么时候出现在了房门口,对方有根说:"嘿! 你发什么呆呢? 生意做成了没有?"

方有根愣怔了一下,他搓了搓脑门,从口袋里拿出两百块钱给老太婆,说:"拿去随便花吧,这事可不能出去瞎说。"

老太婆接过钱,脸笑得跟朵菊花一样,说:"这个你放心,我心里清楚,我谁也不会说的。"老太婆说完就很知趣地到厨房去了。

方有根拿出"大哥大",给波子打了个电话,让他帮忙赶快租一辆小车,说他有急事要回闵阳镇一趟。

方有根中午就到了闵阳镇,他胡乱吃了点东西,就租了一辆机动三轮,赶到白际村。

白际村在大山里,十分幽僻,路不好走,但风景秀丽,空气清新,有瀑布,有温泉,有古树,就是不通电话。方有根觉得叶之影和他的老相好住在这里一边画画一边谈情再合适不过,于是就租了一栋新建的农民楼房,打算让叶之影来这里仿他的黄宾虹。方有根清楚地知道,他不能让叶之影一直住在屯溪,叶之影必须住在一个别人找不到的地方。

当天晚上,当方有根把他的计划告诉叶之影时,他原本以为叶之影会不太情愿,因为白际村实在太偏僻冷清了。没想到叶之影对他的安排十分满意,甚至非常高兴,恨不得马上就和老相好住到白际村去——他实在不想让他的老婆再找到他们这对老鸳鸯,而偏巧他老婆的嗅觉又特别灵敏,除非躲到像白际村这样的地方去。方有根没有吃过这样的苦头,当然体会不到叶之影的苦衷。

叶之影又拿了几张新仿的册页、镜片和扇面给方有根,自信地说:"要仿小幅的'黄宾虹',我的可以乱真。"

方有根也不表态,只是照例按尺寸点钱给他,又特意多给了他两千块钱,说是给他们到白际村的安家费。叶之影和他的老相好满心欢喜,第三天就搬到白际村去了,开始把他们的爱情升华到隐居的高度。

就这样,方有根通过他的钓鱼法,利用叶之影的"黄宾虹"钓到了不少小鱼小虾,偶尔也会钓到一条不大不小的鱼。正因此,用现在的话说,方有根作为一条咸鱼,竟然在别的鱼的帮助下,轻松地翻了身。直到有一天下午,萧大同出现在他的店里,使事态有了新的发展……

方有根至今还记得那个下午,天气异常地闷热,尽管电风扇已经开到最大挡,但那只能解决热,不能解决闷。正当方有根胸闷难挨,打算关店门去新安江里洗个澡时,萧大同走进了店门。

方有根一见萧大同，忙说："萧大法师今天怎么有空来小店？难怪天气这么热，一定是有红火的事，快坐快坐！"方有根说着，搬了一张椅子让萧大同坐在柜台外侧，又给萧大同泡了一碗冰糖菊花茶。

萧大同喝了口茶，笑了笑说："你这店现在看上去清冷得很，你倒显得很自在，是不是有夜草吃啊？"

方有根说："马才有夜草吃，我属羊的，哪里吃得上夜草？只要不被狼吃，就算命大了。"

萧大同又是微微一笑，说："有根在屯溪待了两年多，越来越会说话了。"

方有根说："哪里哪里，还不是跟你们学的？比起你们这些有文化的，我害臊都来不及。"

萧大同托着腮帮微微点了点头，突然话头一转，说："听说你店里有一件镇店之宝，是它吗？"萧大同说着指着那张黄宾虹的立轴。

方有根说："对你不能说假话，也不是什么镇店之宝，主要是店里没有像样东西了，就靠它来招揽顾客。这店里也就这一件好东西了。"

萧大同点点头，说："画确实是张好画。如果我想买，不知道你肯不肯让？"

方有根显出为难的样子，说："这个……照理说……你想要，我不能不让。可是我店里实在拿不出像样的东西了，我拿什么来招揽顾客呢？"

萧大同想了一想，说："这个好办，我借一幅查士标的山水给你，再借一只雍正时期的窑变三阳开泰花瓶给你，摆在店里，当你的镇店之宝，保证比这幅黄宾虹更能招揽顾客，不过你千万不能把它们卖掉，等你的店里收到了一些像样东西后，我再把它们拿回去，怎么样？"

方有根抓耳挠腮了一阵，勉强地说："你实在想要，我只能让了，我在屯溪也就你们这几个朋友。只是……这个价我开不了口，你给个价吧。"

萧大同说："我也不能占你便宜，就四千一平尺吧。"

方有根表情显得有些无奈，说："就按你说的吧，有人可是出过六千一平尺的。"

萧大同说:"你信他们? 他们只是嘴上说说,反正你不卖。如果你真要卖了,他们又会嫌贵,要杀价的。"

萧大同说着,从包里拿出钱,数了一万六千块钱,放在柜台上。

方有根从墙上取下画,卷好,用报纸包了,交给萧大同。

萧大同拿了画,说:"那我就走了。天太热,我要去冷饮店喝两杯冷饮,你去不去?"

方有根说:"我还要看店呢,哪里有你这么清闲? 做点生意不容易,不像你大法师,坐在家里就财源滚滚。对了,你的东西要早点送过来,店里不能没有顾客。"

"明天一早就给你送到,我走了。"萧大同说着转身出了店门,骑上摩托车走了。

望着萧大同的背影,方有根感到既得意又辛酸,还有点幽默,同时感到古玩这一行真让人哭笑不得。

第二天下午,方有根赶到了白际村,要求叶之影抓紧时间画一张黄宾虹的六尺整张的山水中堂。叶之影表示为难,说大尺幅的黄宾虹他画不好,再一次强调了"宾虹无大画"这一传言,并跟方有根说了很多黄宾虹的画论。可方有根压根不想听他的絮叨,他说:"我说你画得了,你就画得了。只要我卖得了,你就画得了。就算我卖不了,也不亏你钱,照样按尺幅给你钱。"

听了这话,叶之影的见解就消弭了,使劲点头说:"那好。那我试试。我尽全力来画。"

"八方阁"里的墙壁上张挂了查士标的山水,橱柜上摆放了雍正的窑变花瓶,但这两件"镇店之宝"的效果并不理想,因为查士标的画太旧,品相不好,很难让人注意。即便有人注意它,十有八九也当它是后仿的,因为查士标是明末清初人,"新安四家"之一,顾客不太相信这样珍贵的画会出现在这样一个小古玩店里。至于那个雍正的窑变花瓶,尽管器形好,釉色好,且完美无缺,但它终究是个民窑货,连堂名款都没有,人们很难对它感兴趣。

　　叶之影的黄宾虹就不一样了,因为一眼看上去就是真迹,而且是原装原裱,全品相。更吸引人的,是当时黄宾虹的市场价格还没有上去,而大家都知道黄宾虹的价格一定会上去,上升空间极大,所以还是黄宾虹最能招揽顾客。当方有根把新做出来的六尺整张的黄宾虹山水中堂张挂在"八方阁"里,第二天就来了很多人,都想打这张画的主意。然而遗憾的是,这幅画是"镇店之宝",老板死活不肯卖,他们只能买到黄宾虹的扇面、镜片、单张册页一类的小幅作品。不过即便如此,他们也已经很满意了。

　　与此同时,方有根也在小贩子手上收了一些像样的东西,又替别人代销一些东西,"八方阁"彻底活过来了。在这种大好形势下,方有根干脆打了电话给萧大同,让他过来把查士标的画和雍正时期的花瓶拿回去。萧大同很快就骑着摩托车到了方有根店里,当他看见一幅黄宾虹的六尺整张山水中堂真迹威风凛凛地挂在"八方阁"的墙上时,不由得傻了眼,感慨方有根和黄宾虹真是有缘。但他再也不好意思让方有根把这件"镇店之宝"也让给他,于是只好唏嘘着走了。用现在的话说,是带着"羡慕嫉妒恨"的心情走了。

　　生意一转好,方有根就兴奋,他一兴奋,晚上睡觉就爱做梦。在一个雨夜里,他做了一个梦,梦见一张巨大的"黄宾虹"。梦醒之后,他认为这个梦是观音娘娘给他的启示,于是,一个更大的想法开始在他心头酝酿——他决定要做一张巨幅的黄宾虹!他偏就不信"宾虹无大画"这句鬼话,他方有根要想让宾虹有大画,宾虹就应该有大画。

　　就在方有根做梦的时候,许一丁正在熬夜编纂《徽州画人录》一书,而且正编到黄宾虹。许一丁对黄宾虹的传奇人生极感兴趣,同时也佩服黄宾虹的绘画理论和坚守传统别开生面的毅力和勇气。他认定黄宾虹是前无古人的山水大师,但他不明白黄宾虹的画价为什么一直上不去。所谓"南黄北齐",齐白石的画价早就飞上天了,可黄宾虹的画价还躺在地上。这个奇怪的现象让一心想当鉴定家的许一丁百思不得其解,只能嘲笑这个光怪陆离、无理可说的书画市场。编完黄宾虹这一条后,许一丁又翻了几页谢稚柳的《鉴余杂稿》，不由得又对书画鉴定的方式方法大发感慨，觉得书画鉴定就是公说公有理，婆说婆有理，最后是权威说的最有理，有点强权即真理的意味。正当他浮想联翩的时候，他老婆催他睡觉了，他只好走到卧室去，他知道他老婆很不好惹。也就是在这时，"风灵巷"老宅子里的方有根梦醒了，开始酝酿一个伟大的计划。

　　方有根第二天就去了泾县，他要去访一张丈八的巨大宣纸。方有根跑了十几家大大小小的宣纸厂，都访不到丈八的宣纸，大都是四尺六尺八尺的，连丈二的都少见，完全不符合方有根的理想尺度。总算功夫不负有心人，他最终在"澄心堂"找到了丈六的宣纸。"澄心堂"的老板肯定地告诉方有根，这是泾县目前所有的最大的宣纸了，还说这种尺幅的宣纸，还是当年为了大师们给人民大会堂画画特别制作的，他也是在一个偶然的机会里，搞到了几张。方有根看了那几张丈六的宣纸，纸质确实好。问价钱，老板说一千块钱一张。方有根吃了一惊，说："我是问多少钱一张，不是问多少钱一刀。"

　　老板说："就是一千块一张，你想要一刀，我还没有呢！"

　　方有根说："你算一下，一千块钱可以买多少刀四尺的？用那么多四尺的拼起来，比你这张要大多少倍？"

　　老板说："货可不能这样比。你知道，越大的纸越难做。再说这纸是为人民大会堂定做的，质量一等一，还有收藏价值。要不是看你找得辛苦，我还不想卖给你呢。"

　　方有根说："这样好不好，六百块钱一张，五张我全要了。"

　　老板说："就是一千块一张，最多卖给你两张。另外的三张我还要留着收藏。"

　　方有根知道杀不下来价了，干脆利索地付了老板两千块钱，拿着宣纸走人。

　　当方有根把丈六宣纸铺陈在叶之影面前，并宣告了自己的宏伟蓝图时，叶之影额上的汗珠往外直冒，他大声嚷嚷起来："你这简直是异想天开，瞎胡闹！早就跟你说过'宾虹无大画'，你偏不听。上次画那张六尺整张的,我心里就发虚。这下倒好,要画张丈六的,你这不是发疯了吗?天下有谁会信黄宾虹画过一张丈六的山水?亏你想得出来!"

方有根等叶之影把话说完,这才幽幽地说:"谁说'宾虹无大画'?他是宾虹肚子里的蛔虫吗?上次让你心里发虚的那张六尺整张的中堂,现在很多人想买,我还不卖呢!还有,我早跟你说过,我卖不卖得出去,是我的事。你只管按照我的要求画,按尺寸付钱给你就是。丈六的是九十二平方尺,我应该给你一万八千四,现在我干脆给你两万,你给我好好画就行。"

方有根说完,拿出两沓钱放在叶之影面前。叶之影那个相好的见这情形,赶忙揉叶之影的颈肩,柔声说:"反正你是有这个本事的,担心什么?你只要好好画,一定可以画好的。我天天帮你磨墨。"

叶之影叹了一口气,沉默了一会儿,然后说:"好吧,我尽力而为吧。我想啊,这么巨幅的黄宾虹,本来就没有可信度,我们只能在其他方面下足功夫,来增加它的可信度。这两张宣纸确实是上好的旧纸,没问题,可惜没有上好的旧墨,要知道黄宾虹用墨很讲究,一般都用嘉道以前的上好老墨,这样的墨才能表现出他焦墨和宿墨的特殊效果。可是,我们到哪里去搞到上好的老墨呢?"

方有根听了,忽然想起他在基坑村得"鬼围腰"的时候,汪老伯送给他的那半锭老胡开文的"超顶漆烟",于是说:"我那里有半锭老胡开文的'超顶漆烟',清代的,不晓得派得派不上用场?"

叶之影眼睛一亮,说:"清代老胡开文的'超顶漆烟',是上上好墨,用它再好不过。看来这也是个机缘,你还有这等好墨。唉,本来我家里还有一盒民国时期的旧颜料,化开来还可以用的,可惜被我老婆丢到臭水沟里去了。不过就算它没有被丢进臭水沟,我也不敢回家去拿。"

方有根说:"也不用太讲究,黄宾虹画画用彩不多,我看用当下最好的颜料,也能过得去。"

叶之影说:"也只好将就了。还有,我还需要几支好的大毛笔,还有一张大画桌和一张大画毯。"

方有根说:"好的大毛笔好办,我明天就给你送来。大画桌嘛……你可以请村里的木匠用大五合板给你拼一张简易的出来,只是这大画毯……对了,我明天再给你带两张大毡子过来,做画毯用。"

叶之影说:"这个主意好,说不定还能画出特殊效果,你的脑子就是聪明。"

方有根说:"你别夸我,我这也是被逼出来的。还好我当时为你租了这栋大房子,不然还没有地方画呢。"

一听这话,叶之影忽然又想到一件事,说:"一九四八年,黄宾虹八十五岁,应聘到杭州的国立艺专做教授,居住在杭州西湖北岸栖霞岭,一直到终老。我去看过他的居所,小得可怜,根本画不了这么大的画儿。"

方有根不耐烦地说:"你又来了,真是迂腐!谁规定黄宾虹一定要在他的屋里画画?他凭什么不能到一个大堂里画画?你什么都别想了,安心画画,只当你就是黄宾虹,一心要画一幅巨幅山水。"

叶之影又叹了一口气,说:"没办法,拗不过你,只好画了。可话要说在前头,画这幅画,我最少要花一个月的时间。"

方有根为了减轻叶之影的压力,就说:"你花一年的时间都行,我就只当这是闹着玩的。"

叶之影无奈地说:"看来只能这样了,我还是没有多大把握。"

方有根一挥拳头说:"这事就这么定了!我有把握就行!"说完方有根就提出告辞。叶之影想留他下来吃晚饭,让他第二天再走。方有根还是坚持要赶回去,说是自己还有许多事要忙,叶之影也就没有强留,因为他的老相好似乎不想让人打扰他们的爱情生活,没有留方有根的意思。

第二天方有根就给叶之影送来了老胡开文的"超顶漆烟"、几支上好的大毛笔和两张大毡子,还带了两支老山参,让叶之影泡酒喝,提一提精气神。两个木匠正在做大画桌,两块大五合板钉在六根木桩上,不用打磨修饰,一会儿工夫就做好了。方有根感觉叶之影已经进入状态,就放心地回屯溪去了,一边继续他的钓鱼生意,偶尔卖出一些小物件,一边耐心地等待叶之影的巨幅黄宾虹。

因为心中有了丈六的黄宾虹，方有根眼中就不重视店里的"镇店之宝"——那幅六尺整张的中堂了，干脆以七万块钱的价格把它卖给了一个天津的收藏家。这样一来，他的钓鱼生意也就随之结束。方有根是有意结束这种钓鱼生意的，他不能让过多的黄宾虹从他这里流出去，以免引起别人的怀疑，从而影响那幅巨幅黄宾虹的前程。

一个多月以后，叶之影悄悄地潜回屯溪，带来了一幅黄宾虹的巨制。当这幅巨制在"凤灵巷"老宅子里的堂前铺开时，把整个堂前占了一大半。方有根被这幅巨制的气势吸引了，甚至是震撼了，屏住呼吸半天没吭声。叶之影见方有根不出声，只是瞪着眼睛看画，不由得心虚了，小心翼翼地说："是不是哪里没画好？我可是尽了全力了。早告诉过你黄宾虹的大画不好画，因为没有可参照的作品，我只能画到这个程度了。要不我再画一幅，兴许会好点，反正还有一张宣纸。"

方有根长长地吐了一口气，用力拍了一下叶之影的肩膀，说："画得好！比我预想的还要好！真是难为你了。等这幅画卖出去，我要给你发奖金。"

叶之影听了这话，心中踏实了，说："说实话，我自己也觉得画得不错，超常发挥。"

叶之影一走，方有根就到黄文家，借了那盒老印泥，就匆匆赶往苏州。

到了苏州，见到了老董，就把画展开给老董看，要求老董帮他做旧。老董看到画，不由得倒吸一口冷气，因为这么大幅的黄宾虹把他给震晕了。他思忖了半天，才说："方老板，你这是在拼死一赌啊！"

方有根说："古玩市场瞬息万变，不赌不行。"

老董劝说道："你做黄宾虹这条路，一直很顺，黄宾虹可以说是你的摇钱树，就这么细水长流地做下去，多好。做什么要放这样一个猛炮啊？这一炮放响了倒还好，万一放了个哑炮，你这条财路就断了，我劝你还是不要赌算啦。"

方有根坚定地说："你放心，我感觉这一炮一定会响。"

老董说："你凭什么有这种感觉？"

方有根放低嗓音，故作神秘地说："观世音菩萨说的。"

老董说："看你这副神经兮兮的样子，中邪啦？要晓得'宾虹无大画'，你这幅太大啦，让人想都不敢想。"

方有根说："我就是要让人想都不敢想，但必须想，想到后来，他们一定认为这幅画是真迹。因为他们会想：没有哪个笨蛋会做这么大的假黄宾虹。"

老董想了一刻，点点头说："你这样说也有道理，人们都有逆向思维。可是，这一炮响了之后，你还做不做黄宾虹啦？"

方有根说："不做了，事情总有见光的那一天，迟早要歇手的。再说仿黄宾虹的那位高人，眼睛不行了，人也老了，还好色。恐怕画不了多久了，我想让他再画几幅精品，收藏起来，然后就把这条线掐断。对了，我还会送一幅精品给你，这次的做旧费照算。"

老董琢磨了一刻，说："好吧，你说做那就做吧，听你的。我尽量做好一点，就收五千块钱算了。不过你一定要记得你刚才说的，要送我一幅黄宾虹的精品。"

方有根说："我跟你又不是第一次打交道了，我什么时候说话不算数？我们两个是有交情的，再说，以后有画要做旧，我不是还得来找你？"方有根说着，从口袋里掏出一个印泥盒，递给老董，"对了，这一次盖印章，要用这个印泥才好。"

老董打开印泥盒，放到鼻子底下闻一闻，说："好印泥！道光年间的。看来你这一次是真用心了，说不定这一炮还真能响。"

方有根说："什么叫说不定啊？你就等着捂耳朵吧。"

方有根一得意，说话都有了想象力和跳跃感，完全不是过去的那个方有根了。

二十多天以后，这幅做好旧的"黄宾虹"，被送到了方有根手中。

黄文到书店去买书，回到家的时候，见方有根正抱着一根柱子一样的东西在等他。一见黄文，方有根就说："打你家电话没人接，只好站在这里等你。"

黄文问:"有什么急事吗?"

方有根说:"急倒不急,是一件重要的事,进门再慢慢说。"

两人进了屋,因为房子太小,方有根抱着的柱子只能斜靠在门后面。坐定后,黄文看了看那根柱子,问:"上哪儿去弄了这么大一幅画,谁的?"

方有根用高深的眼光看着黄文,说:"黄宾虹的。"

"鬼扯!"黄文不信地说,"黄宾虹哪里有这么大的画?"

方有根说:"不信你打开看看。"方有根说着把黄文家的圆桌挪到阳台上,在客厅里空出一块位置,尽管如此,巨幅黄宾虹还是无法完全展开,只能分段看,看一截卷一截,等到把画看完了,黄文惊讶了半天,才开口赞叹道:"天哪,画得真好! 天下居然有这么大的'黄宾虹',还是原装原裱,十足品相,这简直是个奇迹。"

方有根问:"你觉得这幅画靠得住吗?"

黄文说:"开门见山,绝对靠得住!"

方有根说:"万一它是赝品呢?"

黄文说:"不可能,没有哪个傻瓜会做这么大的黄宾虹,做也做不了这么好。这一看就是真迹,就是太出人意料了。"

方有根微微一笑,注视了黄文一会儿,然后缓缓地说:"这幅画是假的。"

"假的?"黄文睁大了眼睛,说,"你怎么看出它是假的? 看走眼了吧?"

方有根说:"因为它是我做的。"

"你做的?"黄文看了看方有根,说,"你是不是病了? 是不是还在发烧? 自从你上次买了那个假花瓶之后,我觉得你一直不太正常。"

方有根从口袋里掏出那个印泥盒,交给黄文,说:"上次我跟你借这个印泥盒,就是为了做这幅画。你听我慢慢跟你说。"接着方有根就把事情的来龙去脉仔细说了一通。黄文听了,如同听了一个精彩的传奇,感到不可思议,他这个作家想虚构也虚构不出来这样的故事,一时心绪纷乱,等他定下神来,才问:"你为什么要把实情告诉我?"

方有根诚恳地说:"在我认识的人中,你为人最好,热心肠,肯帮助人。我每次有事,都是来找你帮忙。在我的心目中,你就是我的大哥,就怕你不认我这个老弟,所以我必须告诉你实话,这一次我还需要你帮忙。"

黄文被方有根说得有些感动,就说:"需要我帮你什么,你只管说。"

方有根静默了一下,指着那幅巨制"黄宾虹"说:"这幅画,我要从你手上卖出去。"

"我?"黄文不解地说,"我又不会做生意,怎么帮你卖画?"

方有根说:"不需要你做生意,我只要放出风去,说你这儿有一幅黄宾虹的巨幅真迹,自然就会有人找上门来。"

黄文问:"你怎么不自己卖?"

方有根说:"从我手里走出去的黄宾虹已经不少了,再走这张巨幅的,可信度不高。你不一样,你是歙县潭渡人,和黄宾虹是同乡,你恰好又姓黄,你父亲又做过宣传部长,这幅画出现在你家可信度极高。加上你家房子太小,想卖掉画子买套大房子,情理上说得通。"

黄文正在考虑这事,他老婆下班回来了。一见方有根,就说:"有根来啦,好久不见你了,中午在我家吃便饭。"

方有根说了声"谢谢嫂子",随即从包里拿出一万块钱,递到黄文老婆跟前,说:"上次小弟倒霉的时候,多亏嫂子给的两千块钱救了我,现在我又活过来了,这点钱嫂子先拿着。"

黄文老婆说:"上次的钱是给你的,不用还的,你怎么还还这么多?"

方有根说:"俗话说,滴水之恩当涌泉相报,我这不算涌泉,就是点毛毛雨,表示个心意。"方有根说着,把钱塞在黄文老婆包里,黄文老婆推辞了两下,也就没再推辞了。

方有根又说:"等我和大哥把这单生意做成了,我给你们百分之十的回扣。"

"做生意?"黄文老婆不解地说,"黄文哪里会做什么生意?"

黄文说:"不是我做生意,是有根想通过我的手,把这幅画卖出去。他是总策划总指挥,我是个傀儡,只要按照他的指示做就行。"

黄文老婆说:"这些事我不懂,你们聊好了,我做菜去。"黄文老婆说着进了厨房。

黄文问方有根:"这幅画要卖多少钱? 别人问起来我好开价。"

方有根说:"最低三十万。做这幅画我差不多花了三万,不赚他个十倍我都不甘心。"

黄文点点头,说:"好吧,反正都听你的。"

很快,黄文老婆就把菜端上了桌。黄文和方有根喝了点酒,方有根喝到兴头上,居然情不自禁地哼了几声徽剧,这让黄文对他刮目相看。

几天以后,黄文的小说就写不下去了,因为时常有不速之客来敲门,不用说都是冲着黄宾虹来的。先是本地老板来,对这幅画都很艳羡,甚至是垂涎欲滴,但最终都因价钱谈不拢抱憾而去。方有根不以为意,他知道本地老板都想捡便宜。接着,外地老板也来了,照样因为价钱谈不拢而作罢。再后来,港台老板、文化公司、知名企业、行政官员、部队校官都来了,还是因为价钱谈不拢而退却。原因还是黄宾虹的市场价位不高。其中部队校官都已经出到二十五万了,黄文觉得可以卖了,可方有根就是执拗地咬死价钱不放。慢慢地,上门的人就越来越少,很长时间都难得一个人上门,这使黄文觉得方有根很不会做生意,不懂得随行就市。方有根心中也有些后悔,他想自己还是太固执了,错失了二十五万卖掉的机会。黄文家开始冷清下来,他又开始写小说了。

第九章　业缘迷心

　　渐渐地,拍卖公司开始在国内悄然兴起,很快就达到燎原之势。最知名的有"瀚海""嘉德",随后又冒出了"浩瀚""鼎盛""国粹"这样的后起之秀,再后来各种大小拍卖公司如雨后春笋般钻出来,到处征集拍卖品。方有根看到了商机,他想自己店里的生意本就不景气,闲着也是闲着,不如到外面的大城市去走一走,见见世面散散心,说不定还能遇上什么机会。萌发起这个想法的时候,已经是秋天了,店里的生意格外淡,方有根就关了店门,坐火车到北京见世面去了。

　　方有根到了北京后,先是去长城逛了一趟,觉得长城一点也不好玩,不过就是用厚砖垒了一道长长的墙,但他还是买了一件印着"不到长城非好汉"的汗衫穿着。随后他又玩了颐和园,逛了琉璃厂和中国美术馆,都觉得不好玩。只有到了故宫,进了故宫博物院,他才觉得有些好玩,同时也深有感慨,感到自从他做古董生意以来,所遇见的东西没有一件有资格摆在这里,只有汪老伯的那只花瓶,或许能挤得进来。一想起汪老伯的那只花瓶,他又联想到自己买的那只旧花瓶,不由得意兴阑珊,没心思再在故宫逛下去,心想不如到拍卖公司去看看热闹。

他先到了"嘉德"拍卖公司,工作人员告诉他"嘉德"的秋季拍卖早就结束了。他又去了"瀚海"拍卖公司,工作人员也告诉他他们公司的秋季拍卖也结束了,不过工作人员见他一脸沮丧的样子,就告诉他,此刻"浩瀚"拍卖公司正在举行一场拍卖会,如果他赶过去,说不定还来得及。方有根一听,赶紧打了一辆"面的",赶到"浩瀚"拍卖公司去。

到了"浩瀚"拍卖公司的拍卖现场,拍卖会已经开始了。方有根随便找了一个位置坐下,见拍卖台上正在拍高剑父的一幅画,十万块起拍,已经被叫到二十五万了,还有人往上叫。方有根心想,我的那幅巨幅"黄宾虹"如果是真迹,不知会被叫到多少。可想想自己那幅黄宾虹毕竟是假的,而拍卖行有许多鉴定专家,肯定上不了台面。这样一想,心中就先虚了,泄气了。

方有根恍惚觉得身边坐着的那个人在侧着脸看他,不由得也侧脸看了他一眼,四目相交,两人均眼前一亮,同声说:"是你……你是……"

那个人先报出了方有根的身份:"你是那个卖茶叶的篾匠!"

方有根也惊喜地说:"你是……你是那个……那个他,益民旅社,我还帮你看了大半夜的皮箱。"

那人说:"对呀,真巧,真是有缘,太有缘了!"

前排的人回过头来,示意他们安静。那人压低声音对方有根说:"我叫赵明,待会儿拍卖结束了,我请你吃饭。"

拍卖结束后,赵明找了一家小菜馆,要了一瓶二锅头,两人边喝边聊起来。

赵明问:"你不是卖茶叶吗,怎么也做到这一行上来了?"

方有根说:"我是误打误撞走上这一行的,混了几年,除了字画,别的我还不太懂行。"

接着,方有根从替汪老伯卖花瓶说起,大致说了一个个人简历。

赵明听得津津有味,不时发出阵阵笑声。方有根说:"你呢,你是怎么做上这一行的?"

赵明说:"我的经历说来话长,以后慢慢跟你说。我跟你在屯溪住一间房的时候，就已经做古董生意了。"

方有根说："你那时好像很神秘，我都猜不出你是干什么的。"

"神秘？我怎么神秘了？"赵明问。

方有根说："你刚进房门的时候，穿着一身旧衣服。可进了房间，我还记得你飞快地换上了皮鞋、皮夹克、料子裤子，匆匆忙忙就出去了，还托我帮你看管皮箱，害我一夜没睡着，害怕了一夜。"

赵明哈哈大笑起来，说："我这么瘦小，你一拳就可以把我打晕了，你害怕什么？我穿旧衣服进来，是因为我刚刚从乡下收东西回来。在乡下我不能穿得太好，否则他们就要出高价，对不对？我换上高档衣服出去，是因为我要出去卖东西，我要是穿得太差，他们就要猛杀我的价，对不对？"

方有根闻言，如梦初醒，一拍脑门说："高，实在是高！你真是太聪明了，我怎么就想不到呢？"

赵明笑了笑，说："其实当时一看你那个青花布包裹，就知道里面包的是一只花瓶，你不肯说，我也不好说破。当时如果你说实话，我说不定能帮你找到更好的客户，你当时什么都不懂，以为两万块钱就了不得了。"

方有根说："当时我是个山里佬，连你是好人坏人都不知道，哪里轻易敢说实话？"

赵明说："那倒也是，来，干一杯！"

两人碰了一杯酒。

赵明抹了抹嘴唇，说："最近书画势头很好，你在那边碰上过什么好东西没有？"

方有根说："碰也碰上过一些，比如查士标的，汪之瑞的，梅清的，程邃的，黄士陵的，都卖掉了。"方有根把老董"埋"的假画都说了一遍，顺便还把萧大同放在他那里的"镇店之宝"查士标也捎上了。

赵明说："都是好东西啊！可惜卖早了。对了，你碰没碰上过黄宾虹的东西？他是你们歙县人，照理说你们那里一定有他的东西。"

一听到黄宾虹三个字，方有根心中一紧，胸口怦怦跳起来，他努力平定了一下情绪，说："黄宾虹？碰倒是碰上过，而且是一幅稀世珍品，简直都不敢想象，那是一幅丈六的巨幅黄宾虹，开门见山，百分之百的真迹！"

赵明一听，吃惊地瞪大了眼睛，说："这么大的黄宾虹？不会吧？真是想都不敢想。这件东西现在还在不在？"

方有根说："还在屯溪，是我一个朋友家的藏品，我的这个朋友是一个作家，家里房子太小，他老婆天天抱怨，所以他想卖了画子买房子。"

赵明问："以你的眼光看，这东西可靠吗？"

方有根斩钉截铁地说："我这个朋友姓黄，是歙县潭渡人，和黄宾虹同宗同脉，他父亲做过黄山市的宣传部长，东西传承有序，保准错不了！有不少人上门去看过，一致认为是真迹。可最后都因为价钱谈不拢，交易不成。弄得我那个朋友现在都不想把那幅画拿出来给别人看了。"

赵明问："这幅画他要卖多少钱？"

方有根说："三十万。"

赵明说："这样巨幅的黄宾虹，三十万不贵啊，你怎么不把他买下来？以我在北京看的行情，眼看黄宾虹的价钱就要上去了。"

方有根说："我和他是好朋友，你知道，好朋友之间不好做生意，贵了便宜了都不好，再说我是开小古玩店混饭吃的，也没那么多钱。"

赵明思索了一刻，说："我对书画不太在行，黄宾虹的画看得更少。你有没有把握？"

方有根说："看黄宾虹我太有把握了，再说这幅画又不是我一个人看过，都是高手看的，没有一个人存疑！"

赵明想了一会儿，一拍大腿说："那我们还等什么，今天下午就飞到黄山去，把画买下来。不过你可得帮我的忙，我一切听你的。"

方有根说："这个自然，我们两个有缘，我不帮你帮谁？"

赵明匆匆结了账，对方有根说："走！去机场！"

下午五点左右，方有根和赵明到了黄山机场。黄山机场距离市区不远，他们坐机场大巴很快就到了市区。方有根请赵明到"富春来"吃晚饭，赵明早已没有心思吃晚饭,急着要去黄文家。方有根说:"这个时间,说不定他老婆还没下班呢,他们也要吃晚饭。你安安心心吃个饭,晚上七点,我们准时到他家。"这么一说,赵明只好安心吃饭了。

吃饭的过程中,方有根到厕所里给黄文偷偷地打了个电话,要黄文做好做局的准备,并给黄文约好了暗号:如果方有根挠挠头,黄文就表示不同意,如果方有根揉揉鼻子,黄文就表示同意。

赵明一边吃饭,一边不停地看表,好容易等到七点了,把碗筷一推,说:"我们走!"

从"富春来"到黄文家,不过就十几分钟时间,赵明走得快,十分钟就到黄文家楼下了。两人上了楼,敲开黄文的房门。黄文一开门,见是方有根,就显出既高兴又随意的表情和语气,使人一看他们就是好朋友。三人在狭小的客厅里坐定,方有根给赵明和黄文相互做了介绍,然后就开门见山地说:"黄老兄,不瞒你说,我这个朋友是个古董商,对黄宾虹特别感兴趣,这次从北京专程赶来,就是想看看你的黄宾虹。"

黄文说:"说实话,我都被上门来看黄宾虹的人搞烦了,次次来看,回回不买。画子打开又卷起,卷起又打开,再这样搞下去,画子都要被弄坏了。"

方有根说:"这位赵明先生是真心实意来的,一听我说你藏有这幅画,今天下午我们就从北京赶来了。你就看在我的面子上,让他开开眼吧。"

黄文犹豫了一下,好像不太情愿似的,从卧室里把那幅巨幅黄宾虹抱出来。

客厅太小,这么大的黄宾虹,只能看一段卷一段,等到赵明看完,脸都红了,胸口怦怦直跳,额上都沁出细汗珠来。方有根在一旁点评:"你看,这种太极笔法用得多好,笔笔到位,还有这么奇险而又疏朗的构图,你看这墨色,真是五色俱全,宿墨和焦墨又用得这么精彩,一眼就能看出墨是用的上好老墨,印泥是上好老印泥,原装原裱,半点伪气也没有,不是逸品至少也是神品。"方有根为了卖出这幅画,在对黄宾虹的画论上也是下过一番功夫的,加上在叶之影那儿也听到了不少。

赵明长长地吐出一口气，问黄文："黄老师，你这幅画要卖多少钱？"

黄文不假思索地说："一口价，三十万，少一分不卖。"

赵明听了，面有难色，思考了一阵才说："说实在话，这么大这么好的画，三十万不贵。可是……可是我这次来得匆忙，没带那么多现金，你看这样好不好，我先给你四万作为定金，画子我先带走，一个月以后，我要么带着原画毫发无损地来还你，定金我也不要了；要么我带四十万来给你，多给你十万。你看怎么样？"

这一个条件提出来，黄文不知道该怎么应对了，一边假装思考，一边偷偷看方有根的手势，不料这时方有根没有做手势，他也在思考。黄文没办法了，就说："这样恐怕不行，说实话，你我第一次见面，双方都不太了解，万一你把画带跑了，我上哪儿找你去？"

赵明皱着眉头想了一会儿，说："这样，你和方老板是好朋友，我和方老板也是好朋友。我们请方老板给我们做个保人，你看怎么样？"赵明说着问方有根，"不知方老板愿不愿意做这个保人。"

方有根这时候开始揉鼻子了，豪爽地说："行！你们两个都是我信得过的人。我来做这个保人！"

赵明一听这话，马上从包里拿出四万块钱，放到桌上，说："做生意就要干干脆脆，不能耽误商机，那就这么说定，我把画拿走了，一个月以后见。"

黄文见方有根已经揉鼻子了，还有什么可说的呢？只好说："那就一言为定。"

赵明说了声"那就不打搅了"，说完就抱起画子走了。方有根陪他一起去了"花溪宾馆"。

"花溪宾馆"离黄文家很近，两人要了一间大客房。一进客房，赵明就迫不及待地打开画子再看，看了好长时间，每一个细节都看到了，感觉实在是好，就对方有根说："看上去确实好，只是这么大的黄宾虹，我还是有点心虚。"

方有根说："百分之百的真迹，你心虚什么？你买到这件东西，说不定要大发了。"

赵明说:"有你帮我掌眼,我就踏实了。明天上午我就飞回北京。"

方有根说:"那你好好休息,我就先回去了。明天我送你到机场。"

方有根离开"花溪宾馆"后,又回到黄文家里。黄文把四万块钱交到方有根手里,说:"这活我干不了,以后你找别人干吧。"

方有根说:"你已经干完了,而且干得很好。"方有根说着,拿了一万块钱给黄文,"来,这是你的。"

黄文推辞了一会儿,推辞不掉,也就顺势收了。他不可思议地摇摇头,说:"我就不明白,这幅假画明明是你的,他偏偏要请你帮他掌眼,还要让你做保人。"

方有根说:"天下事就是这么奇怪,你把一个人卖了,他还帮你数钱,完了还要对你说声谢谢。"

黄文说:"这事以后我不管了,全部交给你这个保人了。"

方有根说:"他以后也不会来找你了,只会来找我这个保人。"

黄文有些迷惑不解地问:"我就觉得奇怪,以前有人出过二十五万,你不卖,现在赵明出了四万块定金,你却让他把画带走了。"

方有根说:"这个还用我说吗? 他的这四万块定金是不用还的。如果我碰上八九个这样的客户,我比卖画还赚钱,而且画还在我手上,太划算了。"

黄文听了,如梦初醒,指着方有根说:"你太精了,变完了,完全不像以前那个有根了,连说话都变了,以后我都不敢跟你做朋友了。"

方有根顿了顿,说:"我要是不变,说不定早就死了,你想认我做朋友也不可能了。我只要活一天,你就是我大哥,反正我心里就是这样想的,你认不认随便。"

方有根说完,用力在黄文肩膀上抓了两把,走了。

第二天上午赵明飞到北京,下午三点钟就扛着那幅巨幅"黄宾虹"到了"鼎盛"拍卖公司,信心十足地径直走上三楼的书画鉴定室。"鼎盛"拍卖公司的秋季拍卖还没有开始,正在征集作品的过程中。赵明之所以雄赳赳气昂昂地走进去,是因为他认定这幅画是真迹,更因为方有根说是真迹,他很相信方有根的眼光。工作人员接待了他,知道他是来送作品的,问是谁的作品。赵明说是黄宾虹的。工作人员见这么大的黄宾虹,忙请他等一下,就到里间去了,不一会儿,里间走出一个四十多岁、风度翩翩的男人,器宇轩昂地让赵明打开画。赵明依言打开画,那男人一看就傻眼了,满脸惊奇之色,气度也就逊色了不少。他仔细看了很长时间,脸上一会儿红,一会儿白,末了他对赵明说:"先生您再稍等一下,我再去请几个同事来看看。"说完他就进里间了,不一会儿他带了五个人出来,四男一女,加上他一共六个人。六个人一起把巨幅黄宾虹看了半天,又交头接耳地讨论着,表情既凝重又兴奋。赵明隐约看出来,这六个鉴定专家当中,有三个认为这幅画是真迹,有三个表示存疑,相持不下。最后那个女鉴定专家说:"看来只能请闵老师来判定了。"有一个男鉴定专家说:"闵老师在家养病,不知能不能来。"另一个男鉴定专家说:"这可是一幅重要作品,我们六人鉴定组,各持己见,没有闵老师来不行,他看黄宾虹是权威,打个电话试试吧。"女鉴定专家就打了电话,没想到对方一听出现了丈六的黄宾虹,答应马上赶到。

过了四十分钟左右,一个将近五十岁的男人赶来了,气喘吁吁,脸色苍白,大家都尊敬地喊他"闵老师",赵明想不到这个闵老师是一副糟老头模样,心想真是人不可貌相。闵老师站在巨幅黄宾虹面前,定了定心神,忽又坐到对面的椅子上,喝了一通茶,然后重新站到画子面前,仔细看了大半天,又仰头望着天花板想了半天,突然对着巨幅黄宾虹鞠了三个躬,嘴里蹦出两个字:"真迹!"直到这一刻,赵明才重新开始呼吸,刚才有一段时间他的心脏好像没有跳动。

七人鉴定组三个人存疑,四个人看真,更何况闵老师是权威,巨幅黄宾虹当然要入拍。当工作人员征求赵明起拍价时,赵明支支吾吾地不知该报一个什么价才好。闵老师在一旁说:"这么大的黄宾虹,全中国可能也就这么一件,我看最起码一百万起拍。"起拍价就这么定下来了。工作人员开了收据给赵明,赵明拿着收据,出了"鼎盛"拍卖公司的大门,心中又高兴又忐忑。

　　赵明出生在东北齐齐哈尔克东县的一户贫穷家庭中,母亲因患脑梗瘫痪在床,父亲是一个做腐乳的高手,有家传秘诀。作为一个制作腐乳的个体户,日子本来应该还过得去,可当母亲瘫痪以后,父亲似乎对生活失去了信心,他没有心思,也没有情绪再做腐乳,这使得他的一大批顾客感到遗憾。父亲偶尔也做一点腐乳,那是给家人当菜和给自己下酒用的。父亲开始酗酒,每天喝得醉醺醺的,他说他只能借着一点酒力,才能照顾母亲,否则自己也活不下去了。在这种情形下,家中的境况就可想而知了。家里值点钱的东西,都被父亲卖掉换酒喝了,等到能卖的东西都被卖完了,小店的老板再也不愿意给他赊账了,他就成天躺在床上不起来,仿佛也瘫痪了一般。但只要有酒喝,他立马就精神起来。

　　赵明天资聪明,还很有孝心。但他读完初中后,家中就无力让他继续上学了,家境没办法让他继续读高中。于是他只能到社会上去找机会,因此他认识了两个小偷,并很快学会了偷的技艺。但让那两个小偷不解的是,小赵偷东西是有选择性的,他除了偷一些吃的东西以外,主要是偷药品和酒。那两个小偷不知道小赵为什么要冒险偷这些不值多少钱的东西,他们不知道小赵的母亲需要药,而小赵的父亲需要酒。

　　赵明终于被抓住了,那一年他恰好十七岁,恰好够判刑,他被判了三年。

　　监狱里的看守见赵明聪明伶俐,所犯的罪也不大,就让他和一个四十多岁的犯人住在一间牢房,并要求赵明照顾好这个犯人。这个犯人因为盗窃国宝和走私文物罪被判了二十年,由于这个犯人特别有钱,知识面又极其丰富,看守对他另眼相看,他也时不时和看守聊一些稀奇古怪的故事,还悄悄塞给看守一些钱买烟酒。慢慢地,他和看守之间的关系就密切起来,有个别看守甚至称他为"老大"。此人绝顶聪明,却体弱多病,因此他深知自己不可能活着走出这间牢房。他看上了赵明的聪明和悟性,便时常和小赵聊天，谈文物，教小赵文物鉴定、收藏和买卖的方法。尽管在牢房里看不到文物的实物，但凭两本介绍古玩的书和"老大"细腻详尽的讲解，赵明的心中也大致有了一些意象和概念。

三年后，赵明刑满释放，临走前，"老大"给了赵明两个电话号码，让赵明抽时间去北京找他们，并且强调这是赵明的一条活路，说不定还能走出一条康庄大道来。

赵明回家后，母亲已经去世。父亲照例喝酒，不过他重新开始做腐乳出售，还开始自己酿酒。他的酒酿得极好，不过酿得不多，很少出售，收支平衡，刚好够他自己生活。

赵明在家待了几天，向父亲要了一点钱，说是要去北京做大事，他父亲只好苦巴巴地挤了几十块钱给他。赵明到北京后，立即给那两个人打了电话，这是两个文物贩子，见是"老大"推荐来的人，分外热情，表示以后可以带着小赵一块玩，并借给了赵明一笔小本钱。就这样，小赵进入了文物贩子的圈子，日夜辗转在荷花市场、朝内小街、琉璃厂、报国寺和潘家园之间，只要是古董，他都收，纯粹是个做杂件的，只要有钱赚就做。因为缺乏经验和眼光，亏买亏卖的事情也时有发生，幸亏那个时代几乎没有假货。两年下来，赵明居然也赚了五六万块钱。

赵明觉得有点出息了，决定回老家去看看父亲。父亲见他回家来，高兴得直抹眼泪。特意去买了瓶好酒，炒了两个菜，要和赵明一起喝。当父亲到厨房的一个黑乎乎的瓮里去夹豆腐乳的时候，赵明眼中一亮，觉得那不是普通的瓮。他走过去问父亲："爹，这只瓮是哪里来的？"

父亲见他问得奇怪，不解地说："这只瓮一直在我们家啊！怎么，你没见过？你还没有出生的时候，它就在我们家了。还是你爷爷去世那一年，我们替你爷爷挖坟，就挖出这个瓮来了。你不知道，用这只瓮做出来的腐乳特别好吃，别人以为我做腐乳有什么秘诀，其实秘密就在这只瓮里。"

赵明说："爹，你能不能把腐乳腾出来，我想看看这只瓮。"

父亲说："这好办，反正里面的腐乳也不多了。"父亲说着，把瓮中的腐乳挪到一只大海碗里。

赵明用清水把瓮洗了两遍,仔细看了一通,又用力掀开瓮的底部看,见瓮底上刻着几十个字,赵明也不认识。赵明想了一想,说:"爹,这只瓮可不可以让我拿走?"

父亲说:"废话! 家里的东西都是你的,你都可以拿走。不过,以后我再做腐乳,就没有那么好吃了。"

赵明拿出两万块钱给父亲,说:"这些钱你先拿着用,以后不用做腐乳了。我养你。"

父亲骤然见到这么多钱,顿时蒙了。停了半晌才说:"你不是又干那种交易了吧?"父亲说着做了一个小偷的手势。

赵明说:"哪能呢? 我现在是做古玩生意,正经生意,你放心! 你的这个瓮,可能是一件古董。"

父亲说:"那你赶紧拿去,放在我这里别弄坏了。"

赵明在家里待了两天,就带着那只沉重的瓮回到了北京。他先是找了那两个古董贩子看,一个说可能是个鼎,一个说可能是个鬲,瓮底的文字他们也看不懂,于是分外想念牢里的"老大"。但他们都认为这是一件青铜器。然而走私青铜器是要犯法的,他们谁也没有本事把这件东西运出去。他们费了很多脑筋,最后他们想到"老大"还有一个师弟在深圳,要是联系上他,就肯定有办法。

他们最终联系上了"老大"的师弟。一个星期以后,"老大"的师弟赶到了北京,自我介绍姓车。赵明长这么大,还是第一次知道有人姓车的。赵明原以为"老大"的师弟、又是从深圳来的,一定是器宇轩昂,风度翩翩的,没想到一见之下,车先生就像一个最普通的渔民,一脸的苦相不说,还特别显老。

车先生做生意倒是干脆,他一见那个瓮就说:"这是一尊簋,西周的东西,是件难得的好东西。如果我没有看错的话,它就是周武王灭商的牧野之战之后,铸造的利簋。"

赵明一听是这样的宝物,兴奋地问:"如果车先生对它感兴趣,肯出多少钱收藏它?"

车先生不假思索地说："最多十万块。"

赵明表示大惑不解，说："这样的东西，说起来算国之重器了，怎么才值十万块？"

车先生说："这件东西是国宝，在国内是没有人敢用来交易的，一不小心就要被国家没收，说不定还要判刑。这样的东西，只能靠冒险走私到国外去，但这个风险太大。我也不知道通过我的渠道能不能把它走私到国外去，万一走不成，我就只能当一块废铜那样看着它。我最多出十万，万一我把它搞出去了，那是我的运气，万一被抓了，那就算我倒霉。所以，我只能出十万块钱。你卖不卖赶紧说一声，我这个人做生意就喜欢干净利落，深圳那边我还有很多事。"

赵明沉默了一刻，但这一刻在别人的眼里实在是太漫长，末了赵明说："十万块！成交！"

赵明拿到这十万块以后，他开始不满足这样的小贩倒卖，他瞄准了正在兴起的拍卖行，经常独自一人到拍卖行里去看行情，直到遇见方有根。他想不到几年前那个住在"益民旅社"的篾匠，居然给他接上了一幅巨幅"黄宾虹"。

第十章　熙攘往来

　　一连下了几天秋雨,连秋天也变得湿气弥漫。这天下午,喜欢干净乃至近乎洁癖的黄文老婆再一次开始拖地板,黄文在为小说的情节发展发愁,正托着下巴望着窗外搜肠刮肚。突然,他老婆从卧室里冲出来,脸色煞白地说:"坏了!我刚才一拖把捣到床底下,听到'砰'的一声响,我忘了床底下还有个花瓶,把不定是把花瓶打烂了。"

　　黄文一听,大惊失色,赶忙冲到卧室里,匍匐到床底下,伸手一摸,刚触及花瓶,就知道花瓶已经碎了。他把花瓶抱进客厅,打开几层毛边纸,只见花瓶已经碎成了五六片。黄文阴沉着脸愣了半天,怨怒地对老婆说:"这么潮湿的天,地面上都要冒水了,你来拖什么地?"

　　黄文老婆心中知道闯了祸,嗫嚅着没敢吱声。黄文说:"你说你为了搞卫生,打碎了多少东西?以前打碎的是自己家的东西还好说,这回打碎了别人的东西,你让我怎么跟有根交代?"

　　黄文老婆说:"当初有根要把这瓶子放在我家里,我就说过不让放,害怕打碎。我记得他说打碎拉倒,反正是件仿品。"

　　黄文说:"话是这么说,可到底是什么年代的仿品,现在还没有定论呢！如果是现在新仿的，倒无所谓，如果是民国时仿的呢？就值一些钱。万一是嘉道年间仿的，甚至是康熙乾隆时期仿的，按现在的行情，可是值不少钱！"

这回黄文老婆意识到严重性了，带着哭腔说："那你说怎么办？"

黄文皱着眉头抽了两支闷烟，说："但愿有根的假黄宾虹真能卖出去，到那时我们才能把花瓶打碎的事情告诉他，因为他那时很高兴，没准就不把花瓶打碎的事情当回事了。"

黄文老婆听了，一边擦眼泪一边点头。

黄文又说："这些碎片也要放好，好让有根看到实情，免得人家以为我们把花瓶卖了。"

黄文老婆说："我来收，我把它们放在五斗橱里锁起来。"

黄文说："也只能这样了。我还要到萧大同家去借本书，上午就说好的。"

黄文穿着雨衣，骑着自行车到了萧大同家楼下，停了车往楼上看。一个纸团从楼上的窗户里扔下来，恰巧砸在黄文鼻子上。黄文捡起纸团，好奇地打开看，见是吴昌硕的一幅花鸟，正纳闷着，楼上又扔了一个纸团下来，落在黄文脚边，黄文又捡起打开看，还是吴昌硕的一幅花鸟。黄文仔细一想，终于想明白了——敢情是萧大同在仿吴昌硕，因为仿得不满意，气恼地把画揉成纸团扔下楼了。

黄文扔掉皱皱巴巴的画，就去敲萧大同家的铁门。萧大同应声出来开门，把黄文让进客厅，请黄文坐下，给黄文沏了杯好茶，笑眯眯地问黄文："这么大的雨，我还以为你不来了呢！"

"一定得来，小说写不动了，缺资料。"黄文说。

"怎么想到要看印象派的书？"萧大同问。

黄文喝了一口茶，说："小说里的主人公是个业余画家，对后印象派感兴趣。我对后印象派不了解，多少要了解一点才行。"

萧大同上楼去拿了两本书下来，一本是《凡·高传》、一本是高更写的

《诺阿,诺阿,芬芳的土地》,交给黄文,说:"你是写小说,不是搞评论,这两本书大致看一下就行了。"

"行! 看完我就还你。"黄文接着又问,"你一直在忙着画画吗?"

萧大同说:"不,我一直在研究绘画理论,已经一年多没摸过画笔了。"

黄文一时有些愣怔,因为他刚才还被萧大同扔下楼的画砸中,他不明白萧大同为什么要说假话。他知道萧大同心机很深,也没必要点破他,于是抽了一支烟,喝了几口茶,就提出告辞了。

萧大同礼貌性地要留他多坐一会儿,黄文说:"趁着这会儿没有雨,我要赶紧走。"

黄文说完就匆匆离开了萧大同的家。

许多年以后,黄文还记得那个深秋的黄昏,几片枯树叶飘落到他家的阳台上,他正打算去收拾枯树叶,电话铃突然响起,黄文接起电话,电话那头传来方有根的声音,语气兴奋而急促:"成功了! 大获全胜!"

黄文问:"什么成功了? 你说慢点。"

方有根在那头说:"'黄宾虹'卖出去了,不,是拍出去了,拍出了个天价。昨天给你打了一天电话,都打不通。"

黄文说:"昨天我家电话线坏了,今天下午才修好。你现在在哪儿?"

方有根说:"我刚下飞机,马上直接到你家去。"

约莫二十分钟后,方有根提着一只旅行箱赶到了黄文家,脸膛通红,神色狂迷,像是喝醉了酒一般。他往肚子里灌了几口茶,深深吐了一口气,然后说:"那个赵明还真有本事,他把那幅'黄宾虹'送进了'鼎盛'拍卖公司,结果拍出了584万!"

黄文一下睁大了眼睛,几乎不敢相信自己的耳朵,高声问:"什么? 你说什么? 584万?"

"对! 584万!"方有根说着,拿出一本拍卖图录,打开第一页,递给黄文,黄文一看,果然在那幅"黄宾虹"的下方,赫然写着"584万成交"的字样。

黄文说:"这简直是个奇迹,让人不敢相信。你的钱拿到了吗?"

方有根指着那个旅行箱说:"全在这里头,四十万现金。"

黄文说:"看来异想天开这个词不能用了,要用心想事成这个词。"

方有根说:"你快喊上嫂子,晚上我们上最好的酒店,点最好的菜,一醉方休。"

黄文想了一下,说:"不,你现在太兴奋,不适合到外面去喝酒,只能在我家喝一点,吃个便饭。"

说着黄文就吩咐他老婆去买两个卤菜,自己下厨房做了一个鱼头火锅。菜很快就端上了桌,两人开始喝酒。黄文老婆没有上桌,夹了菜坐在沙发上吃,任方有根怎么请都不肯上桌。

黄文和方有根对饮了一杯,黄文说:"那个赵明,这一次可是赚疯了。"

方有根说:"他确实赚了不少,不过他也花了不少。首先拍卖行百分之十的佣金他必须付。还有,据他说,拍卖行的七个鉴定专家,对这幅画都拿不准,赵明把每一个鉴定专家都打点到,每人二十万,一百四十万就出去了。真看不出这个赵明这么神通广大。"

黄文突然想到一个问题,就说:"有根,趁着酒刚开始喝,都没醉,我要叮嘱你一句:这件事到我这儿为止,千万不能再告诉任何人!"

方有根说:"告诉别人也没关系,这是我的本事,他们能怎么样?"

黄文连连摇头,说:"你想啊,你的这条线,一头连着赵明,一头连着叶之影,你在中间。你只要这样无声无息地做下去,有赚不完的钱。俗话说'闷声大发财',你没听说过吗?"

方有根听了,一拍脑门说:"还是哥想得远,我谁也不会说。来,喝酒!"

两人你敬我敬你,渐入佳境,接着就微醺了。方有根突然拿出三万块钱放到桌上,说:"这是你们的回扣,上次给了你们一万,加起来是四万,刚好是百分之十。"

黄文老婆插进来说:"这个钱我们不能要。"

方有根问:"为什么? 这是行里的规矩。"

黄文老婆犹犹豫豫地说："这个……是……是这样，是……你放在我们家的那只花瓶，被我打碎了，我……我真不知道怎么跟你交代。"

方有根的表情显得很意外，说："花瓶打碎了？怎么打碎的？"

黄文开始叙述，把事情的原本情状说了一通，见方有根将信将疑的样子，就说："来，今天是个高兴的日子，我们连干三杯。"

方有根的心思还在花瓶上，稀里糊涂地喝了三杯。黄文就起身，到卧室的五斗橱里把那个花瓶的碎片拿出来，铺在桌子上给方有根看。又说："你看，真是过意不去，我再敬你一杯，表示歉意。"说着两人又喝了一杯。

黄文老婆说："当时我就说花瓶不能放在我家里，怕打掉，有根非要说打掉拉倒，结果真打掉了。"

方有根已经醉了，大声说："打掉就打掉了，一只后仿的花瓶，算什么东西，当初就是它害我倒霉的，打掉了我还转运了。这些碎片就送给你们了，以后用胶水粘一粘，放在书桌上，也挺好玩。这三万块钱你们一定要收下，这是规矩！"

方有根说完，突然弯腰吐起来。黄文知道他酒过量了，忙叫老婆给他泡了一杯糖水喝，自己拧毛巾给他擦脸，又把他扶到沙发上。方有根一挨上沙发，身体一歪就睡着了。

方有根一觉睡到第二天早晨才醒，在黄文家吃了两根油条、一碗稀饭，就回"风灵巷"了。

老街上和路边小旧货摊上出现的假货越来越多，只要有利可图，什么样的假货都有。瓷器字画不用说，什么假玉假翡翠假玛瑙假水晶假琥珀假银圆全都有，到后来甚至假家具假木雕假竹雕假砖雕假城砖假木桶等等都冒出来了，反正只要跟"旧"字有关，就是古董，就可以卖钱，所以人们想尽一切办法来给新东西做旧，真是"天下熙熙皆为利来，天下攘攘皆为利往"。

现在方有根心中踏实了，因为至少他从前收的那些东西都是真的，现在价钱也上去了，特别是他以前收的那么多竹雕，价钱还不菲，因为徽州竹雕是具有代表性的,更何况他现在不缺钱——何止不缺钱,简直就是很有钱。所以他稳坐钓鱼台,再也不下乡收货,只要等小贩子送货上门,看准了就买几件,然后等顾客上门。黄宾虹的小幅作品还偶尔做着。

有一天,一个小贩子拿来一样东西,三尺多长,木制的,上面装着七根弦,一望便知是一件乐器,但方有根不知道这是什么乐器,问小贩子,小贩子说是古琴。方有根恍惚记得许一丁说起过古琴,就把这张古琴仔细看了一下,看样子确实是件旧东西,漆面上都起了裂纹,连琴弦都是旧的,琴背面还刻了"松籁"两个大字和一些人名、诗句,不禁动了心,问:"这张琴要卖多少钱?"

小贩子说:"一万块。"

方有根说:"这一张破琴要一万块,你想捡皮夹子吗?"

小贩子说:"老板你可能还不知道行情,听人家说,古琴的价格现在直往上走,在北京的拍卖行拍出过几十上百万呢!"

方有根说:"那你怎么不拿到拍卖行去?"

小贩子说:"我是个乡下人,从没出过远门,屯溪就是我见过的最大的城市,哪里有那个能耐啊?"

方有根见小贩子说得可怜兮兮的,不由得想起他第一次到屯溪的情形,心里就软了几分,说:"给你五千块,把琴留下。"

小贩子说:"我买来就七千块,你总得给我点辛苦费吧? 要不我回家要给老婆骂死,说不定还要跟我离婚。自从我开始收旧货,就没有赚过钱。"

方有根见他说得心酸,就说:"好吧,给你八千块,够意思了吧?"

方有根见小贩子没吱声,就数了八千块钱给他。小贩子拿了钱,说了两声"谢谢",走了。

小贩子一走,方有根就给许一丁打电话,说自己收到了一张古琴,并且把古琴的模样叙述了一通,问许一丁想不想来店里看看。许一丁显得很感兴趣,但他说与其到方有根店里,不如到方有根家里。因为弹古琴在老宅子里最有韵味。方有根一听,满口答应,并说要买一些卤菜和好酒到家里请许一丁吃饭,许一丁连声说好。

方有根关了店门,到当年小惠带他去的那几家卤菜摊买了五个卤菜,又买了两瓶古井贡酒,回到"风灵巷"的老宅子里,吩咐房东老太婆多煮一些饭,并泡了一壶好茶,等候许一丁。方有根意识到自己的财运真正要来了,他想这张琴一定是真的,黄山市谁会做假古琴呢?再者说,万一这古琴不可靠,他以八千块去赌几十万,在战略上不亏。财大气粗的方老板,如今做生意也有器量了。

许一丁很快就来到"风灵巷"的老宅子里,方有根见许一丁来了,心中很是高兴,忙将古琴捧出来给许一丁看。许一丁将古琴翻来覆去左右看了一回,微笑不语。方有根见许一丁不说话,只是微笑,就说:"你老笑干什么?是真是假,你给个话呀。"

许一丁说:"说出来怕你心中不舒服。"

方有根说:"我有什么不舒服的,大不了它是张假琴。"

许一丁说:"它就是张假琴。"

方有根说:"可是我看它是块老杉木做的,背面的铭刻也好,漆面都起裂纹了,还有这些弦,也是老弦,不像是假的。"

许一丁说:"这张琴用的确实是老木材,铭刻也不错,制式也挺好,这些断纹,叫流水断,明显是人为地做上去的。还有,你不提琴弦还好,一提琴弦,破绽就更大了。这琴上装的不是丝弦,而是纳皮鞋用的尼龙线做旧的。还有,你想啊,这张琴上七根弦一般粗细,天下有什么弦乐器上的弦是一般粗细的?二胡你见过吧,不是一根粗弦一根细弦吗?"

方有根一听,连连拍自己的脑袋,说:"唉,吃药了,又吃耗子药了。"

许一丁问:"花了多少钱买的?"

方有根说:"钱倒是不多,八千块,只是有点丢人。"

许一丁说:"八千块对你来说算什么吃药,顶多算吃到了一颗霉花生。再说,这张琴仿得并不差,重新装上弦试试,如果声色好,音准好,说不定还不止八千块钱呢!"

方有根说:"是,八千块对我来说算个屁!我只当打牌输了,只当给小偷摸了,只当不小心丢了。来来来,我们喝酒!"

方有根说完,给两个杯子倒上酒,开始一边闲聊,一边你敬我我敬你地喝起来。

两人的兴致都很高,聊得很来劲。聊着聊着,自然就聊到古董生意经上来了。借着酒力,两个人都很兴奋。许一丁强调古董生意中眼力的重要性,他认为只要眼力好,就不会吃到假货,并且容易捡到漏,收来的东西就算一时卖不出去,心中也是踏实的,因为东西是真的,迟早能卖出去。方有根则强调古董生意运气的重要性,他认为只要运气好,没眼力也能碰上好东西,碰不上好东西,有好眼力也派不上用场。只要运气好,假东西也能当真东西卖出去,真东西也能当假东西买进来。

两人不停地争论着,在语言和逻辑方面,方有根显然敌不过许一丁,只是一味地讲蛮理,并且一个劲地喝酒。他酒量本就不大,喝着喝着,就面红耳赤头晕眼花了。他突然站起来,从床铺的垫褥下抽出一本拍卖图录,翻开第一页递给许一丁,说:"你认为眼力最要紧,那你说,这幅黄宾虹是真的还是假的?"

许一丁一看图录上标明的尺幅和成交价,着实吓了一跳,他仔细地看了好一阵,说:"虽然说'宾虹无大画',但这一幅真是旷世精品,笔法、墨法、章法面面俱精,笔笔到位。黄宾虹那么大年纪了,还能画出这样的大画,实在了不起。"

方有根醉醺醺地望着许一丁,满脸得意之色,说:"了不起吧? 天下了不起的事情多着呢! 实话告诉你吧,这幅画是我做的!"

"你说什么?"许一丁不敢相信自己的耳朵,"你说这幅画是你做的?"

方有根得意扬扬地摇晃着脑袋说:"对! 这幅画就是我一手策划做出来的,怎么样? 你的眼力也有不顶用的时候吧?"

许一丁注视了方有根一会儿,说:"你是喝醉了说胡话吧?"

方有根说:"我没醉,我清醒得很! 这幅画就是假画,就是我做的!"

许一丁说:"你这牛都吹到天上去了,我不信!"

方有根说:"我敢赌咒,这幅画就是我做的!"

许一丁说:"你就只管吹吧,反正我不信,打死我都不信!"

方有根说:"不信我们打赌,你说赌什么?"

许一丁说:"我不跟你打赌,你是醉酒说疯话。你是对天发誓也好,对地赌咒也好,反正我不信!'鼎盛'这么大一家拍卖公司,有一大批鉴定专家,会让一幅巨幅的假'黄宾虹'进入拍卖?而且还是你做的。真是天方夜谭!"

方有根说:"我懒得跟你讲,跟你讲不清。"

许一丁说:"是你自己讲不清!你说,你凭什么说这幅画是你做的?"

方有根迟疑了一下,又独自喝了一杯酒,长长吐出一口酒气,说:"实话告诉你吧,不过你千万不能告诉别人!"

许一丁点点头说:"我保证!不过你不要跟我说醉话,也不要跟我吹大牛,我懒得听。"

方有根长长地喷了两口酒气,脸红脖子粗地说:"我吹牛?我就吹头比牛魔王还大的牛给你听,保证你听了之后,一个礼拜睡不着觉。"

接着,方有根就把如何遇到叶之影,如何到泾县淘到丈六宣纸,如何用老印泥和老墨,如何到苏州找人做旧,如何把画埋在黄文家里,如何把赵明领到黄文家,如何由赵明送进了拍卖行等等,像说大鼓书一般说得绘声绘色。许一丁听得很认真,其间还问了几个细节。他的眼睛越眯越小,神思也越来越远。

方有根说完后,问许一丁:"怎么样?现在你服了吧?"

许一丁正在出神,心思跑到老远去了,听方有根这么一问,赶紧回过神来,向方有根竖起大拇指,连声说:"服了服了!这回彻底服了!还好刚才没有跟你打赌,不然连内裤都要输掉。"

方有根打了一个长长的哈欠,说:"我想睡一下了,改天再请你们几个吃饭店去。"

许一丁站起身,说:"那你好好睡一觉吧,我家里也还有点事,我就走了。"

许一丁说完走出房间,出了老宅子。

第三天早上,方有根到店里去,远远地见店门口站着一个人,等走近了,见那人身材颀长,皮肤白皙,觉得很眼熟,正努力回想着,那人迎上来两步,微笑着说:"真是贵人多忘事,几年前我还买过你的茶叶呢,怎么就忘了?"

方有根猛地想起来了,一拍脑门,指着那个中年男子说:"你……您不就是'汲古轩'那个……那个老板吗?"

那男子微笑着点点头说:"正是,就是我,我姓顾。"

方有根一边开店门一边说:"我去你的店找过你,说你到澳大利亚去了,怎么又回来了?"

那男子说:"我是到澳大利亚去了,当时去得很急,要继承我伯父的遗产。这次是回来探亲的。"

方有根把那男子让进店里坐下,泡了一壶好茶,两人边喝茶边聊起来。

那男子说:"不简单啊,几年前还是一个山里出来卖茶叶的,现在做成古董界的大老板了。"

方有根连连摇手说:"哪里哪里,说得我脸上发烧。当年顾老板是我在老街上遇见的最好的老板。要不是顾老板帮忙,我今天也进不了古董生意这一行。"

"我?帮忙?"顾老板表情有些困惑,"我没有帮你什么忙呀!"

方有根说:"当年要不是顾老板买了我那块包花瓶的青花布,我也就卖不掉那只花瓶,哪有钱来做古董生意啊?"

顾老板越发迷糊了,说:"我买了那块青花布和你卖花瓶赚钱有什么关系?"

方有根就把卖花瓶的过程说了一通,然后说:"要不是你买了那块青花布,我的花瓶一直被布裹着,那个香港老板怎么能看见呢?我怎么能赚钱呢?你说巧不巧?我该不该谢谢你?"

顾老板听后恍然大悟,不禁哈哈大笑起来。随后说:"当年我要买你那块布,是因为它是同治年间的一块冰蚕丝蜀锦,一望而知是宫廷里出来的东西,也挺难得的。也就是因为这块布,让我对那只梅瓶看走了眼,认为它是同治年间仿的。你说这是不是阴差阳错?有心栽花花不开,无心插柳柳成荫?"

两人一齐哈哈大笑起来。

一通茶喝过之后,顾老板突然认真地对方有根说:"最近'鼎盛'拍卖公司拍出了一张天价的巨幅'黄宾虹',据说出自屯溪,你知道这件事吗?"

方有根说:"这事都传遍整个屯溪城了,哪个不知道?我是干这一行的,当然知道。"

顾老板皱着眉头思索般地说:"我就觉得奇怪,当年我在老街上也待了那么多年,怎么从来没听到过这幅画的一点风声?"

方有根说:"那是藏家藏得紧,深藏不露呗。你都在澳大利亚继承遗产了,打听这事干吗?"

顾老板说:"我伯父在澳大利亚并没有多少财产,因为他没有子女,而我家有几个兄弟,他一直看好我,所以指定我去继承遗产。其实,我一直还经常回国做古玩,只是不开店面了,经常跟拍卖公司打交道。那幅巨幅'黄宾虹'被鉴定的时候,我在现场,一见那么巨幅的黄宾虹,我立马就惊呆了,心想天下怎么冒出这么大幅的'黄宾虹'?因为黄宾虹是我们黄山人,所以我格外感兴趣。后来听持有者说这幅画竟然出自屯溪,我就更加好奇了,所以随意向你问问。"

方有根一听这话,也立马产生了好奇心,问:"鉴定那幅画的时候,你也在现场?"

顾老板点了点头。

方有根说:"当时是怎样一种情景,你能不能跟我说说,我还没有见过那种场面呢!"

顾老板笑了笑,说:"当时我也是送作品去参加拍卖鉴定,排在一个瘦弱的小伙子的后面,小伙子本就瘦弱,扛着卷起来的那么一幅大画,看上去有点滑稽。当他展开画时,我一见是'黄宾虹',当场就蒙了,工作人员也被镇住了,很快叫来了六位鉴定专家。六位鉴定专家看了半天,结果三位断定是真迹,另三位表示存疑。没办法,后来只好请来还在家里养病的一位权威鉴定专家。过了一阵子,那位权威专家来了,喘着粗气,面色黄白,五十岁上下的年纪。他来后,对着那幅画看了半天,然后坐到椅子上,闭着眼睛喝了一壶茶,然后又站起来,又对着那幅画仔细地看,看得我心里都着急了,他突然对着那幅画鞠了三个躬,嘴里蹦出两个字'真迹'!这幅画就这样被送进了拍卖公司。"

方有根一直屏着呼吸听顾老板讲述,直到这时,才长长吐出一口气,微微地点着头说:"原来是这样送进去的……"

顾老板没听懂他的意思,问:"你说什么?你这话里好像你知道什么?"

方有根猛然醒来,说:"哦……没别的意思……我是说……原来送拍卖公司是这样,那我要是有好东西,不是一样可以送?"

顾老板说:"当然可以。拍卖公司随时都在向全国征集拍卖品,只要东西好,他们都很欢迎。"

方有根说:"感谢你给我的指点,来,请喝茶!"

顾老板说:"这算什么?你自己只要到外面去走走,就会知道的。"

两人又开始喝茶闲聊,聊了一阵子,顾老板见方有根有些心不在焉,就提出告辞了。

这天下午,"八方阁"店门紧闭,没有开张。方有根把自己闷在"风灵巷"的老宅子里生气,用现在的话说,就像一只愤怒的小鸟。自从上午他听了顾老板的叙述后,他心里就憋得喘不上气。现在,他知道了赵明所说的给鉴定专家们的"通路费",纯粹是胡编的瞎话,骗人的鬼话!赵明能把那幅画送进拍卖公司,完全是他方有根的画做得好,赵明坚决相信这幅画是真迹,才敢糊涂胆大地把这幅画扛进"鼎盛"。方有根心中很后悔,早知道是这样,他方有根完全可以亲自把画扛进拍卖公司去!扛到"嘉德"公司去!扛到"瀚海"公司去!说不定比"鼎盛"拍的价格更高。那么,584万现在就不是赵明的,而是他方有根的!

这个下午方有根想了很多,最终想出的结果是赵明在这张画上赚得太多了,他心里不服气!他必须要从赵明那里再拿一块肉过来,哪怕只拿回一块肉皮也是好的!想到这里,他打了一个电话给波子,让他怎么做怎么做。然后他也学着那个权威鉴定专家那样,靠在椅子上闭着眼睛喝了一壶茶后,拨通了赵明的电话。赵明那边接起电话后,方有根既平静又礼貌地告诉赵明,说自己又发现了一套黄宾虹的册页,问赵明有没有兴趣。赵明那边一听,语气立即兴奋起来,不仅表示很有兴趣,还说第二天下午就飞到屯溪来。放下电话后,方有根用力做了几个用篾刀砍竹子的动作。

第二天下午,赵明走出机场出口的时候,见方有根笑容晏晏地站在出口处接他。两人一见,高兴地握了握手。赵明说:"我又不是小孩,也不是老人病人,又没有什么重行李,还烦劳你来接我。"

方有根说:"我们是好朋友啊,这是规矩!徽州人最讲规矩的,最注重礼尚往来。我当然要来接你。"

方有根把赵明领上一辆小轿车,吩咐坐在驾驶座上的波子说:"到'花溪宾馆'。"

戴着墨镜的波子也不答话,突然就发动了车子,车子箭一般飞了出去,弄得赵明吓了一跳。方有根对赵明说:"宾馆我都给你订好了,还是'花溪宾馆'。我订的是总统套间,我请客,我们在房间里可以好好聊聊。"

赵明说:"干吗定那么高档的宾馆,还总统套间。再有钱也经不住乱花啊,我看还是换一家吧,中档的就行。"

方有根说:"也就享受这么一两回,我们总不能再去住'益民旅社'吧?"

说罢两人一起笑起来。

波子的车开得飞快,好几次差点跟别的车辆发生碰撞和刮擦,吓得赵明心惊肉跳的。他凑到方有根的耳边说:"你能不能让这个师傅开慢一点,我心脏不太好。这个师傅好像脾气太急,性格也有点古怪。"

方有根也凑到赵明耳边说:"是道上的老大,就这脾气,改不了。在屯溪没人敢惹他,平时不爱说话,一动起手来就往死里搞。你放心,就算他撞了别人,倒霉的也是别人。"

赵明的手紧紧地攥着车上方的扶手,手心都攥出汗了,一句话也不敢讲,两眼紧紧地盯着车的前方。好在"花溪宾馆"终于到了,赵明一颗悬着的心才总算放下。

下车以后,方有根对波子说:"晚上一块吃饭吧,我请你吃最好的。"

波子冷冷地说:"我不跟你吃饭,我受人之托,晚上要挑断一个人的脚筋,我已经收了人家的订金了。"

波子说完开车走了,赵明惊愕地看着他飞快驶去的车。

方有根领着赵明上了电梯,然后进了 1601 号房间,这正是岳先生当年住过的房间,这是方有根特意订的,他觉得这样做很有意思。进房间后,赵明洗了把脸,从盥洗间出来,方有根已经将茶泡好,两人一边喝茶,一边聊闲天。没聊几句,方有根望望窗外,见天色已然不早,就说:"走,我们吃饭去。今天我请你吃西餐,这里的西餐很好!"

赵明打着趣说:"想不到当年就着温水吃玉米饼的山里小篾匠,如今变成洋货的阔佬了,喜欢吃西餐了。"

方有根说:"不是喜欢,是图个新鲜,走吧。"

赵明跟着方有根到了二楼,进了西餐厅。方有根找了一个靠窗口的位置坐下,赵明和他相对而坐。方有根开始点菜,其实他也不懂西餐,不会点菜,于是凭着记忆,将岳先生当年请他吃西餐的菜点了一遍,牛排、薯条、黑胡椒猪排饭、披萨饼、生菜什么的,点红酒的时候,服务生问他要什么牌子的,他也说不上来,因为岳先生当年点的时候,他没仔细听,于是就说:"点最好的那种,洋名字太长了,我记不住。"

红酒上来以后,服务生给他俩的杯子里倒上酒,就走开了。赵明端起酒杯说:"来,谢谢你的盛情款待。"

没想到方有根双手按在桌上没动,脸色突然严肃起来,他缓缓地说:"赵先生,干我们这一行的规矩,你应该是明白的,对吧?"

赵明愕然地望着他,说:"你这是什么意思?"

方有根说:"你不要装糊涂! 好吧,我就跟你明说,你买那幅'黄宾虹'的时候,是不是我帮你牵的线?"

赵明说:"是。"

方有根说:"我不仅给你牵了线,还给你做了保人,是吧?"

赵明说:"是。"

方有根说:"这不就得了。按我们行里的规矩,我得拿百分之十的回扣。那幅画你拍了五百八十四万,也就是说,你还欠我五十八万四千。"

赵明说:"我不是跟你说过了吗,我没有赚那么多钱,大部分钱都花在打通鉴定家的关节上了。"

方有根一拍桌子:"你胡说! 你一个人把画子扛进拍卖公司,先是来了六位鉴定专家,三位断真,三位存疑,后来请来了一位在家养病的权威鉴定专家,这位鉴定专家断真,那幅画就入拍了,你一分钱都没花,当我不知道么?"

赵明顿时脸色煞白,额上冒出汗珠,他盯着方有根看了一会儿,闷闷地说:"我要是偏不给你这笔钱呢?"

方有根冷冷地一笑,说:"你往楼下看看。"

赵明通过窗口往楼下一看,见下午开车的那个人带着三五个模样凶悍的人在大厅里转悠,不由得心中一跳,耳边又听得方有根说:"你要是不拿出这笔钱,今晚你的脚筋就断了。你别想逃走,我姐夫就是这家酒店的总经理,现在这酒店里所有的服务员都在盯着你。等你脚筋断了以后,我还要到'鼎盛'去,告诉那七位鉴定专家,说你在外面说你向他们行贿,他们受贿。那他们就会告你,这样,说不定你脚筋断了以后,还要到牢里去劳动改造。"

赵明彻底被打垮了,颤抖着声音说:"那、那……拍卖公司还收了我百分之十的佣金,还有四十万的本金。"

方有根说:"那你还是赚了四百多万。这样吧,我也不是那种抠屁眼的小人,也懒得跟你算小账,只要你四十万。"

赵明沉默了一阵子,从包里拿出一本支票,开了一张四十万的支票递给方有根。方有根仔细地看了支票后,才把它放进包里。

气氛缓和了一些,赵明说:"我已经讲规矩了,你也要讲规矩。你说的那套黄宾虹的册页呢? 不会是空口把我骗来的吧?"

方有根从包里取出一本册页,递给赵明,说:"一码归一码,我这个人向来讲规矩。"

赵明数了数册页,一共十页,品相完好,就问:"这本册页什么价?"

方有根说:"我是六万块买来的,卖给你八万,够意思了吧?"

赵明二话不说,又开了一张八万的支票给方有根。心想这套册页送进拍卖公司,说不定能拍出几十万。

方有根端起酒杯,对赵明说:"事情解决了,我们还是朋友,以后还要合作,来,干杯。"

赵明端起酒杯,和方有根干了一杯。

方有根问:"你打算什么时候走?"

赵明说:"明天晚上,明天只有晚上的航班。"

方有根说:"明天晚上我请你吃饭,然后送你到机场。"

赵明连忙摇手:"不用客气不用客气,我自己走就行。"

方有根说:"那怎么行? 我一定要送。我们徽州人做事最讲礼数,最讲规矩。"

第二天傍晚,方有根到了"花溪宾馆",总台的人告诉他,1601 的客人一大早就退房走了。方有根心中一阵暗笑。他突发奇想,给自己开了三天房,指定要 1601 号房,他要尝尝岳先生当年的滋味。

第十一章　巅峰斗法

　　一个星期以来,许一丁都处在焦虑和矛盾的心境中。我们知道,许一丁一心想做一名书画鉴定专家,他深知做书画鉴定专家的好处,比如可以见到许多名画,趣味良多;可以得到很多人的尊敬,成就感强;可以捡到很多漏,收藏必丰;可以收取很多鉴定费,生活优越……可是老天偏偏不给他这个机会,他不仅拿不到鉴定资格证,连考鉴定资格证的机会都没有,因为他学的不是这个专业。现在,一个机会来了,这个机会就是"鼎盛"拍卖公司拍出的巨幅黄宾虹。当他知道这是一幅假画之后,他就想写一两篇文章,从鉴定的角度指出"鼎盛"拍卖公司拍出的巨幅黄宾虹其实是一幅赝品。他知道报纸杂志很喜欢发这样的文章,因为这会引起新闻轰动效应,同时,他许一丁也会因此一炮走红,因为这说明了他的鉴定水平超过了"鼎盛"的七位鉴定家,其意义是不言而喻的。但他又生怕这样做会招来方有根的诟骂、萧大同和黄文的轻视以及整条老街上的古董商的非议。他为此犹疑了一个星期,夜难寐食难咽,果然像方有根所说的那样,一个礼拜睡不着觉。

　　许一丁有一个很爱他的老婆,因为太爱他了,所以事事都要管着他,他什么时候才能出门、什么时候必须睡觉、什么时候必须吃饭等等都要管，弄得许一丁很烦，以至于后来根本不想见到他老婆，甚至想跟他老婆离婚。他老婆见他这些天神情反常，就不断地问他是不是想别的女人了。这一天实在把许一丁问烦了，就说："你要再烦我，我就真写了！"

他老婆不解地问："写？写什么？"

许一丁说："写文章。"

他老婆问："写什么文章？"

"写鉴定方面的文章。"许一丁发狠心般地说。

"你是搞徽学研究的，不许写鉴定方面的文章！"他老婆颐指气使地说。

"你说不许写，老子偏要写！"许一丁气呼呼地站起来，走进书房，"砰"的一声关上房门，并把门扣扣上，使他老婆进不去。

这天晚上，许一丁为了和他的老婆作对，写了两篇文章。内容大同小异，无非是站在鉴定的角度，指出"鼎盛"拍卖公司秋季拍卖会上拍出的巨幅黄宾虹山水画，无论在构图、笔法、墨色、皴法、意境等诸多方面都存在问题，又掉书袋般地说明黄宾虹的画作在本源、精神、品格、学识、立志、练习、涵养、传授、空摹、沿袭、神思、气格、功力、娱志、性情、烘染、设色等各方面俱有独特面貌，最后断定"鼎盛"拍卖公司秋季拍卖会上拍出的巨幅黄宾虹，是一幅彻头彻尾的赝品。

许一丁写了一夜，天亮的时候，两篇文章完成了。一篇长一篇短，许一丁感到这般长枪短炮发出去，自己的名气也会像天色一般亮起来。上午，在一个他老婆允许他外出的时间里，许一丁去了邮局，把两篇文章寄出去，短的那篇寄给了《大家书画报》，长的那篇寄给了《中华收藏》杂志，然后就回家了，像一个埋好了地雷的游击队员。

才过去六天，许一丁就接到了《大家书画报》编辑的电话，告知他文章已经发表，他很快就可以收到样报。又过去了四天，许一丁接到《中华收藏》杂志编辑的电话，告知他文章已经下厂印刷，并且说为了抢发他的文章，编辑部临时撤掉了一篇研究徐悲鸿的文章。

文章在全国的收藏界和拍卖界引起了巨大的反响,许一丁原以为他只是扔了两颗手榴弹出去,没想到是放了两颗原子弹出去,巨大的爆炸力带来的结果是:"鼎盛"拍卖公司指控《大家书画报》和《中国收藏》杂志,说他们随意发表一个没有鉴定资格的个人的见解的文章,其行为严重损害了"鼎盛"的名誉,要求作者和报刊公开发表道歉文章,并要求《大家书画报》和《中华收藏》杂志赔偿公司名誉损失费。试想一家著名拍卖公司索要的名誉损失费,岂是报社、杂志社招架得住的? 这可把两位主编吓坏了,主编一被吓,当然要骂责编,要责编来承担责任。责编更是吓坏了,只好找许一丁承担责任。

两位责编给许一丁打电话的声音像是在发出求救信号,许一丁听见他们失魂落魄的话语,突然发起了大雄心,告诉他们不必惊慌,因为他许一丁还有炸弹:他知道巨幅黄宾虹整个作假的过程以及参与作假的人,他可以把真相写出来,然后再发表出去,看"鼎盛"还有什么话说! 两位责编一听,心里踏实了许多,央求许一丁赶紧把文章写出来,由他们来尽早发表。两位责编这一辈子还从来没有向作者这样求过稿,真是难为他们了。

许一丁很快就把方有根告诉他的一切原原本本地写出来,《大家书画报》和《中国收藏》杂志以最快的速度发表出来。突然,天下好像没有声音了,因为"鼎盛"拍卖公司那边不吭声了。

事情转入了地下,用现在的话说,许一丁摊上事儿了,摊上大事儿了,许一丁不知道"鼎盛"拍卖公司的背景之大,大到可以通天。

就在许一丁见报纸杂志的编辑再没有找他,以为自己的文章使"鼎盛"哑口无言、无可奈何之时,一天晚上,他躲在书房里翻看偷渡进来的《花花公子》杂志,正看到炽热处,电话铃响了,许一丁懒洋洋地走过去接,哑着嗓子问了声"喂,哪位?",对方嘎着嗓子说了句标准的北京话:"如果您认为您很会写文章,我们就觉得您那两只爪子没必要存在了。"话音刚落,对方就挂断了电话。许一丁拿着电话愣怔了半天,突然觉得后背一阵发凉,寒毛直竖——他知道,这是一个恐吓电话,看来"鼎盛"要跟他来黑的了。

　　许一丁毕竟是一介书生,话可以说得很大,胆子可不怎么大。他感到害怕,因为在当时的情形下,只要有钱,别说要他的两只爪子,要他的一条命,也有人会干的。而"鼎盛"公司的钱算不清可以买多少条许一丁这样的人的命,更算不清可以买多少许一丁的爪子了。

　　许一丁感到非常恐惧,心中焦虑不安,一连几天睡不着觉,只好到精神病院去开安眠药,在去往医院的路上,有好几次,他感到身后有人跟着。他不断地回头看,结果撞上一辆自行车,把他的膝盖蹭掉一块皮。

　　这天晚上,他依靠安眠药终于睡着了。可到了凌晨两点,也是晚上最安静的时候,突然响起了剧烈的敲门声,许一丁和他老婆问了几声"谁啊"。外面的人不应答,只是连续不断地用力敲门。许一丁不敢开门,让她老婆去开,自己躲在书房里。她老婆颤颤抖抖地去开了木门,隔着铁门的栅栏看见两个身材挺拔,一脸严肃的男子。许一丁老婆颤声问他们是干什么的,来人亮了一下证件,说是省安全厅的,要找许一丁了解一些情况,许一丁老婆不知道那证件是真是假,就算是让她拿着研究一整天,她也无法甄别出真假。但看那两个人的神态,倒是很威严,只好打开铁门,让他们进家,并让许一丁打开书房门。许一丁听见老婆让他开门,只好开了。两个男子走进书房,其中一个男子掏出证件亮了一下,说了声"安全厅",然后开始问话,先是年龄、籍贯、职业什么的问了一通,然后问许一丁写过什么文章。许一丁身上安眠药的药劲还没过,头脑晕乎乎的,可还是勉强回答上来了,连写关于"鼎盛"公司的文章也说了。他们又问许一丁是否写过反动文章,许一丁坚决否认。末了他们从许一丁的床头拿起那本《花花公子》翻了翻,冷笑了一声,说:"这本东西我们带走。以后有什么事情,我们还会随时来问你!"说完他们就走了。

　　他们一走,许一丁感到心脏开始闷疼,这种难受的闷疼一直持续到第二天。现在许一丁更害怕了,他意识到白道也上来了,他不知道如何才能摆脱险境。

　　就在许一丁心脏闷疼的这一天,方有根正在"八方阁"里招女店员。

他觉得他已经到了招一个女店员帮他看店,而他可以抽身出来四处转转的时候了。现在他的面前站着三个漂亮女孩,这三个女孩是他这几天来从几十个女孩中挑选出来的,他必须在这三个女孩中定夺一个。他想找一个品性和小惠不同的女孩,因为小惠太让他伤心了。可是后来他发现,凡是漂亮的女孩,品性味道都和小惠差不多,就像如今的明星差不多是一个德行一样。这让方有根很伤脑筋,正当方有根太阳穴有些疼的时候,波子进来了,把一张《大家书画报》扔到他面前,说:"你自己看看吧,你成名人了!"

方有根扫了一眼通栏标题,见上面写着这样一行大字:"巨幅黄宾虹山水画是怎样做成的",不禁心中猛地"咯噔"了一下,赶紧挥手支走那三个等待好运的女孩,开始看报纸。当他看到许一丁把他所叙述的真情实相原原本本地写出来发表时,他的脑子里轰地响了一声,一屁股跌坐在椅子上,眼前一片昏花。他求波子给他拧一条冷毛巾来,敷在脑门上,等他的神志稍稍清醒一些,波子说:"你就作吧,不该说的话到处乱说,现在麻烦就要来了。"方有根张了张口,还没有说话,萧大同进来了,把一本《中国收藏》扔到他柜台上,说:"你自己看吧。"方有根有气无力地拿起杂志读,结果发现杂志上的文章写得更细致,把他喝酒说话时的表情都描述出来了。方有根不停地用冷毛巾擦额上的汗,手一直在哆嗦,他对波子说:"你能不能到对面店里帮我买两瓶冰啤酒?我全身都在发烧。"

波子说:"你昏啦?冬天哪里有冰啤酒?"

面色赤红的方有根说:"常温的也行,快!"

波子依言去给他买啤酒,这边萧大同对方有根说:"平时还喊我大法师,你这个法作得太大了,许一丁这样的文章一发,你的法白作了,害我跟着倒霉。"

"你倒霉?你倒什么霉?"方有根问。

萧大同说:"我在你这里买的那幅黄宾虹,不用说也是假的了,还不倒霉?"

方有根回答不上来了,这时波子把两瓶啤酒放到他面前。方有根像服用速效救心丸那样哆哆嗦嗦地咬开瓶盖,一口气吹了一瓶下去,还是不起效果,就把另一瓶也吹了下去。这一瓶下肚之后,他脸上的赤红转成铁青了,并紧紧地咬住牙齿,坐在那里一声不吭。突然,他猛地站起来,红着眼睛说:"我要去买把杀猪刀,捅了这个畜生!"说着就要往外冲,波子和萧大同一齐拦住他,波子说:"这事不能做,杀人要偿命的。"萧大同说:"这事不能蛮干,要斗智,不能斗勇,伤人的事万万做不得。"

方有根沉默了一刻,终于冷静下来,说:"我想回家歇一歇,想想办法,你们放心吧,刚才是一时冲动。"

波子和萧大同见他的脸色恢复了平静,就让他回家了。

方有根回到"风灵巷",回到他的房间里,关上门,坐在旧藤椅上一支接一支地抽烟,以前他是从不抽烟的。一个小时的工夫,他抽完了一包烟,就托房东老太婆帮他到外面买了一条,接着抽。他的脑袋很疼,但他不能让他的脑袋停止运转,他必须细致地想下去。

他想——许一丁的这篇文章一发,"鼎盛"拍卖公司必定要找上门来,尽管送去拍卖的人是赵明,但赵明却是真正地不明真假,顶多退还所得的钱,而他方有根就不同了,他是始作俑者,不仅要退还钱,还得罚款,说不定还要落个制作假文物进行诈骗的罪名,到牢里去坐几年……想到这里,他就给赵明打电话,想商量个对策,可赵明的电话一直打不通,方有根猜想,赵明也一定是看到了报纸杂志,先躲起来了。赵明坐过牢,对这种事有经验,可他方有根有什么办法呢?他除了坐以待毙,没有别的办法。他几年来做生意赚的钱打了水漂不说,他还要去坐牢。此时,他唯一能去商量的地方,就是黄文家了。

黄文其实对古玩收藏交易并不感兴趣,他跟萧大同、许一丁他们到乡下去转,只是为了好玩,有点体验生活的意思。黄文真正的兴趣和志向是在文学创作上,并为此甘于清贫。但是,黄文计划中的那部长篇小说,花了三年时间还没有写出来,原因有多种:一是他觉得这部小说没能超越上一部小说,写起来就没有兴奋感。二是他觉得只要他写出来的东西,古人或他人都写过了，只是叙述方式或语言风格不同而已，这让他很丧气。三是他认为今人无论怎么写，都写不过古人。譬如说李商隐的"春蚕到死丝方尽，蜡炬成灰泪始干"这样深切的句子，今人就写不出来；譬如说王维的"行到水穷处，坐看云起时"这样有禅意的句子，今人也写不出来；譬如说苏东坡的"人似秋鸿来有信，事如春梦了无痕"这样旷达的句子，今人也写不出来；譬如刘基的"蝴蝶不知身是梦，飞上寒枝"这样伤感的句子，今人也写不出来；譬如陶渊明的"造夕思鸡鸣，及晨愿乌迁"这样沉郁而又淡然的句子，今人也写不出来……写故事写不过《西游记》，写豪情写不过《水浒传》，写壮阔写不过《三国演义》，写情感写不过《红楼梦》。《红楼梦》光是"假作真时真亦假，无为有处有还无"这一副对联以及"黛玉葬花"这一情节，给今人十个脑袋也想不出来。四是因为在黄文想写的小说里，要涉及面相、风水、八字、八卦等内容，而黄文对此类学问所知甚少，所以他必须要研究。孰知他一研究进去，就着了迷，舍不得放手，一心潜进去了，觉得比写小说有意思多了，所以他小说的夭折也注定了。

这天，黄文在家中研究《周易参同契》，正在为"上飞"和"下飞"的问题大伤脑筋，听见有人敲门，起身去开了门，见方有根神色紧张地走了进来，知道他又遇上难事了。方有根一坐下来，就把事情的原委如此这般说了一通，黄文一听，立即显露出"哀其不幸怒其不争"的表情，指着方有根的鼻子说："我早就叮嘱过你，这件事千万不能告诉别人，你怎么、你怎么……就是不听呢？"黄文指着方有根鼻子的手直发抖，气得话都说不上来。

方有根哭丧着脸说："是那个畜生把我套出来的，当时我也喝多了酒，一方面对他不服气，一方面也兴奋了，就说出来了。"

黄文叹了一口气，说："你怎么不说你还杀了人？还强奸过幼女？你这是要把自己砸死知道吗？"

方有根连连点头说："我知道我知道，但事情已经这样了，你好歹帮我想想办法。"

黄文不吱声了，皱着眉头拼命抽烟，一声不吭，等到他抽完第五支烟，他摁灭烟头,对方有根摇摇头说:"我想不出办法,我只能为你算个卦,看看你的运势。"

黄文说完,开始认真地为方有根算卦,方有根在一旁肃穆地站着。黄文算卦用的是梅花易术的摇钱法,算得倒也快,不久就得出了卦象,是"剥"卦,六四爻动。黄文的脸色显得很严峻,翻开《周易》查看爻辞时手也抖动起来,方有根这边的心也"怦怦"乱跳。黄文翻到了其中某一页,口中说了声"不好",然后念爻辞和象辞:"剥床以肤,凶。象曰:剥床以肤,切近灾也。"

方有根忙问:"怎么样? 好不好?"

黄文恼火地说:"你真是个文盲,听到'凶'这样的字,听到'切近灾也'这样的话,还问好不好,你是个猪脑子吗? 告诉你,你完蛋了,你就要受被人绑在床上剥皮的苦了!"

方有根一听,一屁股跌坐在椅子上,脸色煞白,额上滚下豆大的汗珠,眼看就要休克过去。黄文忙说:"你先别怕,还有变卦没有推演,等我推出变卦再说,看看有什么变数。"方有根听了这话,像是含了片千年人参,慢慢有了点活气。

黄文推演出变卦,说:"还好,变卦是火地晋卦。象曰:晋,进也。明出地上,顺而丽乎大明,柔进而上行……"黄文念到这里,长长松了一口气,说:"好了好了,你最终会没事的,只要熬过这一段时间,你就会好起来,而且还会比以前更好。"

方有根的脸现出了一点红色,问:"卦上是怎么说的?"

黄文说:"卦上说,你这事过一段时间会发生变化,变化的结果是像太阳从地平线上出来,顺通而使万物光明,柔和地前进而上行,这还不好吗?"

方有根一听,脸色完全红润了,额上的汗珠也变成了油彩。他高兴地搓了一阵子的手,就地转了两个圈,突然又起了忧心,问黄文:"你说,你这卦到底准不准啊?"

黄文有点不高兴了,说:"准不准我不知道,要到时候才知道,信不信在于你,反正我只能帮你这些了,要知道算卦是很耗神的。"

方有根忙不迭地说:"一定准一定准,你算的卦一定是天下最准的!我中午还没吃饭,我去胡乱吃点垫垫肚子,改天请你吃酒席。"

方有根说完就走了。望着他的背影,黄文无奈地摇了摇头,因为他确实不知道自己算的卦准不准。

这天许一丁穿过老街走回家,他之所以要取道老街,是因为老街上人多,他有安全感。老街上认识他的古董界的人都用冷眼看着他,不跟他打招呼。他主动跟别人打招呼,别人也不搭理他,尽管这些人以前都还挺佩服他的。他走着走着,忽然又觉得身后有人跟着,突然回头一看,见是他老婆像一个盯梢者那样跟着他,许一丁恼怒地喝问:"你鬼鬼祟祟地跟着我干什么?"

他老婆说:"我怕你会被别人害死。"

许一丁更恼怒地说:"只怕我还没有被人害死,先被你吓死了。"说罢他迈开脚步快走,他老婆气喘吁吁地跟在他身后一路小跑。

刚到家不久,邮递员送来一个包裹,许一丁见是香港寄来的,也不在意,因为他在香港有文友,常常互寄书籍。许一丁老婆见是香港的邮件,抢着要打开,因为香港的朋友在寄书的包裹里,常常要放一件小礼物。许一丁的老婆打开包裹一看,发出"啊"的一声尖叫,随即晕厥在地,包裹里面的东西洒落出来,许一丁一看,是一把锋利的剃刀和一条人的舌头,舌头用保鲜膜包着,还带着紫黑的血迹。许一丁身体晃了两晃,眼前一阵昏黑,但他还是坚持住了。他俯下身子死命地掐老婆的人中,直到他老婆苏醒过来,又给老婆喂了一颗安宫牛黄丸,然后把老婆抱到床上去卧好,等他老婆情绪安稳了,他已浑身大汗淋漓,站立不稳,几乎要虚脱了。他用最后的力气为自己泡了一杯盐糖水,坐在椅子上边喘气边勉强地喝,直到稍稍恢复了气力。

恢复了一点气力以后,许一丁想他不能再一个人死扛了,他需要朋友的帮忙,求取一些应对之法。他首先想到的是萧大同,因为他知道萧大同心机深，有谋略。于是他有气无力地打电话给萧大同，要他立即来他家，他说他需要紧急帮助。萧大同那边答应马上赶来。

约莫二十分钟，萧大同赶到了许一丁家，见到地上的剃刀和舌头，萧大同也吓得浑身哆嗦。在听完许一丁叙述的种种情况后，萧大同托着下巴皱着眉头思考了半天，最后才用悲天悯人的语气说："你遇上大麻烦了，说不定是一场大灾难。我实在想不出用什么办法来让你摆脱困境，我很惭愧！"

许一丁说："我身在局中，思想容易混乱。你是旁观者，旁观者清，总能替我想一些点子。"

萧大同说："这事一点办法都没有，你在明里，人家在暗里，势力又大，他们要想做掉你，也是轻而易举的事。他们现在还没有动手，说明他们还有想法。"

许一丁说："怎么又会和香港黑社会扯上关系呢？我真是想不通。"

萧大同说："谁知道'鼎盛'的背景有多大？说不定以后还有中东的人来找你呢！怪就怪你这件事做得太冒失，太玩小聪明。"

许一丁说："我不是冒失，也不是玩小聪明，我是坚持真理，真的就是真的，假的就是假的。"

萧大同嗤笑了一下，说："到现在你还嘴硬，你从鉴定的角度写那两篇文章也就算了，怎么可以把方有根告诉你的真相写出来呢？这是在拆'鼎盛'的台，他们会放过你吗？"

许一丁说："那是被报纸杂志的编辑逼急了，一时糊涂做出来的事。"

萧大同说："我看你还是太想出名，痰迷心窍才会糊涂。现在好了，你的大麻烦上身了。就算他们不砍你的手，不割你的舌头，只要他们天天给你打电话，隔两天半夜来敲门，再隔两天寄一个你想象不到的包裹过来，你的生活就毁了。"

许一丁听得满脸土灰色，精疲力竭地说："难道只能坐以待毙，想不出一点办法了吗？"

萧大同本想提醒他可以报警，申请公安保护，可他一想自己手上还有一张假黄宾虹,不愿意事情就这么结束,于是说:"我是想不出办法了,我只能帮你收拾掉这把剃刀和这条舌头,我想你一定不敢收拾。"

萧大同说完,就拿来垃圾袋和一把长钳子,捂着鼻子用钳子把剃刀和舌头夹进垃圾袋里,然后提出告辞,到楼下把垃圾袋扔进垃圾桶。

许一丁在萧大同身上没讨到什么招,忽然就想到了黄文。他想画子是从黄文家里出去的,黄文必定知道其中的一些内幕。说不定那些黑道白道上的人,正和方有根勾连在一起,共同谋划陷害他,黄文或许也知道一些情况。他想他和黄文毕竟是老朋友,又都是文化人,黄文不会参与其中。想到这里,他抓起电话,准备打给黄文,请黄文来他家,但他想想又把电话放下了,因为他想到黄文在利益方面,和方有根是同一立场的,未必会到他家来,十有八九是找个理由就搪塞掉了。许一丁犹疑了许久,决定做一个不速之客,硬着头皮闯到黄文家去。

许一丁家离黄文家很近,但许一丁还是用酸软的双腿,踩着自行车到了黄文家,他认为骑自行车要安全一些。敲门的时候,黄文正在家里打坐,起坐开门后,见是许一丁,略微感到有些意外,赶紧让座,并给许一丁泡了杯好茶。许一丁见黄文的态度还热情,也不见生分的样子,心中宽松了一些,就把自己的来意说了。黄文听了之后,叹了一口气,说:

"你现在还真是惹上麻烦了。"

"是大麻烦! 要不然也不会贸然来敲你的门。"许一丁说。

黄文想了一想,说:"对于那些暗中想要害你的人,我也想不出应对的主意,那些人防不胜防,只能靠你自己小心。至于你和方有根之间的矛盾,我倒是可以帮你们化解化解。"

许一丁问:"方有根会不会跟那些人伙在一起来害我。"

黄文摇了摇头,肯定地说:"不会! 他刚看到那篇文章的时候,确实想找把杀猪刀把你杀了。可等他消了气之后,他自己也害怕起来了。"

"害怕? 他害怕什么?"许一丁不解地问。

黄文说:"第一,他害怕'鼎盛'会找他还钱;第二,他害怕公安部门会找他,说他制造假文物骗人,抓他去坐牢。"

许一丁听后,思考了一下,微微点了点头,说:"这样讲起来,也有点道理。"

黄文说:"不是有点道理,事实就是这样,昨天下午还来找我想办法。我想不出办法,只好帮他算了一卦。"

许一丁忙问:"卦象怎么样?"

黄文说:"你不是从来都不相信卦象的吗?"

许一丁说:"现在我开始信了。"

黄文说:"卦象上说,过了这段时间,一切都会变好,一片光明。"

许一丁问:"只是他会变好,我岂不是更惨?"

黄文说:"既然是一片光明,就是大家都好,不会只有一个人灵光独曜。只是我也不知道我算得准不准。"

许一丁说:"但愿准,一定准!"

黄文说:"不过话说回来,你写那篇文章实在欠妥,不像你平时的作风。"

许一丁说:"那也是为了贪慕浮名,最后被逼着写的,没想到现在被逼到这个份上了。"

黄文思忖了一下,突然说:"你现在受到不明身份之人的恐吓,可以到派出所去报案啊。"

许一丁浑身一震,直愣着眼睛看着黄文,看了很久,突然猛地一拍自己的脑袋,大声说:"我真是被吓傻了,居然没想到这个!我现在就去派出所!"

许一丁说完,站起身就走。

黄文家楼下就有个老大桥派出所,和许一丁家同属一个辖区,黄文家和许一丁家的户籍都在这个派出所里。许一丁进去报案,警察费了老大的劲,才基本听明白了这么曲折的情况。最后警察表示,在暗中的人没有动手之前,他们无法抓到对许一丁实施恐吓的人,他们所能做的,就是派便衣在许一丁家楼下蹲点巡察,加强对许一丁家的保护。同时提醒许一丁要高度警惕,尽量少出门。

第十二章　缘起性空

自从在黄文那里算过卦后,方有根的心里又踏实起来,他重新开始了招女店员的工作。本来,他一直想招一个既漂亮、品格上又不像小惠那样的女孩,可重新开始招女店员、经过几天时间、看过几十个女孩以后,他还是发现只要长得漂亮的,品格上都像小惠,实在没办法,最后只好招了个不漂亮的、有点乡里乡气的女孩。当他和这个不漂亮的女孩签完约后,他突然发现这个女孩有点像米儿。方有根心中有点不是滋味,因为他知道米儿现在已经嫁给五顺了,并且生了个儿子。但和眼前这位女孩有什么关系呢?方有根自己也想不明白,总不能因为这女孩和米儿长得像,就和人家毁约吧?方有根脑子里一团糨糊,晃里晃荡的。突然他想起当初苏州老董之所以看上他,愿意跟他合作,就是因为他的长相老实,容易让顾客相信。而眼前这个像米儿的女孩,长相一看就老实,还带点乡里乡气的,一定能让顾客相信,帮他做好生意。想到这里,方有根心里又高兴起来。他对那个女孩说:"从现在开始,你就要帮我看店了。店里的货都是明码标价的,不能便宜卖。实在要有顾客想砍价,就由我来谈,知道吗?"

女孩眨巴着眼睛,使劲地点头。

方有根又说:"我要回家去拿两件货过来,你看好店,特别是顾客多的时候,要多留点神,不要让人顺手牵羊把东西拿跑了。"

女孩还是眨巴着眼睛,使劲地点头。

方有根至此才真正感到做老板的滋味,心里很舒服,就满意地点了点头,迈着稳重的步子往"风灵巷"走去。

一走进老宅子,方有根就像被施了定身术,猛地定住了身体——他看见一个器宇轩昂的男人,正站在他的房门口向他微笑。方有根不知愣了多少秒钟,才喊出一声"岳先生"。喊完就冲上去,像乍见久违的亲人那样,紧紧抱住岳先生。岳先生也用力抱了抱他,还在他的后背上拍了几下。方有根一阵辛酸袭上心头,尽力忍着不让眼泪掉下来,但眼圈还是红了。等到这一阵激动情绪过去之后,方有根才开了房门,把岳先生请进去,让岳先生坐在旧藤椅上,自己到厨房亲自为岳先生泡了壶好茶,然后在床沿上坐下。

岳先生朝四周看了看,笑着说:"方先生很有想法,挑了这么一个地方住,生意一定好做多了。我看,在这老屋子里,一定出去了不少假货吧?"

方有根不好意思地说:"也不多也不多,什么事情都瞒不过岳先生的眼睛,岳先生是我遇见过的最聪明的人。"

岳先生摇了摇手说:"哪里哪里,天下比我聪明的人多的是,只不过你没有遇到。"

方有根问:"岳先生怎么知道我住在这里?"

岳先生微微一笑,说:"我要是想知道一件事,就一定能知道。我不想到你的'八方阁'去找你,是因为那里人太多,我不喜欢人多的地方,所以就到这里来等你。"

方有根说:"岳先生真是好耐性,我要是晚上再回来呢?"

岳先生说:"那我就等你到晚上。"

方有根问:"岳先生找我有什么事吗?我现在手头没有什么好东西。"

岳先生说:"不,你有好东西。你有许许多多的'黄宾虹',还有巨幅的。"

方有根大吃一惊,又大惑不解,问:"岳先生,你怎么知道巨幅'黄宾虹'的事? 为什么对我的'黄宾虹'感兴趣?"

岳先生苦笑了一下,乜斜着方有根,说:"我怎么能不感兴趣,'鼎盛'的那巨幅'黄宾虹',就是我拍下来的。"

方有根不禁发出"啊"的一声喊,然后说:"怎么会这么巧?"

岳先生说:"我也不知道怎么会这么巧。我拍下来的'黄宾虹',居然是你做的。"

方有根忐忑地问:"岳先生能把画退给'鼎盛'吗?"

岳先生注视着方有根,说:"拍卖之前我就看准了这幅画,和'鼎盛'签了合同,拍下之后不能退作品。要是能退,你赚的钱也必须退回去,你不就是担心这个吗?"

方有根觉得很尴尬,一时不知该怎么说,假装嗓眼里有痰,清了清嗓子,然后说:"最可恶的就是那个许一丁!"

岳先生说:"许一丁最可恶,你也比较可恶。你怎么可以随便把这种切身利害的事告诉别人? 你要是不把真相告诉他,他就写不出那篇文章,他的鉴定文章根本不会有人理睬,那么我们的'黄宾虹'就永远是真迹,再过几年,我再把它送进拍卖行,可以拍上千万。"

方有根一把一把地抹着额上的涔涔汗水,说:"是我的错,是我的错……"方有根说着都要哭了。

岳先生说:"算了,现在说错还有什么用? 关键的是下一步棋我们要怎么走。"

方有根说:"岳先生,您说怎么走我就怎么走,我全听您的,当时我真想一杀猪刀杀了许一丁。"

岳先生说:"杀了他也没用,不能把画子变成真迹。我现在已经把他吓住了,相信他以后不敢乱说。这两天我想出一个办法,可以重新把那巨幅'黄宾虹'变成真迹。"

方有根又"啊"了一声,问:"什么办法? 需要我做什么尽管吩咐!"

岳先生问:"那位作家黄文,现在还在不在屯溪?"

方有根说:"在,在。他整天待在家里,跟我关系很好。"

岳先生说:"我的这个计划,需要黄文先生帮着一块实施才行。我们要三个人一起坐下来谈,由我来跟他谈,毕竟画子是从他家里出去的。"

方有根一听,立即给黄文打了电话,说是等一下要带一位贵客去他家,不知道方不方便。黄文那边说欢迎,他会一直在家里。

挂断电话后,方有根突然想到了那只在黄文家打碎的花瓶,于是对岳先生说:"岳先生,去年……不,前年,我买到了一只花瓶,到处找你,找苦了,就是找不到您。"

"花瓶?什么样的花瓶?"岳先生问。

方有根说:"跟我以前卖给您的那只花瓶一模一样。"

"你在哪里买到的?"岳先生问。

方有根说:"休宁县溪口村的一个大户人家。"

方有根接着把自己如何去广州荔湾区清平路 88 号找"藏真堂"和莫正德经理而不见踪迹,又如何到全国各地去找鉴定专家鉴定,而得出的结果莫衷一是的苦难历程说了一遍。岳先生听完后说:

"真是不巧,那时候莫正德因为走私国家一级文物,被海关抓了,清平路 88 号也因为广州市的城市改建而拆了,我就干脆把'藏真堂'撤销了。你说的那只花瓶现在在哪里,拿来让我看看。"

方有根说:"那只花瓶后来被打碎了……"接着方有根又把花瓶如何被黄文老婆打碎的过程说了一通。

岳先生问:"花瓶的碎片还在吗?"

方有根说:"还在黄文家里。"

岳先生沉吟了一刻,说:"走,我们现在就去黄文家。"

黄文知道方有根马上要带人来,就先把茶泡好了。刚坐下点燃烟,敲门声就响起。黄文立马开门,见方有根身后站着一个气度不凡、面相睿智的人。黄文连忙把他们请进屋,方有根给黄文和岳先生做了介绍,两人相互握手,寒暄了几句。岳先生坐定后,打量了一下黄文家的房子,微笑着说:"大陆的作家真是辛苦,在这么小的房子里写作。"

黄文说:"君子固穷。再说作家不像画家,需要一间大画室,更不像收藏家,需要更大更多的收藏室。作家的家里只要放得下一张小书桌足矣。"

岳先生微微一笑,没有作声。

方有根惦着那只花瓶,对黄文说:"岳先生想看看那只花瓶的碎片,你拿出来让他看看吧。"

黄文从五斗橱里取出碎花瓶,摆在桌上。

岳先生站起来,拿起一块瓷片看了看,就放下瓷片,重新坐下来,抿了一口茶,轻描淡写地说:"两千万的东西,就被你们这样打碎了。"

方有根和黄文耳中嗡嗡作响,均是半张着嘴巴,瞪着眼直愣愣地看着岳先生一动不动。

岳先生平静地说:"这只花瓶是真品,和方先生以前卖给我的那只是一对。只是这一只保护得更好,所以看上去显得有点新气,容易被人看成是后仿的。如果它不被打碎,我也有可能把它看成是乾隆时期仿的,但是它打碎了,从瓷片的断口上,一眼就可以看出它是成化年间的瓷土,必定是大明成化的官窑无疑。"

方有根和黄文还愣在那里,突然,方有根满脸紫红,咬紧牙攥紧双拳往上举,一边跺脚一边后仰身体,造型好似一个拉奥孔。他跺疼了脚之后,看见岳先生还是平静地坐在那里喝茶,不禁觉得奇怪,就问:

"岳先生,看您的样子,好像一点也不心疼。如果花瓶不打碎,我顶多八十万卖给您,您还可以赚一千多万。"

岳先生不紧不慢地说:"已经打碎了,我可惜什么?可惜的是你,几十万没了。我不一样,我很快会把那只花瓶拍回来,那么它就是世上唯一的一只,价钱会不断地翻倍。对我来说,如果这只花瓶不被打碎,流到我手上最好。最坏的是,万一这只花瓶落到了别人手上,那我就彻底输掉了。"

黄文也缓过神来了,不禁大发感慨:"老天这是开什么玩笑?一幅假的黄宾虹,拍了五百八十四万,一只真的大明成化官窑花瓶,却被打碎了,造化无常,造化无常啊! 不可知不可知,想想都让人无奈,让人敬畏。"

岳先生说:"黄先生错了,您不能说那幅'黄宾虹'就是假的,真假都是由人说的,所以现在那幅黄宾虹的真假还很难说。"

黄文有些不理解,说:"事情的真相有根都说出去了,许一丁都写出文章发表了,这是铁板钉钉的事,真假还有什么很难说的?"

岳先生说:"做古玩这一行的,一定要记住《红楼梦》上的一副对联,叫作'假作真时真亦假,无为有处有还无'。我这次来,就是想了一个计划,要让这幅巨幅黄宾虹重新变成真迹。不过这个计划需要方先生和黄先生的配合。"

方有根和黄文几乎同时问:"什么计划?"

岳先生问方有根:"方先生,仿黄宾虹的那种丈六宣纸,你还有几张?"

方有根说:"还有一张,如果需要,我还可以到泾县去争取再买一两张,最多只能买到一两张。"

岳先生说:"我料定你至少还有一张,因为你怕第一张画失败了,不得不再画一张,所以你必须至少要买两张那么大的宣纸。"

方有根说:"岳先生神机妙算,不过这和把那幅巨幅'黄宾虹'变成真的,有什么关系呢?"

岳先生微微一笑,神态有点像诸葛亮,他问:"那个叶之影,现在还在不在你手里?"

方有根说:"还在我手里,我早就把他藏到了闵阳镇的白际村,没有人知道。"

岳先生说:"这就好办。你去找到叶之影,让他再照样仿一幅巨幅'黄宾虹',你再拿去做旧,做旧好之后拿到黄先生家。然后你对记者说,你当时对许一丁说的那番话,完全是酒后的胡言乱语。你要说黄先生家原先卖出去的那幅画是真迹,而叶之影仿的那一幅,现在还在黄文先生家里,他们可以随时来看。"

方有根一听这话,兴奋得满脸通红,向岳先生竖起大拇指说:"高! 实在是高! 这一回许一丁死定了。"

黄文惊异地看着岳先生,简直难以相信这个香港人能想出这样的绝招。但他觉得这一招确实高妙,但又过于歹毒了。他一时不知该说什么好,只能捂着嘴巴装咳嗽。

岳先生看了黄文一眼,说:"怎么? 黄先生好像不太同意这个计划?"

黄文支吾地说:"这个……是个好计划,但是……但是、我总觉得,这个计划太绝了,也就是说……太狠了点。这是把许一丁往死里整。"

岳先生抿了抿嘴,说:"生意场上不狠不行。再说许一丁写那样的文章,对我们也够狠的。我推测您在这件事中,也赚到了一点钱,但不会多,方先生那点器量我清楚。可我们毕竟在一个圈子里,要说同样的话。其实你只要说你家传的那幅画已被赵明买走,叶之影仿的画还在你家里就行了,你看呢?"

黄文想了一想,迟迟疑疑地说:"这个……我想……我可能、可能无法配合。"

岳先生注视了黄文一刻,然后说:"那我们就来做笔交易吧。我给你十万,怎么样?"

黄文沉默着,没有作声。

岳先生说:"二十万。"

黄文还是保持沉默,脸色开始发白,还是没有作声。

岳先生略微提高了嗓门说:"三十万。"

黄文依旧沉默着,他的脑子里一片糊涂,不知道该作何反应了。岳先生也开始沉默,没有继续往上叫。一时间屋里好像没有声音了,只看见方有根在一旁转圈搓手。

突然,黄文老婆从房间里出来,对岳先生说:"我答应! 我就说家传的那幅画已被赵明买走,叶之影仿的那幅还在我们家。"

岳先生又是微微一笑,从鼻子里呼出一口气,然后说:"还是黄太太更有见识,只要黄太太肯合作,效果一样,说不定比跟黄先生合作效果更好。"

黄文对老婆怒目而视,气得说不出话来。不料他老婆突然对他吼起来:"你整天在家装斯文有什么用？别人都赚钱了,只有我们家还这么寒碜,还这么穷,还住这么小的房子！以后孩子长大了怎么办？你说！"

黄文心里一阵寒,什么话也说不出来了,哆嗦着手点烟,点了几次都没点着。

岳先生看了看外面的天色,说:"天快黑了,该吃晚饭了。我请你们到'花溪宾馆'吃西餐。"

黄文说:"对不起,我不能去。"

岳先生问:"为什么？"

黄文说:"我在辟谷。"

岳先生好奇地问:"辟谷？什么是辟谷？"

黄文说:"就是一段时间不吃任何东西,只喝水。或者坚持七天,或者坚持十四天,或者坚持二十一天,对身心健康特别有好处。"

岳先生说:"这个样子人怎么还能活？"

黄文说:"我已经辟谷第九天了。"

岳先生说:"奇闻,真是奇闻！我还从来不知道有这么奇怪的法术。"

黄文说:"这不是法术,这是修炼法门。岳先生不要以为自己什么都知道。"

黄文老婆插进来对岳先生说:"别管他,他不去我去！"

岳先生哈哈一笑,说:"还是黄太太痛快,那我们就走。"

方有根一听说走,赶紧走在前面,开了门走了。

他们一走,黄文又猛抽了几口烟,当他摁灭烟头的那一刻,他突然清醒过来,他立马给许一丁打了个电话,把基本情况告诉了许一丁,并要他尽快去闵阳镇白际村找叶之影。

黄文打完电话后,坐下来仔细想想,自己都不明白自己为什么要打这个电话。

许一丁接到黄文的电话后,恨不得立刻赶到白际村去,但看到天色已晚,白际村又在偏远的高山里,道路崎岖,更没有路灯,显然不能立刻赶去。许一丁给一位朋友打了电话,请他明天一大早把他送到白际村去。这位朋友是一个暴发的包工头,长得五大三粗,没有什么文化,因为赚了钱,不知道接下来该怎么投资,听说收古董很有赚头,就开始胡乱收一点,有时会请许一丁帮他掌掌眼。许一丁要用车,他当然满口答应,更何况他刚买了一辆越野切诺基,想开山路过过瘾。

第二天,天刚蒙蒙亮,许一丁和他的包工头朋友就出发了。包工头开越野车开得很兴奋,速度越跑越快,到了白际村,还不到六点钟。一路上,许一丁发现有一辆吉普车一直在跟着他们,他们减速,吉普车也减速,他们加速,越野车也加速。他们到了白际村,找了一个地方停下来,吉普车很快也追上来了,并在离他们不远的地方停下来。他们刚下车,吉普车上也下来两个人。许一丁越来越怀疑来者不善,仗着身边有个五大三粗的朋友,胆气壮了不少,迎上去厉声问:

"你们跟着我们干什么?到底想干什么?"

其中一个人走到许一丁跟前,许一丁不由得后退了两步,那个人掏出警官证给他看一看,说:"我们是奉命保护你的,已经辛苦了好几天了,你还对我们这样凶。"

许一丁这才放下心来,忙说:"对不起对不起,误会误会,我是被他们吓怕了。"

许一丁说着,赔着笑脸给他们一人发了一支中华烟,并替他们点燃。两位警察抽了一口烟后,就说:"看来你今天不用我们保护了,我们累了几天,恰好可以回去休息休息。"

还没等许一丁做出反应,两位警察就上了吉普车,开走了。

许一丁见地头有一个挖菜的中年农民,就上去问知不知道有一个外地的老头,画画的,住在哪儿。那农民一指前面山脚下溪水边的一栋贴着蓝色瓷砖的房子,说:"就住那儿,一个古怪的老头,还有一个妇人家,不知道从哪里来的。"

许一丁说了声谢谢,然后让他的朋友在车上等他。他自己就往蓝色房子那边走。

到了门口，许一丁一边敲门，一边喊"叶先生，叶之影先生"。门开了一条缝，探出一张妇女的脸，问："你找谁?"

许一丁说："我找叶之影先生。"

妇女问："你是哪里来的? 找他干什么?"

许一丁说："我是黄山市政府社科联的，找叶之影先生谈一些文化方面的事。"

妇女一听是政府来的人，忙把门全打开了，连说请进请进，又朝里面喊："老叶，市政府的人来找你!"

叶之影正在吃早饭，一听说市政府有人找他，赶忙放下碗筷迎出来，有些意外，又有些不相信地问："你是市政府的? 来找我有什么事?"

许一丁说："我是社科联做徽学研究的，叫许一丁，最近正在做新安画派的研究工作。还有，我们刚办了一本《徽州人物》杂志，我们想写一写您，同时在封二、封三、封底上发表您的画。"

叶之影一听，几乎有点不相信，说："当真? 这么说我要出名了?"

许一丁笑了笑，说："叶先生现在是大名鼎鼎，只是您躲在山里不知道。"

那妇女泡了茶上来，说："老叶，还不请客人坐，你真是迂，人家可是贵客。"

叶之影连忙请许一丁上座，许一丁呷了口茶，说："好茶! 好水!"

叶之影说："山里就是水好，空气好。对了，你怎么知道我住在这里?"

许一丁说："是我一个好朋友告诉我的。"

叶之影说："是不是方……"叶之影猛地停住不说了，末了又冒出一句，"只要我老婆不知道就不要紧。"

许一丁见画桌就摆在大厅里，画桌上还铺着一张未画完的画。许一丁走到画桌前，仔细看那幅未画完的画。叶之影见他对自己的画感兴趣，就走到许一丁身后陪着。

许一丁看了很久，长长吐了口气，说："叶先生的墨法真好，还没有画完，就已经这样生色了。"

叶之影一听这话,知道遇上了内行人,心中又得意又舒服,说:"在说墨法之前,要先谈笔法。记得黄宾虹在《画坛》一文中说,'笔法成功,皆由平日研求金石、碑帖、文词、法书而出。画有大家,有名家。大家落笔,寥寥无几;名家数十百笔,不能得其一笔;名家数十百笔,庸史不能得其一笔。而大名家绝无庸史之笔乱杂其中,有断然者。所谓大家无一笔弱笔是也……'。"叶之影说到这里,突然停住了,看了看许一丁,生怕自己有卖弄之嫌。

没想到许一丁听得饶有兴致,对叶之影说:"说得好,精彩!请继续说。"

叶之影干咳了一阵,继续说道:"……宾虹先生还说,'练习诸法,成一笔画。一笔如此,千万笔无不如此。一笔之中,起用盘旋之势,落下笔锋,锋有八面方向。书家谓为起乾终巽,以八卦方位代之。落纸之后,虽一小点,运以全身之力,绝不放松,当视昆吾刀切玉,锋芒铦利,非良工辛苦,不能浅雕深刻。纵笔所成,圆转如意,笔中有一波三折,成为飞白。飞白之处,细或如沙,粗或如石。黄山谷论宋画皴法,如虫啮木,自然成文。赵子昂题画诗云,石如飞白木如籀,六法全于八法通……飞白自然,纯由一笔起,积千万笔,仍是一笔。古有一笔书。晋宋之时,宗炳作一笔画。画千万笔,一气而成,虽极变化,笔法如一,谓之一笔画。法备气至,乃合成家。古云,宋人千笔万笔,无笔不简;元人三笔两笔,无笔不繁。是必多读古人论画之书,多见名人真迹,朝夕熟习,寒暑无间,学之有成;而后遍游名山大川,以极其变,发古人所谓发,为庸史不能为,笔法既娴,可言墨法'。"

叶之影一口气背到这里,背到后半截的时候,眼睛都闭起来了,嘴角两边冒着白沫。直到背完,才睁开浑浊的眼睛,看着许一丁。

许一丁鼓了鼓掌,向叶之影竖起大拇指说:"叶先生对黄宾虹研究如此深透,如此谙熟,了不起!让人佩服!实在让人佩服!"

叶之影谦虚地摇手,说:"哪里,哪里,还差得远差得远呢!"

许一丁说:"我记得黄宾虹在《画学通论讲义》里还有一段话,我也试着背背看。他说,'人之不齐,各殊其类,资禀有智愚,学力有深浅,境遇有丰啬,时世有安危,唯于绘事,爱好同之。衣食住三者,人生不能有一日之缺乏,因为爱护身体之大要也;身体之康强,其精神可用之于不弊。人生爱护精神,宜爱护身体为尤重。身体之爱护,虑有未周,则预防其疾病,设有刀圭药饵,以剂其平。而精神之消耗于功名利禄,劳劳终日,无少息之暇豫者,夫复何限!苟明于画,上而窥文字之原,理参造化,下而辨物类之庶,妙撷英菁……艺之能精,可进于道。况乎清明在躬,志气如神。古来善画,类多高人逸士,不汲汲于名利,而以天真幽淡为宗。然而诣力所至,固已上下今古,融会贯通,无所不学。要非空疏无具,徒为貌似,所可伪为,有断然已'。不知叶先生以为宾虹老人的这一段话如何?"

叶之影听了这一段,感觉到有点不好意思,也向许一丁竖起大拇指,赞叹地说:"这是大境界,大气魄,了不起了不起。唉,我今天总算是遇到知音了。听您这么一说,我真是天下最大的俗人,惭愧啊惭愧。走,我们边喝茶边聊。"

叶之影说着,拉着许一丁的手走回到茶几边坐下。许一丁呷了两口茶,说:"叶先生自幼习画,功力不凡,在黄宾虹身上用力尤深,可谓得宾虹老人全部精髓,为何不跳出来,画自家面目的东西?"

叶之影说:"惭愧,实在惭愧!画了一辈子,一点名气没有,生活都成了问题,老婆又不贤惠,日子都过不下去了,只好靠仿黄宾虹赚点钱度日。至于你说我得了黄宾虹的全部精髓,实在是不敢当,还大有距离。黄宾虹在《画学散记》里说,'画之妙处,不在华滋,而在雅健,不在精细,而在清逸,盖华滋精细可以力为,雅健清逸则关于神韵骨格,不可勉强也'。我仿的黄宾虹的画,就是多了一点华滋精细,少了一分雅健清逸,怎么也改不了,大概是天性使然。"

许一丁说:"所以我要建议您画自家面目的东西,说不定能别开生面。齐白石说的'学我者生,似我者死'就是这个道理。再说,永远仿别人的东西,终究不是个出路,黄山市有一个姓张的,专门仿郑板桥的,人家就叫他板桥张;还有一个姓方的,专门学程十发,人家就叫他十发方,您就是把黄宾虹仿得再好,最多得一个宾虹叶的绰号,实在没有意义。我若是您,就是要做一个响当当的叶之影！至于你说的生活困难，古往今来许多大画家莫不如此。我再背一段宾虹老人的话给您听听，他在《宾虹画语》中说，'画者未得名与不获利，非画之咎，而急于求名与利，实画之害。非唯求名利为画者害，而既得名与利，其为害于画者为尤甚……倪云林之画，江东之家，以有无为清俗；盛子昭之宅，求其画者车马骈阗。既真伪之杂呈，又习非而成是。姚惜抱之论诗文，必其人五十年后，方有真评，以一时之恩怨而毁誉随之者，实不足凭，至五十年后私交泯灭，论古者莫不实事求是，无少回护。唯画亦然。其一时之名利不足喜者此也'。叶先生，您觉得这一段话怎么样？"

叶之影静默了一刻，突然站起来，抓着许一丁的手死命地摇，嘴里说："许同志，惭愧啊，我心里觉得太惭愧了，简直无地自容！你是一语点醒梦中人！其实我心中一直想做一个遗世独立的叶之影，但心志不够坚定，每次都是向生活投降了。从此以后，我一定要画自己的面目，画出一个叶之影来。你不仅是我的知音，还是我的老师，请你以后一定要监督我、鼓励我。这两年来，我仿黄宾虹也挣了一些钱，节约着花，十年八年的生活没问题，我要扑到我自己的画中去！"

叶之影说着，眼泪都流出来了。许一丁等他的情绪平稳了一些，让他重新坐下来，说：

"您说您这两年仿黄宾虹也挣了一些钱，您看看别人挣了多少钱。"许一丁说着从包里拿出一本拍卖图录，翻到第一页，递给叶之影。叶之影接过去看，许一丁说："这幅巨幅'黄宾虹'是您仿的吧？"

叶之影只扫了一眼，便说："是我仿的，天下哪有这么大的'黄宾虹'！是一个老板，异想天开，让我仿了这么大的一幅'黄宾虹'，真是笑话。也是钱在作怪，我也就仿了。怎么印到画册上来了？"

许一丁说："这不是画册，这是拍卖行的拍卖图录，您看看下面的拍卖成交价吧。"

叶之影就依言去看下面的成交价，他的眼睛本来就有点白内障，加上毫无心理准备，边看边念："五百八十块……五千八百四十块……不对，五万八千四百块……不对,也不对,是……五百八十四……万!什么?五百八十四万?"叶之影瞪大了眼睛看着许一丁。

许一丁点了点头,肯定地说:"一点没错!是五百八十四万!"

叶之影浑身一阵抽搐,脸色一下子呈紫色,突然头一歪,晕倒在椅子上。

许一丁急忙抱着他的双肩用力摇,嘴里大声喊着:"叶先生,叶先生。"

那妇女闻声赶来,一见这情形,吓得腿都软了,浑身哆嗦着说:"怎么回事?怎么回事啊?这可怎么办?"

许一丁说:"我也不知道,突然发作的。您别慌,我们马上把他送到医院去!我的车就在外面。"

许一丁说着,把叶之影背起来就往外冲。那个包工头朋友在车上看到这情况,也赶紧下车来帮忙,那妇女急匆匆地跟在后面。

把叶之影架上车后,许一丁对包工头朋友说:"快,以最快的速度把他送到县医院。"

那朋友看了看叶之影的脸色,说:"到县医院至少要两个小时,恐怕来不及。他这是急火攻心,我舅公以前发过,到璜尖村一个老中医那里,扎几针就缓过来了。璜尖村离这里不远,翻过一道山就到,我看不如到璜尖村去找那个老中医。"

许一丁说:"好!那就赶快到璜尖村。"

那妇女也上了车,四个人一路焦急,二十分钟不到就赶到了璜尖村的老中医家。

老中医一看,又摸了摸脉象,说:"是急火攻心,一泄就没事了。"

老中医说完,把叶之影抬上床,又帮他翻了个身,让他的背朝上,老中医拿出针来,在叶之影肺俞穴一带扎了几根针,然后用手指捻动那几根针,约莫五分钟时间,叶之影长长吐出一口气,醒了。醒来就问:"这是在哪儿?我怎么了?"

那妇女说:"这是在鬼门关,你刚才到鬼门关去旅游了一趟。"

许一丁、老中医、包工头一齐笑起来。

老中医又拿了三包中药出来,叮嘱说:"这三包药,每天吃一包,水煎四十分钟,上午喝一碗,下午喝一碗,跟平常吃中药一样,知道吗?"

叶之影说:"知道知道,我不晓得喝过多少中药了。"

老中医说:"这三服中药喝下去,你就彻底没事了。"

许一丁忙向老中医表示感谢,并问医药费是多少。老中医说:

"三块六毛钱。"

许一丁没想到医药费这么便宜,给了老中医十块钱,说:

"不用找了。"

没想到老中医却板起脸来,正色说:

"我是靠本事吃饭的,不是要饭的。"说着把钱找给了许一丁。许一丁和叶之影听了老中医这话,自己感到难为情,同时对老中医由衷地敬佩。

老中医又说:"我看这位病人,眼睛好像有点白内障,中医叫眼翳,目前中医没有什么好的治疗办法,最好趁现在还不严重,赶紧到医院做手术,免得以后麻烦。"

叶之影、许一丁和那妇女不停地对老中医表示感谢。然后许一丁问他的包工头朋友,能不能在屯溪帮着租个房子,包工头说:

"我是包工头,哪里租不到房子? 不过你不用租了,我的哥哥上个月到深圳办公司去了,屯溪的房子空着,还要我帮他照看,不如让叶先生住进去,我也省心。那房子离你家不远,家具电器都是全的,最省事不过。"

许一丁说:"那就太好了,以后让叶先生送你一幅画。那我们就回白际村拿上叶先生要用的东西,然后立即赶回屯溪去。"

就这样,四个人告别了老中医,回到白际村拿上必需品,就往屯溪去了。

方有根是下午四点多钟赶到白际村的,到了叶之影的屋门口,见大门紧锁,怎么敲怎么喊也没人应,以为叶之影和他的老相好外出散步去了,就站在门口等,一直等到吃晚饭的时候了,还不见他们回来,心中焦急,就跑到房东家去问。房东说:"画画的老头突然发了急病,被人用汽车接走了。"

方有根问什么人把他接走了,房东说不知道。方有根又问接到什么地方去了,房东还是说不知道。方有根感到事情不妙,因为除了他、岳先生和黄文,没有人知道叶之影住在白际村。

方有根立即赶到歙县人民医院,找遍医院的每一个科室和住院部,都没有见到叶之影的影子,等他找完医院的每一个角落时,已是夜里九点多钟,早已没有回屯溪的班车了。他只好找了一家宾馆住下,这一夜他都没有睡着,脑子里想着各种可能性,越想越没有头绪,最后只剩下头疼了。

第二天一早,方有根乘坐最早的一趟班车赶回屯溪,没吃早饭就直奔"花溪宾馆",敲开了岳先生的房门。岳先生听了方有根的叙述后,沉思了一刻,说:"他要是真生病了,还不要紧,他年龄不算太老,病总能治好的,一般画画的都长寿。就怕他受了别人的蛊惑,跟着别人走了。"

方有根警觉地说:"您是说许一丁?"

岳先生点了点头。

方有根说:"可是许一丁根本不知道叶之影住在白际村。"

岳先生说:"天下没有不透风的墙。黄文知不知道?"

方有根说:"除了我,就黄文一个人知道,但是他保证过不会告诉任何人。"

岳先生说:"一个人一生中能说无数次保证,但真正做到保证的,少之又少。"

方有根说:"黄文为什么要这样做? 这样做对他有什么好处?"

岳先生跷起二郎腿,手指在桌面上轻轻敲打,说:"人的思想是在不断改变的,还有的人对好处不感兴趣。这样吧,你继续去想办法找叶之影,我在宾馆等你,我有足够的耐心。"

方有根说了声"是",就出了房门找叶之影去了。

叶之影吃了三服中药以后,精神果然大好。这三天中,许一丁间或抽空来看他,和他聊国画和黄宾虹。两人越谈越投机,叶之影再也不称许一丁"许同志",而是叫他"一丁";许一丁也不再称叶之影"叶先生",而是直呼"老叶"。吃第三服药的这一天,叶之影精神特别好,兴致很高,但这一天许一丁没有来,吃过晚饭以后,叶之影见许一丁还没有来,就格外想他,于是就打了一个电话给许一丁,请他过来聊聊。十分钟不到,许一丁就来了,照例是坐下喝茶聊天。许一丁说:

"今天一天我都在医院里,没空来看您。"

叶之影问:"到医院去干吗? 谁病了?"

许一丁说:"我托朋友帮我找到了市医院最好的眼科专家,挂上了号,明天一早您就跟我到医院去,把您的白内障摘掉。"

叶之影说:"哎呀,你对我真是太上心了,这么急干吗?"

许一丁说;"手术还是越早做越好,恢复得快。反正您又不再仿黄宾虹了。再说人们说黄宾虹得了白内障之后,画子画得最好,这简直是迂见邪见,我看黄宾虹如果不得白内障,会画得更好。您明天就做手术,别的一切莫管,医院的钱我都替您交过了。"

叶之影说:"哎呀,那怎么行,我给你我给你。难为你对我这么照顾,真是麻烦你了。"

许一丁说:"您说这话就见外了,我们是忘年交,那点钱算什么? 我知道您手头还是不太宽裕。"

叶之影感动地说:"如此谢谢了,实在太感谢,以后画出画来再报答你。"

许一丁说:"一家人不说两家话。对了,我还有一件重要的事要跟您说。"

叶之影倾过身体竖起耳朵,说:"你说,你说。有什么事尽管说。"

于是许一丁开始叙述,如何写文章指出拍卖行的巨幅黄宾虹是赝品,如何在情急之下写出了制作假画的真相,如何遭到各种恐吓,香港老板如何出现,设计毒招要叶之影再画一幅,想把他置于死地等等说得细致无遗。

叶之影听着,脸上红一阵白一阵,等许一丁说完后,叶之影气得浑身哆嗦,一拍桌子说:"简直岂有此理! 画子本来就是假的嘛,本来就是我仿的嘛,他们拿出去骗大钱,还要设毒计来害你。休想!想要我给他们再画一幅来害你,放他娘的屁!我再也不仿黄宾虹了,半张都不仿。我要画我的'叶之影'!"

许一丁说:"老叶身体刚恢复,别太激动。我就佩服您这种高风亮节、光明磊落的精神!"

叶之影说:"你什么都不用说了,我要和那个方有根绝交!"

叶之影和许一丁谈这番话的时候,方有根还在到处找叶之影。他先到市医院去找过,花了一天时间没找着,又找到叶之影那个远房侄子家,那远房侄子说:

"我也有两年没有见到他了,都不知道他是死是活。要不你到歙县他家里去看看,说不定他和他老婆又和好了。"

方有根一听也有道理,因为叶知影得了病,说不定想死在家里,于是又赶到歙县,找到叶之影家。叶之影老婆说:

"我找了他两年都没找到,肯定是死在马路边或者臭水沟里了。"

方有根说:"你放心,他肯定没死,听说他得了重病,被人送到医院去了。"

叶之影老婆说:"那你就到医院去找啊,来我这里干什么? 还有,你要是能找到他的老相好也行。找到他的老相好,就等于找到他了。"

方有根一听,觉得有道理。心想如果是许一丁把叶之影送到医院,一定是送到市医院,看来还是得去市医院仔细找。

第二天一早,方有根再次跑到市医院,开始重新找。等他找到眼科的时候,看见许一丁扶着一个眼睛上蒙着纱布的人从走廊上走过来。方有根定睛一看,正是叶之影。方有根赶忙迎上去,嘴里喊:

"老叶,叶之影先生!您怎么啦? 您的眼睛怎么啦?"

叶之影问:"你是谁? 你找我干什么?"

方有根说:"我是小方,方有根。'八方阁'的方有根!"

叶之影说:"我不认识你。"

方有根说:"老叶,您生病生糊涂啦? 我是'八方阁'的方有根哪! 就是让你画……画画的那个方有根。”

叶之影说:“我知道你是方有根,但是从此我不认识了。你是个骗子! 我和你绝交了。”

叶之影说完,对许一丁说了声:“我们走!”

许一丁冷冷地看了方有根一眼,扶着叶之影走了。

方有根望着他们的背影,呆立当场如木鸡。

当方有根把这些情景向岳先生汇报完之后,岳先生表情依然平静,他 沉默了一刻,突然起身开始整理行李。方有根大惑不解,问:“怎么,您 要走?”

岳先生说:“是! 下午四点半还有一个航班到广州。”

方有根说:“那……那这事就这么算啦?”

岳先生说:“只能算了,天命。看来这个许一丁还真有些本事。”

方有根说:“那您不是吃大亏了?”

岳先生说:“那还很难说。一方面,五百八十四万对我来说不是个大 数字,就当买个教训,愿赌服输。另一方面,等黄宾虹的名气在全世界打 响了,我把那幅画拿到欧美去拍。中国的新闻都是一阵风,过不了多久人 们就会忘了。”

方有根傻傻地站在那里,不知道该说什么。

岳先生提起箱子,对方有根说:“我要走了。”

方有根说:“我请您吃完饭再走吧。”

岳先生说:“不用了,我喜欢在机场吃饭。”

方有根说:“那我送你去机场。”

岳先生说:“也不用,我喜欢一个人待着,想一些问题。”

就这样,岳先生离开了屯溪。

一件你死我活的事,就这样平息下来了,世界重归安宁。

方有根照旧在“八方阁”做生意,有事的时候就出去,没事的时候就在店里教那个不漂亮的女店员生意经。其实他也不是真教什么生意经,他只不过是感到他在教别人的时候,别人那种钦佩的神情,让他觉得很舒服。

这天,他正在教女店员如何装老实骗顾客,萧大同拿着一卷画,满面春风、精神焕发地走进来了。方有根说:

"大法师遇到什么喜事了,气色这么好。"

萧大同说:"你才是大法师,巨幅黄宾虹都能做出来,我跟你比差远了。"

方有根看了看萧大同手中的画,问:"什么好东西啊?"

萧大同显得有点兴奋,说:"运气好,好几年没碰到好东西了,今天总算碰到一件。"

方有根问:"谁的?"

萧大同说:"老缶,吴昌硕。"

方有根一听是吴昌硕,心不由得往上一提,因为不久前有好几个日本人来他店里问有没有吴昌硕的画。据消息,他也知道最近一两年吴昌硕的画在日本很受追捧,价格不断攀升。于是就问:

"能不能让我饱饱眼福?"

萧大同说:"怎么不能,你又不会把它吃了。"

萧大同说着将画展开,竟然是一幅八尺整张,画面是藤蔓花卉,精气神俱足。方有根一看就说:

"好东西好东西,开门见山。"

萧大同说:"我最喜欢吴昌硕,这么多年下来,一共才淘到两幅。"

方有根一听他有两幅,觉得有戏,就说:"既然你有两幅,就把这一幅让给我怎么样?"

萧大同连连摇头,说:"不行不行,刚才我说了,我是最喜欢吴昌硕的。"

方有根想起他家里还有一幅苏州老董做的假查士标,就说:"你不是还有一幅吗,留着玩就行了,这一幅就让给我,要不我拿一幅查士标的画跟你换。"

萧大同说："查士标的画我家里有,不换。"

方有根想了一想,说："那我们干脆做笔生意。你收藏画最后还不是为了赚钱吗,你开个价。"

萧大同犹豫了一刻,说："我们是朋友,这个价不好开。"

方有根说："大法师今天怎么也变得婆婆妈妈的,你只管开吧,能不能承受那是我的事。"

萧大同想了一刻,犹犹豫豫地说："这个……你实在喜欢,我们是朋友,我应当成人之美。这样吧,让我漫天开价我也不好意思,这幅画我是三十五万买的,我总不能只赚百分之十吧? 四十万给你好了。"

方有根说："一言为定,不许反悔!"

萧大同说："不反悔不反悔,你也不准反悔。"

方有根说："我做事决不反悔!"

方有根说着开了一张四十万的现金支票,递给萧大同。萧大同接过支票,说:

"唉,碰上你这个超级大法师,我真是没办法,今天这个亏我是吃定了。"说完又叹了口气,以闷闷不乐的表情跟方有根告辞了。

萧大同一走,方有根就对着那幅吴昌硕左看右看,越看越好,越看越满意,知道这幅画能让他赚大钱。想到赚钱,突然就想起了黄文给他算的卦,说他熬过了一段时间后,就是一片光明。心想黄文算得真准,现在什么事都没有了,他又得到吴昌硕的一幅大画。想到黄文,他就想去看看黄文,尽管他对黄文向许一丁告密有点意见,但他毕竟和黄文的感情好,黄文也处处帮着他,追根究底还是他自己的错,不该把机密跟许一丁说。想到这里,他就到街上买了两条好烟,抱着吴昌硕的画到黄文家去了。

黄文现在又不学《易经》和风水了,改学禅宗。方有根到他家的时候,他正在参话头,参"念佛者是谁"。方有根一进门,黄文就说:

"我刚刚参了点影子出来,就被你这根搅屎棍给搅了。"

方有根把烟奉上,说："送两条好烟给你抽,你上次算的卦真准,现在我真是太平无事了。"

黄文说："无事就好，天下事都是贪心惹出来的。"

方有根说："不仅没有事了，还像你卦中算的那样，一片光明。你看，今天就得了一件宝贝。"

黄文问："什么宝贝？"

方有根说："一幅吴昌硕的八尺整张的花卉，绝对真迹。"

黄文说："打开看看，让我也见识见识。"

方有根展开画，黄文仔细看了一阵，又仰头想了一阵，就问：

"这幅画是不是萧大同卖给你的？"

方有根惊奇地说："你怎么知道？你太厉害了，这个都算得出来。"

黄文断然地说："这幅画是假的！"

方有根说："这一看就是开门见山的东西，你凭什么说它是假的呢？说个理由出来看看。"

黄文说："这幅画是萧大同自己仿的。他偷偷地搞了好几年，终于被他搞出来了。"

接着，黄文就把当初如何去萧大同家借书，如何被两个仿着吴昌硕的画的纸团砸中，萧大同又撒谎说他一年多没有画过画的过程说了一遍。方有根听过之后，再去看那幅画，越看越弱，越看越虚，越看越假。

方有根扶着椅背慢慢坐下，脸上一片憔悴之色，好像一下子老了几岁。他向黄文要了一支烟抽，接着一言不发，一口气抽了三支烟，然后抬起头来对黄文说：

"黄大哥，以后我不再做古董了。以我的水平，做到最后还是一场空。我不做了，坚决不做了！"

黄文望着他，觉得他也怪可怜的，就问："你不做古董，那你做什么呢？"

方有根说："我做茶叶。"

黄文说："难不成你要回山里头去种茶叶？你做得到吗？"

方有根摇摇头说："不，我不回山里去，我要到北京去开一座茶楼。我们家祖祖辈辈都是种茶叶的，到了我这里就断了，改学篾匠，后来又稀里糊涂做了古董。我爸一心想让我跟他种茶叶，我违背了他的愿望，可能他现在在坟里还不高兴。我不能让我爸不高兴，不能让我的祖上不高兴，我要回到茶叶上去。"

黄文问："你有什么计划了吗？"

方有根说："我也是刚刚想出了一个计划——去年我到黟县五都黄村去收古董，看到一栋快要倒塌的老宅子，也没有人住。我打听了以后，才知道竟然是黄士陵的故居，现在没人管，没人修。我问他的后代们这栋房子卖不卖，他们都说想卖，因为再不卖这房子就要倒了。我想去把这栋老宅子买下来，花不了多少钱。然后我再找一批能工巧匠去拆这宅子，每一块砖、每一片瓦、每一块石头、每一根梁、每一根柱、每一块板都标上字码，然后把它们运到北京，在北京把它还原建起来，残缺的地方以旧补旧，然后开一座茶楼，把徽派建筑竖到北京去，把黄山茶打到北京去。你看怎么样？"

方有根这番话把黄文震惊了，他想不到方有根还有这样独特而大胆的想法。他斟酌了一刻，说：

"这可是一件很有意义的事，但愿你能够早日把它做起来！"

方有根说："我说干就干，明天我就到黟县五都黄村去。"

第二天，方有根就赶到黟县五都黄村去了，和黄士陵的后代们一谈，只给了他们三万块钱，他们就笑逐颜开了。很快，方有根就找到了一批能工巧匠，帮他把老宅子细心地拆掉，分门别类地放置好。方有根又租了一个车队，把老宅子的建筑物件和那些能工巧匠一起运到北京。北京丰台区的领导很支持方有根，认为方有根是把徽文化运到了丰台区，这座茶楼将成为丰台区的一道文化风景。

半年以后，老宅子在北京丰台区的安乐林路上立了起来，看上去确实古雅别致，让人赏心悦目。

要到北京去之前，方有根找到波子，问：

"以前我三万块钱卖给你的那个鼻烟壶还在不在？"

波子问:"干吗?"

方有根说:"我要买回来。"

波子说:"我早卖掉了。"

方有根问:"那你还有没有别的鼻烟壶?"

波子说:"有,不过比你那个要差一点。"

波子说着,变戏法一样从兜里掏出一个鼻烟壶来。

方有根看了看,说:"也还不错,多少钱?"

波子说:"给别人两万五,给你两万。怎么样,够意思吧?"

方有根二话没说,从包里拿出两沓钱交给波子,抓过鼻烟壶就走。波子见他的神态很牛逼×,就对着他的背影打了一个长长的呼哨。

方有根拿到鼻烟壶后,就赶到车站,回基坑村去了。

基坑村的山全变样了,到处种满了茶树。方老根没有实现的事,五顺帮他实现了,承包了大片的山地,带领大家一起种茶。正值采茶的季节,山上有不少人在采茶。方有根找了两个泥瓦匠,让他们帮他爸妈的坟重修一下,修得越结实越气派越好。又让他们把刘相公的坟也修一修,也要修得结实气派。在工匠修好刘相公的坟之后,方有根悄悄地把那只鼻烟壶埋在了刘相公的坟头。

在茶山上,方有根遇到了米儿、五顺和许碾子。五顺见到方有根,冲他笑笑,打了个招呼。方有根走到他跟前,说:"好好做,做出好茶来,以后我要从你这里进大量的茶。"

五顺挠了挠头,好像还有点不好意思,搓着手说:"那好,那好。"

米儿背着个男孩,正在低头采茶,见了方有根,还是像过去那样,低声喊了声"有根哥",就又重新低头采她的茶去了。许碾子正在一边抽旱烟休息,眼睛横着方有根,方有根跟他打招呼,他鼻子里哼了一声,理都不理。方有根只好下山去了。

方有根到北京后,"八方品"就开张了,生意一直很火,名气越来越大,心里也越来越踏实……

此刻,方有根正倚在"八方品"楼上的窗口旁,想着二十多年前的往事。不知什么时候,他的小女儿起床了,走到他的身边,拽了拽他的裤脚问:"爸爸、爸爸,你在看什么?"

方有根猛地醒转过来,迷迷糊糊地说:"爸爸在……在看北京的雾霾。"

尾声

　　再回头看，真是人各有命。后来，许一丁还真做了鉴定家，尽管他还是没有拿到鉴定资格证，但北京有一家很有实力的私人拍卖行看中了他，聘请他去做书画鉴定家，后来又推他为书画首席鉴定家，许一丁找到了用武之地，活得很开心。为了工作需要，他经常出入北京各大拍卖行。方有根虽然不再做古玩生意，但还是有点心瘾，间或到拍卖行去看看热闹，偶尔会碰上许一丁，两个人就相互笑笑，有时还会寒暄几句，但总觉得还是有点隔阂。

　　萧大同还在黄山，他摹仿的"吴昌硕"画得好，不时还有人上门去跟他买，当然不是当真迹买了，但价格也不菲。那些人买了萧大同的吴昌硕，再设法当真迹杀出去。萧大同除了画一些"吴昌硕"，还真对绘画理论产生了兴趣，下了不少功夫，写了很多理论文章，在专业杂志上也发表了不少，逐渐引起了行内人的注意。

　　叶之影老骥伏枥，终于画出了自己的面目。为此，许一丁还为他在省城合肥举办了一场画展，级别很高，引起了很大的反响。可是不知为什么，大概是叶之影这个人福薄，在举办画展的半年以后，本该是他欣欣向荣的季节,他却得了老年痴呆症,后来变得神志不清,什么人都不认识了。他的老相好对他真是有情有义,一直照顾着他。他活得挺长,一直活到八十九岁。在他临去世的那几个月,他整天翻来覆去、絮絮叨叨地只说一句话:"我不是黄宾虹,我是叶之影。我不是黄宾虹,我是叶之影……"

最奇怪的是赵明,他在巨幅黄宾虹上赚了一大笔之后,就回到齐齐哈尔的克东县,此刻他爹病得很严重,卧床不起,他爹自己感觉不好,恐怕不久于人世,就逼着赵明赶快结婚,他要看着赵明结婚后,才能安心地走。赵明是个孝子,他在两天之内就找到了一个女朋友,只要有钱,在克东县找一个女朋友太容易了。一个星期后,他们就在爹的催促下结婚了。结婚那天,赵明他爹一高兴,就从床上爬起来了,要到婚宴上给各位亲朋好友敬酒,才喝到第二杯就倒下了,真正是红白喜事凑到了一起。

赵明结婚半个月后,一天半夜里,他突然觉得胸口疼得厉害,简直无法忍受,第二天一早赶到医院去做检查,什么检查都做了,查不出一点问题。他担心克东县的医院不行,就到齐齐哈尔的市医院去做检查,还是查不出问题,于是他又到了北京、上海、广州的各大医院去查,照例是查不出问题。赵明的胸口疼得奇怪,有时是在里面疼,有时是在表层疼,有时竟然是在距离胸口半尺的地方疼,赵明只好隔空揉胸口的前面,不知道的人还以为赵明在练什么神功。有一次,赵明在广州看病时,路过光孝寺,忽然福至心灵,想进去看看,就走进去了。给佛菩萨上了香跪拜之后,就往功德箱里捐钱,奇怪的是,只要这功德钱一放进去,胸口立即就不疼了。但过不了三四天,胸口又重新回疼起来。无奈之下,赵明只好到各个寺庙里去捐功德钱。为此他去过无数的寺庙,他去过北京的潭柘寺、上海的玉佛寺、天津的万松寺、河北的净觉寺、山西的悬空寺、辽宁的广济寺、吉林的玉皇阁、黑龙江的大乘寺、江苏的甘露寺、浙江的灵隐寺、福建的开元寺、江西的东林寺、山东的华严寺、湖北的五组寺、湖南的铁佛寺、四川的大悲寺、贵州的湘山寺、陕西的慈恩寺、云南的圆通寺……每次都是只要捐了功德钱之后,胸口就停止疼痛三四天或四五天,然后重新发作。等他到了青海的西来寺之后,在巨幅黄宾虹身上赚来的钱已经所剩无几了,当他正要往功德箱里捐钱时,庙里的一个老和尚对他说:"这个钱你就不要捐了,你要解决你的烦恼,要往南走,往广西走,你留一些钱做盘缠吧。"赵明一听,连忙跪下,向老和尚顶礼。然后出了山门,就赶到了火车站。

赵明先是到了广州,再到肇庆、云浮。直觉告诉他这不是他心目中的那个南方,于是继续向南,到了梧州,他看出了一点文化气象,再到苍梧县,他似乎听到了远古的声音,因为几千年前舜南巡,就死在这里。赵明继续往南走,就到了藤县,他看了介绍,知道苏东坡来过这里,秦少游就客死在这里,冯京墓也在这里,袁崇焕的家乡在这里,太平天国的忠王英王都是这里的人,尤为让他看到希望的是,一代高僧、被宋仁宗赐为"明教大师"、曾任杭州灵隐寺住持的契嵩大师也出生在这里,并在这里修行了好多年。此时,赵明身上已经没有钱了,但胸口的疼痛却减轻了不少,于是他继续往南走。黄昏时分,他走到了太平镇龙德村的狮山脚下,已是饿得头晕眼花,两脚发软。突然,他的脚被一块石头绊了一下,险些摔倒,回头一看,见是一块石碑,上面还清晰可见刻着"宁风寺"三个字。蓦然,赵明胸口一松,一点也不疼了。赵明知道,他到了该到的地方了。他干脆在石碑旁坐下来,打了个跏趺坐,放下身心来抵抗饥饿。他走过的寺庙太多了,这一套方法他都懂。

第二天早上,一个朴实的农民拿了两个很大的芋头给他,说了几句他听不懂的话。他双手合十,朝那个农民表示感谢,然后把芋头吃了,觉得恢复了一些体力,就又开始打坐。

上午,在不远处的地里劳作的农民时不时好奇地望望他,有几个胆子大一点的,还走到他身边来看。赵明只管打坐,念六字真言。有一个年轻的农民突然笑了一下,脑袋立即被一个老农民拍了一巴掌,吓得再也不敢乱动,一脸的肃穆。

到了中午,一个老农民给他端来了一碗米饭,上面铺着油煎豆腐和红烧冬瓜,放到他面前,然后恭恭敬敬地向他合十顶礼然后退去。赵明也向他合十致谢。吃过午饭,赵明到溪水边喝了一些水,然后回到座上,开始念大悲咒,整整念了一个下午。七八个农民围过来听,大都是年纪大的农民,久久不肯离去。

到了傍晚,又有一个妇女给他端来一碗豆干丝青菜面,还有一碗红菌汤。赵明吃得很香,体力也完全恢复了。他知道这些农民把他当作一个修苦行的头陀了。

当天晚上,天下了一场大雨,赵明浑身被淋得透湿,冷得全身发抖。天刚亮,赵明就见十几个农民扛着木头、竹子和稻草赶来了,很快就搭起一座茅棚,让赵明住进茅棚里,并拿了一套旧布衫给赵明。住进茅棚的赵明照例是打坐,持咒念经,每天接受农民的供养。他心里很感谢这些质朴的农民,他知道藤县是一个贫困县,这里的农民生活都很困难。

又过了几天,两辆拖拉机不断地往这里运土砖土瓦,后来又来了二十几个农民,在茅棚的旁边开始建房屋。一个星期后,简易土砖瓦屋就建成了,共有三间,中间一间大,两边两间小。又有两个壮汉抬来一座石雕像,也不知是龙母像还是别的什么神像,赵明看反正不是佛像,也不是菩萨像。他们把石雕像放在中间屋子的正高处,虔诚地向石像拜了几拜,然后又向赵明拜了几拜,赵明赶紧向他们回拜,因为他知道自己不是法师,不敢领受。

再过了一天,四个壮汉抬了一口大钟过来,在中间的屋子里吊起来。赵明一看那口钟,倒是口好钟,乾隆三年制,满工的铭文,刻的是大悲咒,确实是庙里的东西,不知这些农民是从哪里弄来的。农民们又把那块刻有"宁风寺"字样的石碑嵌在正屋大门的门楣上。这样,一座简易的、似是而非的寺庙就建成了。时常有村民来烧香跪拜,渐渐地,周边乡村的农民也来了,有献瓜果糕点的,有捐功德钱的,也有专门来听赵明念大悲咒和《般若波罗蜜多心经》的。赵明拜过太多座庙宇,看也看会了。

后来,县政府的领导发现了这个现象,就向市里汇报,市领导组织了一批宗教人士和文化人士开讨论会,结果大家都说,龙德村狮山脚下那个地方,本来就是"宁风寺"的遗址,宋代时契嵩就在那里做过住持,不如干脆在那里建一座大寺庙,一方面彰显藤县的宗教文化,一方面为藤县发展旅游增添景观。领导觉得很有道理,立马就拍板了。

两年以后,规模较大,形式精致庄严的宁风寺建成,在还没有请到合适的住持之前,就请赵明打理寺庙。后来住持请到了,赵明向住持恳求出家,住持见赵明发心恳切,就给赵明剃了度,并让赵明当了首座。赵明主动要求敲钟。每天早晚,周围几十里的人都能听到赵明敲出来的、振聋发聩的钟声,也正因为敲钟要用体力,赵明的身体变得越来越好。

后来,方有根听闻赵明的消息,还专门到宁风寺去了一趟,他烧了香,拜了佛,捐了一笔不少的功德钱。他每跪拜一次,赵明就给他敲一声钟。拜完之后,他和赵明对视了一眼,但赵明的眼神中一片淡然,好像不认识他。他知道赵明其实已经认出他来了,只不过装作不认识,他也就没有上前去套近乎了。他知道赵明有赵明的境界,他有他的知见,他们俩不在一个世界里,套不成近乎,于是就离开了宁风寺。

2015 年,北京故宫博物院要举行庆祝成立 90 周年的十八项大展。方有根在央视上看到了消息,他对 9 月 5 日至 11 月 4 日的《石渠宝笈》特展非常感兴趣,因为央视新闻里说这样大规模高级别的展览,最少十年才有可能展出一回。

方有根心中很痒痒。又到网上查找相关消息,见网上有文章说:

"本特展分为武英殿及延禧宫两个展区,以《石渠宝笈》著录书画为主轴,详细介绍作品的流传经过、递藏经历,同时也展示了故宫博物院在建院 90 年中征集、保存、维护书画所取得的成就。观众可以获得完整的文化体验和艺术感受,也为研究者提供了翔实、完整、全面的参考资料。武英殿展区展出作品大多为宋元时代的一级品文物,规格之高、一级品之多,在故宫博物院乃至博物馆界都难得一见。比如宋代张择端的《清明上河图》,在三年多的"休眠"期后再次展出,还有《伯远帖》《展子虔游春图》《冯承素摹兰亭帖卷》《写生蛱蝶图》《渔村小雪图》《听琴图》《明宣宗行乐图》等家喻户晓的名家书画作品。此外,本次展览还将集中展示顺治、康熙、雍正、乾隆、嘉庆五位皇帝书法、绘画作品,这也实属首次。

"延禧宫展区整合了以往《石渠宝笈》的研究成果,并且进一步深入发掘资料,主要通过文物展示《石渠宝笈》的编辑、版本、钤印、收藏地点等,具有较高的学术性,大多数书画展品和善本图书皆为首次展出,对进一步推动《石渠宝笈》的研究必将有所裨益……"

方有根看了这文章,心中更痒痒了。到了9月5号这一天,他早早地起了床,吃完早餐后,他就用一个大杯子、也就是摄影师喜欢用的那种可以背在肩上的大杯子,泡了满满的一杯茶。他从来不喝可乐饮料之类的东西,觉得那些东西不解渴,连矿泉水都不解渴,天下只有茶最解渴。然后他又到外面的糕饼店去买了两个面包和一些糕点,把它们连同那个茶杯一起放进一个双肩包里,后来他想了一想,又拿了一本《中国古代绘画史》放入包内,以备看到不懂的作品时好查看一下。他准备在故宫博物院待上一整天,好好看个饱,所以他出门的时候,那架势好像要去远游。

路上堵车,等方有根到达的时候,已经快上午十点钟了。方有根一进故宫博物院,顿时脑袋一阵发晕,眼也花了——只见故宫博物院里乌泱泱的全是人,且个个都是汗流满面。武英殿和延禧宫前,排起了一字长蛇阵,简直像两条河,看不到河的源头。

方有根犹豫了一阵,还是上去排队了。不意排了一个多小时后,队伍还只是往前挪动了一小截。方有根心中很着急,心想这个队他排到晚上,只怕还只能排到一半。忽然在心中骂自己笨:试想凡是进宫殿里看画展的,一定看得又仔细又周全,必定会占去大量的时间。这可不像坐牢,人人都想早点出来。想到这一点,方有根就知道今天肯定是没希望了,就退出了队伍,找了个偏僻的地方,在一棵大树下坐下,想在树荫下凉快凉快,喝几口茶,然后回家,改日等人少了,再来看画展不迟。

他卸下双肩包,放到自己的跟前,取出大茶杯,开始喝茶乘凉。刚喝了两口,突然来了个老头,拎着个小马扎,坐到他的旁边,笑眯眯地望着他。方有根觉得这老头有些面熟,仔细一想,不由得猛地一拍脑袋,惊异地说:

"您、您……您不就是前些天到我茶楼里喝茶的那个老……老先生吗?"

老头说:"怎么? 不准是我吗? 看你一惊一乍的,没出息。"

方有根见老头的气色和上次去茶楼不同,脸上很有润泽。衣服也不同,上次穿的是一件卡其布的皱巴巴的中山装,而今天穿的是一套笔挺的西装,还戴着一顶很时髦的帽子,样子很像个归国华侨,这使方有根觉得这老头更加神秘。方有根问:

"老先生,您也是来看画展吗?"

老头说:"我可没有你那么傻,这么高规格的画展,开展第一天,又是周末,你赶过来凑热闹,你不知道中国人都喜欢赶热闹吗?"

方有根连连点头说:"是是,我是笨,真笨! 那您今天来干吗?"

老头又眯眯地笑了一下,说:"我来找你啊。"

"找我? 您怎么知道我今天会来?"方有根问。

老头说:"我就知道你这种傻瓜今天会来,而且知道你最终会放弃排队到阴凉的地方来喝茶。"

方有根挠着脑袋说:"老先生真是神了,我实在太笨。这一些天来,我常常想着您,不知道您是人还是神仙。"

老头说:"我不是神仙,你是神仙。你是笨出来的神仙。"

方有根说:"老先生不要取笑我,我这个人天生笨,原来是做篾匠的,大山里出来的。"

老头说:"所以我说你是笨出来的神仙,当年你把我都骗了。"

"我? 把您骗了?"方有根满脸的困惑,"我们就是在茶楼里认识的呀,我何时骗您了? 您不是指汪之瑞那幅斗方吧?"

老头依旧是笑眯眯地说:"那幅斗方在我眼里不算什么,我见过的好东西多了。但是近三十年前,你做的那幅巨幅'黄宾虹',把我骗了。"

方有根一听这话,立即就蒙了,半晌才反应过来,问:"老先生和那幅'黄宾虹'有什么关系?"

老头说:"那时我是'鼎盛'拍卖公司的书画首席鉴定家,就是我决定让那幅黄宾虹入拍的。我居然看走了眼,要不是那幅画那么大,我也不会看走眼。一方面那幅画确实仿得好,另一方面我不相信有哪个傻瓜会仿那么大的黄宾虹,于是就断真了。没想到天下还有你这样的傻瓜,你说你是不是笨出来的神仙?"

方有根愣怔了半天,才说:"天下怎么会有这么巧的事? 那您是怎么知道我的?"

老头说:"天下就有这么巧的事。其实我也是徽州人,我是休宁人,我的祖上,就是徽州茶艺大师闵汶水。我每隔一两年,就要回徽州一次。有许一丁的那篇文章在,我要找到你还不容易吗?"

方有根听了,点了点头,问:"老先生现在还搞鉴定吗?"

老头摇了摇头,说:"不搞了,自从在你那幅'黄宾虹'上看走眼以后,我就不搞了,觉得惭愧。我后来就调到故宫博物院,主动要求做一名普通的书画管理员。现在已经退休十几年了,有时还会来这里转转,教教年轻人,平日里都是在家喝喝茶。早知道会有你的那幅'黄宾虹'出现,我当初还不如不做书画鉴定专家,我就做一个品茶师多好。我敢说,看画我有时会错,品茶我绝对不会错。好好地开你的茶楼吧,我们还有见面的时候。"

老头说完,拎起他的小马扎走了。方有根还恍若在梦中,等他清醒过来,见老头已经走远了,几片树叶跟在老头身后飞。

方有根突然觉得饿了,很饿很饿,他拿出面包和糕点,大口地啃起来,就像当年他初次到屯溪时啃苞芦粿一样。

后记

　　这个小长篇写完之后，我请了一个精于校对的朋友帮我校对。他核完后，第一句问我的话是："你写的这些故事，真的假的呀？太玄乎了！"我笑着回答："就像历来古玩界的收藏买卖，一半是真，一半是假。"我想我说这话时，表情一定有点像崔永元。

　　将近三十年前，几个朋友带着我"玩"古董，说是"玩"，其实就是通过收购古董再转手卖来赚钱。那时候有一部分人已经富起来了，这让大部分还很穷的人很着急，拼命想各种法子赚钱，其中最刺激又最具风险的，就是"玩"古董。那时真正有眼力的人并不多，于是只能经常到乡村去跑，因为那时乡下的古董假的少，价钱也便宜，这让不少"玩"古董的捡了大便宜。有的人运气好，捡到一两样好东西就发了。那时，按收古董的行内话说，是"玩"古董的天刚蒙蒙亮，糊里糊涂也能碰上好东西。收古董这事是讲机缘讲运气的，有的人能碰到，有的人就碰不到，跟勤奋没有多大关系。在这种情形下，就容易发生很多离奇难信的事。

　　在中国，但凡一样东西能赚钱，假货不久就会悄悄地冒出来。很快，就又产生了一批吃了假货而亏大本的人。事实上，在文玩史上，赝品一直存在。因此真假问题就成了"玩"古董之人最头疼的问题，为了赚钱的"玩"古董，常常有惊心动魄、撕心裂肺的事情发生，和周作人那种"老去无端玩古董"的状态完全不一样。

　　我当时一方面因为缺本钱，一方面因为不上心，只是觉得跟朋友们下乡去收古董好玩，看他们交易古董、相互斗法也好玩，所以既没赚钱，也没亏钱，我却因此得到了许多让人难以置信的故事。很早以前，我就想把这些故事加上自己的想象，写成一部小说，但我没敢写，毕竟有一部分事件是真实的，而当事人都是我的好朋友，我怕他们不高兴。现在，几十年过去了，在我的朋友们的心中，过去的暴风骤雨成了今日的云淡风轻，甚至成了酒桌上的趣谈和美好的回忆，从前的惊险斗法如今看来无非是一场游戏。见了他们这种气度，于是我决定写出这部小说。既然是小说，免不了虚构的成分要占一半，甚至一大半，这是每一个读者都明白的。

　　东坡诗云："论画以形似，见与儿童邻。赋诗必此诗，定知非诗人。"读小说亦当与此理同。

　　最不会写后记，也就最怕写后记。好在后记大部分读者是懒得看的，这样我的胆子也大了不少，不怕丑了。心一放松，忽然莫名其妙地想起南北朝时禅宗的傅大士写的一首颠倒偈子：

　　"空手把锄头，步行骑水牛，人从桥上过，桥流水不流。"

　　有人说傅大士是弥勒菩萨的化身，不知是真是假。

2017 年 10 月 11 日